小说说小

郜元宝 著

上海文艺出版社
Shanghai Literature & Art Publishing House

目　录

自　序

我从 1980 年代中期开始结缘文学。所从事的工作，美其名曰“文学研究”，其实主要就是看小说。当然也干点别的事，惭愧都不成气候，除了偶尔也能启发和滋养我的看小说。

看小说是我的主业，其他皆为副业。

我看小说的时间，应该超过许多作家写小说的时间。除非闭门造车、不知惜力如某些网络写手，严肃的小说家总不能整天写个不停。而我因为职业关系，必须看个不停。一篇又一篇，一本又一本，从青葱年少，一直看到未必知天命之年。今后若无大变故，估计还会继续看下去。

明清以降，小说蔚为大国。到了现代，诚如萧红所言，“各式各样”的小说应有尽有，品类极繁，一度甚至如鲁迅先生所讽刺的，“弄得像不看小说就不是人似的”。在文学界内部，小说至今仍然也还是一超独霸。

但出乎其外而观之，小说毕竟只是文学的一个门类，绝非全部。超出文学，更是“君子弗为”的“小道”。在知识爆炸的时代，像我这样抱残守缺，仍然以看小说为主业，幸乎不幸，真是上海话所谓“难讲的”。或者也还是可以“不喜亦不惧”吧。

看过之后，偶有论列，都归入“现当代文学研究与批评”范畴。这些文章基本都是谈小说，却往往堂而皇之地挂着文学而非小说的招牌，似乎小说真是文学的全部，似乎我可以“穿过”小说而直达文学。这就无怪乎我过去的那些文章，谈文学一般性的较多，谈小说的特殊性却总是不够。

2014年，我应《小说选刊》王干君之邀，每期写一篇短文，“专谈小说”。我知道《小说选刊》的编辑方针与读者面，不好意思把“专谈小说”的文章写成泛论文学一般的那种穿鞋戴帽的论文。勉为其难，我努力抛开文学史宏大命题，远离文学理论复杂构设，尝试着面对小说家和普通读者，更多地谈一些小说（尤其中国小说）的特殊性问题。

探索中国小说的特殊性，谈何容易！但没有料到，克服了最初的滞涩，竟然一发而不可收，越写越顺。完成《小说选刊》一年12篇的任务之后，2016年又给《小说评论》开设了题为“小说识小录”的类似专栏。一些相关文章还刊登于《扬子江评论》和《文艺争鸣》。

现在把这些文章重新校读一遍，发现有几篇仍然带有一本正经的作家作品论的痕迹。但谈小说的特殊性确实多了一点。大概也是这个缘故，一篇篇发表的时候，颇得到几位作家和编辑朋友的鼓励。他们说我这些谈小说的文章，终于肯放下身段，他们也看得下去了。

有些作家戏称写小说的自己为“小说人”。他们当然擅长这种故弄狡狯的把戏，既是自我解嘲，也隐含一种自我怜惜，或自高自大。当上述长长短短的文章裒为一册，即将付梓之际，我忽然很不安分地想：既然看了不少小说，又写了不少谈小说的文章，是否也是“小说人”了呢？

当然，为严谨起见，如果写小说的是“小说人 1”，既写小说也谈小说的是“小说人 2”，像我这样不写小说而只看和只谈小说的，就应该称为“小说人 3”。

长期以来，好像 1、2 总比 3 更有成就，更受人尊敬。对此我难免有些不服气。世上固然有许多滋养人心的小说人，但也有顶着小说人的招牌大肆浪费资源毒害人心的蹩脚货。他们无论写小说还是谈小说，都乏善可陈。“小说人 3”自然也鱼龙混杂，但也并不完全是胡说八道。所以，笼统地厚此薄彼，我总是期期以为不可。

略过小说家们单篇的创作谈，或者他们的那些属于创作谈姊妹篇的名著讲解，同时也略过专家学者们专题的“小说史”“小说学”之类高头讲章，单论小说家和专家学者们跨越国别和时代的藩篱而又着重从创作与读解的角度探讨小说艺术的专书，恕我孤陋寡闻，至少在中文世界，还并不多见。译成中文的英国作家爱·摩·福斯特谈圆形人物与扁平人物的《小说面面观》，戴维·洛奇《小说的艺术》，美国学者韦恩·布斯谈作者在小说中退隐与出场的《小说修辞学》，新时期文学前期高行健的探路之作《现代小说技巧初探》，稍后格非的《小说艺术面面观》《小说叙事研究》（知名度远不及他的《雪隐鹭鸶：金瓶梅的声色与虚无》），近来毕飞宇显示其细读功夫的《小说课》，以及台湾作家张大春在中西小说之间刻意挥洒的《小说稗类》，是“出镜率”较高的有数的几部。

在“扩展阅读”的书单里，或许还要提到法国学者热·热拉特、俄国学者巴赫金、德国学者沃尔夫冈·伊塞尔、捷克裔法国小说家米兰·昆德拉等人的有关著作，尤其是陈平原在韦恩·布斯启发下所著《中国小说叙事模式的转变》，浦安迪在中西比较文学背景中研究明清两代“奇书体”的《中国叙事学》。

所谓“跨越国别和时代的藩篱而又着重从创作与读解的角度探讨小说艺术的专书”，一般中国读者耳熟能详的，大概也就莫过于此。这与小说在中外文学史上巨大的体量，是多么不相称啊。

拙书不能跻身上述著作之林，无需多说。但首先我谈小说时所选取的远不完全的这些题目，既不准备踏进庄严的文学史和文化史殿堂，也难入日益玄妙的“小说学”法眼，不过尽量从个人的阅读经验出发，杜绝理论架空与知识贩卖，某些道理自信讲得还比较透亮，可入于“通俗”一途吧。

不料最近有“青椒”放言，说大学里就该讲高端学问，通俗的东西不配走进校园。呜呼，让他们高端去吧，我等通俗之人，只能（也只愿）讲一点通俗问题，而且就在这高端的校园里。

其次，我珍视中国作家的写作经验，也并不鄙薄批评界同行（包括我本人）的阅读体验，因此在外国和古代小说之外，较多地虑及“五四”以降百余年所谓“现当代”小说创作与小说批评的实际。

这里不妨透露个人不登大雅之堂的一点小秘密：因为外语能力的欠缺，也因为对世界文化的了解实在浅薄，每次读中国同行所写的中国小说批评，不管如何粗疏随便，我总觉得还是比较清楚，而读外国作家或理论批评家的小说论，不管他们讲得如何天花乱坠，却总有一种雾里看花水中望月的隔膜。这当然并非拒绝西化、仇视世界的心态，只是多年阅读经验告诉我，东西中外的文化学术隔阂，无论何时都会存在。论到文学最精微的那些“细节”，就更是如此。

对当代小说创作和批评许多有趣的“细节”，我恐怕也属于王朔所谓的“中国文坛奔走相告派”，真是强聒不舍，诲人不倦，务求为更多读者所欣赏。

我“奔走相告”的那些“细节”，也就是这本小书的主要内容。

但我委实不知，本书对这些“细节”的琢磨，是否能够上升到一定的理论层面，还是依旧停留于表象。但不管怎样，在未来的小说理论中，当代中国作家和批评家在这些“细节”上所积累的经验，恐怕也应该有一席之地。我想，这才是实际地消除中外东西文化学术隔阂的希望所在。

上述这两点，似乎也还差堪自慰，算是“不贤识小”，敢请读者诸君一顾耳。

是为序。

2019 年 2 月 18 日

更衣记

——作家怎样给人物穿衣?

1.“我们各人住在各人的衣服里”

我们读文学作品，遇到书中人物的服饰，无论繁简，恐怕都会一眼溜过去。其实在许多优秀作家那里，给人物穿什么衣服，为何让他（她）们这么穿，而非那么穿，都有讲究。

小说故事性强，描写细腻，涉及衣物服饰更多。小说之外，作家们也会通过戏剧、散文、杂文等文学形式来描绘或探讨衣着打扮这一常见的生活现象。

张爱玲的散文《更衣记》就很别致。它当然不是写某人某次更换衣服的行为，更不是取“更衣”的委婉义之一“如厕”，而是概括地记录了作者所了解的一部分中国人从清末到 20 世纪三四十年代服饰变迁的历史，即什么时候流行什么衣服。这篇文章提到许多服装款式，光皮衣就有所谓“小毛”“中毛”“大毛”，棉袄的滚边则分“三镶三滚”“五镶五滚”“七镶七滚”，诸如此类，今天的读者若非专门研究，会觉得很隔膜。好在我这里并不打算专门谈论张爱玲的这篇散文，只是借她这个题目，梳理一下现当代中国文学中有关人物服装的描写。至于衣服上过于琐碎的佩饰，这里暂且按下不表。

《更衣记》告诉我们，张爱玲对衣着打扮很有研究。她 18 岁时写的散文《天才梦》结尾那句名言就和衣服有关："生命是一袭华美的袍，爬满了蚤子。"《更衣记》里也不乏这样的"隽语"，比如说，"在政治混乱时期，人们没有能力改良他们的生活情形，他们只能够创造他们贴身的环境——那就是衣服。我们各人住在各人的衣服里"，"中国的服装更可以作民意的代表"，男子生活虽然比女子更自由，但"男子服色的限制是现代文明的特征"，"单凭这一件不自由，我就不愿意做一个男子"——据说张爱玲还跟她的闺蜜炎樱合资办过时装店，自任设计师和广告文案的作者。日常生活中她的许多衣服都自己设计。张爱玲喜欢奇装异服，不怕惊世骇俗。她也喜欢借服装设计来探讨文学理论问题。比如她认为写小说要有"参差对照"，最好是"青绿配桃红"。

现在张爱玲的传记出了好多种，有兴趣的读者不妨看看她究竟如何设计服装，如何像同时代另一位有名的上海女作家苏青所说，喜欢"衣着出位"。但我这里主要还是想说一说张爱玲的小说对人物衣着的描写。

2. 写与不写：张爱玲小说人物的衣着

和《更衣记》一样，张爱玲小说提到的服装款式（包括面料）对今天的读者来说也颇为隔膜。《金锁记》里写曹七巧的儿子长白冬天穿"品蓝摹本缎棉袍"，"摹本缎"这种面料 20 世纪 40 年代曾流行一时，今天不说普通读者，就是留心服装史的作家恐怕也知者寥寥。我只在汪曾祺 1996 年创作的短篇小说《小孃孃》里看到过。所以这里也不准备谈张爱玲小说提及的那些过去时代的服装款式与面料，只看她如何通过穿衣打扮的细节来刻画人物。

张爱玲小说人物女性居多。女性通常比男性更注重衣着打扮，所以张爱玲的小说也频频写到女人们的服装。

《鸿鸾禧》写邱玉清马上要嫁给娄大陆，一上来就写大陆的两个妹妹陪着玉清在时装公司试衣服。这两个刻薄的小姑子偷偷取笑未来的嫂子是“白骨精”，又白又瘦。但作者不这么看，她说玉清“至少，穿着长裙长袖的银白的嫁衣，这样严装起来，是很看得过去的，报纸上广告里的所谓‘高尚仕女’”。这一笔并非无的放矢，因为接下来写到，新郎官也认为“玉清的长处在给人一种高贵的感觉”。服装关乎人物的格调，也关乎人物的相互评价。玉清是破落户女子，大陆是暴发户男子。大陆就爱玉清那种格调，包括她的着装风格。

再看《红玫瑰与白玫瑰》，写男主人公佟振保与“红玫瑰”娇蕊、“白玫瑰”孟烟鹂初次相见，就特别强调这两位女主人公衣着上的差异。娇蕊那天碰巧一身浴袍，让佟振保隔着衣服也能看出身体轮廓，“一寸一寸都是活的”，就是今天所谓“性感”“肉感”。孟烟鹂初见佟振保，则“穿着灰地橙红条子的绸衫，可是给人的第一个印象是笼统的白。”烟鹂很像《红鸾禧》中的玉清，都是“骨感美人”。佟振保一见烟鹂，当场决定娶她为妻。正如他一见裹着浴袍的娇蕊就疯狂地爱上了。娇蕊和烟鹂的衣着打扮，符合佟振保心目中“热烈的情妇”与“圣洁的妻子”的标准。这当然也是张爱玲对暴发户男性的一种典型的讽刺。

有人说张爱玲在服饰上有恋物癖，这恐怕不妥。《红鸾禧》写那两个小姑娘逮着做女傧相的机会，大肆买衣服，恰恰说明张爱玲很警惕女性在服装上的贪婪的占有欲，《红鸾禧》部分内容就是讽刺这种服装上的恋物癖。

不仅如此，张爱玲小说写女性，也并非时时处处都提到衣装服饰。《倾城之恋》自始至终就没有正儿八经写过白流苏、范柳原如何穿衣。白流苏也是破落户女子，离婚多年，住在哥嫂家受气。范柳原是父母非正式结婚生下来的。父亲死后，他好不容易争到继承权，一夜暴富。但因为长期生活在英国，回国后处处不适应，尤其难以克服身份上的尴尬。这就和白流苏同病相怜，但也同病相克，都一样的不信任别人。他们俩的“精神恋”包含太多猜疑和不放心。他们的对话就像林黛玉跟贾宝玉的猜哑谜，或沈从文批评汪曾祺青年时代写人物对话，总是“两个聪明脑袋在打架”。白流苏范柳原彼此试探，机关算尽，哪会关心对方的衣着？人物不关心，作家当然也就没有必要浪费笔墨了。

3.“月白背心”“长衫”“破毡帽”“寿衣”及其他

再看鲁迅。《故乡》写豆腐西施出场，“一个凸颧骨，薄嘴唇，五十岁上下的女人站在我面前，两手搭在髀间，没有系裙，张着两脚，正像一个画图仪器里细脚伶仃的圆规。”除了“没有系裙”这四个字，豆腐西施穿了什么，全无交代。有读者就纳闷：那可是严冬啊，豆腐西施“没有系裙”，却可能穿着厚厚的棉袄棉裤，你能看出“圆规”来吗？这或许就是鲁迅描写女性衣着过于简单而惹出的麻烦吧。

再比如《祝福》写祥林嫂：“五年前的花白的头发，即今已经全白，全不像四十上下的人；脸上瘦削不堪，黄中带黑，而且消尽了先前悲哀的神色，仿佛是木刻似的；只有那眼珠间或一轮，还可以表示她是一个活物。”完全是神态描写，不涉及衣着。

鲁迅说过，“要极省俭的画出一个人的特点，最好是画他的眼睛。我以为这话是极对的，倘若画了全副的头发，即使细得逼真，也毫无意思。”鲁迅这里指的是东晋大画家顾恺之所谓“传神写照，正在阿堵之中”。鲁迅不写祥林嫂衣着，只注重其神情，尤其是“那眼珠间或一轮”，和顾恺之说的是一个道理。

祥林嫂如此，“狂人”、单四嫂子、九斤老太、七斤夫妇、赵太爷、吴妈、小尼姑、吕纬甫、四婶、四叔、四铭、高老夫子、涓生、子君，莫不如此。鲁迅写这些人物，不太关心他们的高矮胖瘦黑白美丑。至于穿着打扮，更是不著一字，尽得风流。

但也不尽然。《祝福》写祥林嫂第一次到鲁四老爷家做佣人，“头上扎着白头绳，乌裙，蓝夹袄，月白背心，年纪大约二十六七，脸色青黄，但两颊却还是红的。”这就凸显了衣着与身体两方面的特征，说明祥林嫂是干干净净守寡的女人。她虽然营养不良，但大体健康，甚至还有某种容易被忽略的青春朝气，而她的衣着也与这种身心状态基本保持一致。

隔了两年，祥林嫂第二个丈夫去世、孩子被狼叼走，不得已再次上鲁四老爷家帮佣，作者也再一次写她“仍然头上扎着白头绳，乌裙，蓝夹袄，月白背心，脸色青黄，只是两颊上已经消失了血色”。强调服饰依旧，说明祥林嫂生活贫寒，几年没添新衣，同时也反衬出她虽然服饰依旧，身心两面却都已判若两人。这就像《故乡》写少年闰土头戴“一顶小毡帽”，中年闰土则是头上“一顶破毡帽”。毡帽相同，闰土却不再是原来的闰土了。

说起毡帽，不能不说说阿Q的打扮。毡帽也是阿Q的“标配”。鲁迅对阿Q的破毡帽念念不忘，十几年之后，有人要把阿Q搬上舞台，鲁迅还特别提醒改编者“只要在头上戴上一顶瓜皮小帽，就失去了阿Q”。他生怕改编者不知毡帽是什么，特地寄去一个画家朋友所画的头戴破毡帽的几张阿Q的画像。

鲁迅写阿Q，在服装上所作的文章，当然不止一顶破毡帽。比如阿Q和王胡之间的那一场打斗，就起因于他和王胡比赛在“破夹袄”上捉虱子。套用张爱玲的话说，生命对于阿Q王胡可不是什么“华美的袍”。他们只有“破夹袄”，而“爬满了蚤子”则没什么两样。阿Q因吴妈事件被赶出赵府，他给赵府舂米舂热了脱下来的那件“破布衫”也就拿不回来，“大半做了少奶奶八月间生下来的孩子的衬尿片，那小半破烂的便都做了吴妈的鞋底”。经过这一次“恋爱的悲剧”，阿Q被赵家和赵家所指使的地保盘剥得一贫如洗，“棉被，毡帽，布衫，早已没有了，其次就卖了棉袄；现在有裤子，却万万不可脱；有破夹袄，又除了送人做鞋底之外，决定卖不出钱”。在“颇有些夏意”的季节，阿Q就穿着仅存的那件“破夹袄”和“万万不可脱”的裤子，仓皇离开未庄。

小说极富戏剧性的转折是中秋过后，重回未庄的阿Q令人刮目相看，而他最大的变化也跟衣服有关。首先是阿Q本人的行头焕然一新，“穿的是新夹袄，看去腰间还挂着一个大搭连，沉钿钿的将裤带坠成了很弯的弧线”。其次阿Q竟然成了下至邹七嫂上至赵太太都趋之若鹜的各种价廉物美的服装供应商了。等到阿Q把这些货物售罄之后，他的真实身份，“不敢再偷的偷儿”，也就暴露无遗。“恋爱的悲剧”以阿Q的“破布衫”做了吴妈的鞋底告终，“从中兴到末路”这一节，则以阿Q偷来的衣服售完为止。衣服之于阿Q，意义不可谓不大也。

所以如果说鲁迅只对眼睛感兴趣，完全不写人物的服饰，肯定不对。“站着喝酒而穿长衫”，寥寥数字，不就写活了孔乙己吗？再如《孤独者》写魏连殳登场，“是一个短小瘦削的人，长方脸，蓬松的头发和浓黑的须眉占了一脸的小半，只见两眼在黑气里发光”，这固然是只写神态，不写衣装。但小说又写到魏连殳死后，只穿“一套皱的短衫裤”，这就暗示他做了官，花钱如流水，却依旧颓废，依旧不修边幅，依旧不为自己打算。

但《孤独者》最后，作者详细描写了怎样给魏连殳穿“寿衣”，“一条土黄的军裤穿上了，嵌着很宽的红条，其次穿上去的是军衣，金闪闪的肩章”。魏连殳就这样“在不妥帖的衣冠中，安静地躺着，合了眼，闭着嘴，口角间仿佛含着冰冷的微笑，冷笑着这可笑的死尸。”透过一套“寿衣”来刻画魏连殳一生的颓废，以及人情冷暖，世态炎凉，真是入木三分。

4.“洋服”的故事

说起鲁迅对服装的研究，不妨再说说他的三篇杂文。

一篇叫《上海的少女》，说“有些人宁可居斗室，喂臭虫，一条洋服裤子却每晚必须压在枕头下，使两面裤腿上的折痕天天有棱角”。在以貌取人的上海，别的可以马虎，衣服可马虎不得。鲁迅还发现，女性的时髦漂亮固然能占到不少便宜，但代价是容易被坏男人吃豆腐，“所以凡有时髦女子所表现的神气，是在招摇，也在固守，在罗致，也在抵御，像一切异性的亲人，也像一切异性的敌人”。鲁迅观察和分析时尚的两面性，多么睿智！

另一篇《洋服的没落》，内容更加丰富，简直是一段浓缩的服装变迁史。开篇第一句就先声夺人：“几十年来，我们常常恨着自己没有合意的衣服穿”。几十年没有合意的衣服，主要还是政治的原因有以致之。“清朝末年，带些革命色采的英雄不但恨辫子，也恨马褂和袍子，因为这是满洲服。一位老先生到日本去游历，看见那边的服装，高兴的了不得，做了一篇文章登在杂志上，叫作《不图今日重见汉官威仪》。他是赞成恢复古装的。”原来清末民初，具有民族主义思想的革命党人痛恨满人强加于汉人的那种长袍马褂，而想恢复“汉官威仪”，就是在服装上回到古代汉族文化的正统。但事与愿违，“革命之后，采用的却是洋装，这是因为大家要维新，要便捷，要腰骨笔挺。少年英俊之徒，不但自己必洋装，还厌恶别人穿袍子。”但洋服（西装）的流行，一度竟惹出不小的麻烦，而这麻烦照样还是政治性的，“那时听说竟有人去责问樊山老人（指满清遗老樊增祥），问他为什么要穿满洲的衣裳。樊山回问道：‘你穿的是那里的服饰呢？’少年答道：‘我穿的是外国服。’樊山道：‘我穿的也是外国服。’”鲁迅记忆有误，说这话的不是樊增祥，而是另一个文学家王闿运。不管谁说的，西装和长袍马褂的较量，确实牵涉到两种文化的命运。再后来也是政治的缘故，“洋服终于和华人渐渐的反目了，不但袁世凯朝，就定袍子马褂为常礼服，五四运动之后，北京大学要整饬校风，规定制服了，请学生们公议，那议决的也是：袍子和马褂！”为什么有人反对洋装而拥护长袍马褂呢？鲁迅说，“这回的不取洋服的原因却正如林语堂先生所说，因其不合于卫生。造化赋给我们的腰和脖子，本是可以弯曲的，弯腰曲背，在中国是一种常态，逆来尚须顺受，顺来自然更当顺受了。所以我们是最能研究人体，顺其自然而用之的人民。脖子最细，发明了砍头；膝关节能弯，发明了下跪；臀部多肉，又不致命，就发明了打屁股。违反自然的洋服，于是便渐渐的自然的没落了。”

原来“洋服”流行于中国，有赖于政治力量，其“没落”也因为政治——并非某种行政命令的干预，而是长期政治文化造成的奴才心态起了决定性作用。林语堂提倡中装贬低西服的那篇小品文所谓西装不卫生，本意并非如鲁迅所说“违反自然”，不利于“顺其自然而用之”，即不利于根据身体构造来加强对人民的统治。林语堂确实认真罗列了西装拘束身体而不如中装顺乎自然的诸多细节，并且他也确实言行一致，舍西装而就长衫，倒是惋惜西装“没落”的鲁迅本人并不坚持穿西装，而是和林语堂一样长期穿中装。可见鲁迅本人如何穿衣并不重要，他关心的是服装变迁背后的文化心理。

鲁迅的第三篇杂文，就是他晚年那封著名的书信《答徐懋庸并关于抗日统一战线问题》，也写到“洋服”，以至于牵出经久不息的一段公案。鲁迅说有一次：“一位名人约我谈话了，到得那里，却见驶来了一辆汽车，从中跳出四条汉子：田汉，周起应，还有另两个，一律洋服，态度轩昂”。这是现代文学史上著名的“两个口号论争”，说来话长。有趣的是当事人周扬、田汉、夏衍、阳翰生对“四条汉子”的说法都很委屈，他们都说那天既没在鲁迅面前跳下汽车，也并非“一律洋服”。

但鲁迅偏这么说！大概他觉得什么样的人物，就该有什么样的衣装吧？这还是文学家的思维习惯暗中起了作用。

5.“梁三老汉”穿新衣·“蓝袍先生”除旧服

鲁迅、张爱玲的时代，中国人的服饰频繁巨变，丰富多彩，也混乱不堪。这一触目的社会文化现象，他们两位的小说、散文都敏锐地捕捉到了。

1950 至 1980 年代，中国人的服饰又发生革命性变化。大趋势是极端单一化。反映在文学作品中，服饰描写几乎乏善可陈。

但也有例外。比如，1950 年代末的《创业史》第一部，作者柳青写梁三老汉看见俊俏的姑娘改霞穿得整齐一点，就不以为然："啊呀，收拾得那么干净，又想和什么人勾搭呢?"梁三老汉可不是什么地痞流氓，但恰恰是善良正直的老汉看不惯姑娘家的爱美之心。当时中国的乡村，服装简陋到何等地步，由此可见一斑。《创业史》第一部还写到十七岁的农村小伙子欢喜看见邻居小媳妇素芳打扮得整整齐齐，还抹了雪花膏，就差点呕吐。跟普遍的朴素贫寒稍稍不同的作风，这个小伙子是多么不堪忍受啊。

尽管如此，《创业史》也并不放弃对于服装的描写。小说最后写梁三老汉穿上他的养子梁生宝孝敬的一套崭新的棉衣棉裤，圆了他多年的梦。老汉还因此认识到，"人活在世上最贵重的是什么呢？还不是人的尊严吗?"一套衣服的意义如此重要！

即使在极端贫困匮乏的年代，服装的故事也仍在继续。

"新时期文学"全面展开之后，各种关于服装的描写也应运而生。电影《街上流行红裙子》（马中骏、贾鸿源编剧），小说《没有纽扣的红衬衫》（铁凝），《木箱深处的紫绸花服》（王蒙），《蓝袍先生》（陈忠实）——光看这些电影剧本和中短篇小说的篇名，就知道人物的服装占据着怎样的地位了。

王蒙《木箱深处的紫绸花服》主人公实际上已不是人物，而是一直没机会被小说人物穿出去、只能压在木箱深处的那件"紫绸花服"了。

借衣着打扮抒发今昔之慨，几乎成为 1980 年代作家们不约而同的一种修辞策略。陈忠实笔下的四妹子，从贫穷的陕北嫁到关中，虽说稍微富庶一点，但在 1970 年代的政治经济政策下面，关中农民的生活其实也很不宽裕。青年男女定亲，最隆重的仪式就是"扯布”——由男女双方的亲戚或媒人陪着上百货商店，男方给女方购买一些布料。这是女方唯一的机会，“必须在订婚扯布时，狠心买几身好衣服，男方受痛也得硬受”。饶是如此，当四妹子“一眼瞅中那卷毛哔叽，就站住不动了”时，她的未婚夫还是嫌贵不肯买。

时间翻到20世纪70年代末，在新的政治经济政策下，敢闯敢拼的四妹子日子过得红火，那年春节头等大事，就是“四妹子给自己和建峰（她丈夫）做了一身新衣新裤，都是当时乡村里最时兴的‘涤卡’布料，而头生儿子更不用说了。”

布料和衣服，在陈忠实中篇小说《四妹子》里面还是插曲和点缀，而在他另一部中篇小说《蓝袍先生》中，那件“蓝袍”对主人公“蓝袍先生”徐慎言来说，就真正非同一般了。“蓝袍”寄托着徐慎言父亲在“旧社会”树立起来的不惜以生命捍卫的“耕读传家”的理想，但这也是禁锢徐慎言生命的“无形的铁箍”。“解放初”徐慎言穿着这件父亲坚决不让脱下的“蓝袍”，走进新式师范进修学校，受尽了周围早已换上“列宁服”的同事们的奚落，被他们戏称为“蓝袍先生”。几十年过去，“蓝袍”曾经带给徐慎行的荣耀，和曾经给他造成的屈辱一样，都早已被人淡忘，但“蓝袍”的阴影仍然在精神上笼罩着徐慎行，其“生命力”甚至比辛亥革命后被剪去的辫子，还要长久。

陈忠实很欣赏这篇《蓝袍先生》，尤其欣赏自己用一件“蓝袍”来结构全篇的艺术构思。碰巧，写完《蓝袍先生》一个月后，陈忠实参加中国作协的一个代表团出访泰国，为此脱下穿了几十年的四个兜的中山装，第一次穿上了为出国而定制的西装。当他在镜子里猛然看见穿了西装的自己时，精神上竟然受到巨大震动，“切实意识到我就是刚刚塑造完成的蓝袍先生”。他还由此想到，前一年胡耀邦总书记在一次重要会议上，把自己穿戴整齐的西装领带示范给与会各位领导人，身体力行，倡导穿西装，“西装和中山装已经成为思想解放和思想保守的时代性标志。我的《蓝袍先生》，就是在这种处处都可以感受到生活正在发生的激烈而广泛的深层冲突过程中，引发思考触动灵魂也产生创作欲望的。”（陈忠实《寻找属于自己的句子》，页 33 至页 34，上海文艺出版社 2009 年 8 月第 1 版）

6.“摹本缎”·“二马裾”·“西狐肷的斗篷”

都说汪曾祺是“美食家”，善于写“吃”，其实他写“衣”也有许多精彩之笔。

汪曾祺小说多取材于 20 世纪三四十年代故乡高邮，那里面的服装当然都打上了鲜明的时代和地域的烙印。上文提到汪曾祺 1996 年短篇小说《小孃孃》，写“来蜨园”的谢普天与谢淑媛“姑侄乱伦”，其中就有张爱玲《金锁记》里出现过的当时流行的面料“摹本缎”。汪曾祺不太谈张爱玲，不知道他写《小孃孃》这一节，是否想到过《金锁记》。

张爱玲倒是知道汪曾祺。1990 年 2 月，隐居美国洛杉矶的张爱玲看到汪曾祺小说《八千岁》，专门写过一篇散文《草炉饼》。《八千岁》写“衣取蔽体、食止果腹”的米店老板“八千岁”专门吃一种极便宜的“草炉饼”，这勾起了张爱玲对于往昔的无限眷恋，她在上海也听到过“草炉饼”的叫卖声，却一直不知道究竟是什么，这回算是解开了将近五十年的一个谜。

张爱玲应该也注意到汪曾祺对“八千岁”父子特殊衣着的描写，虽然她那篇不点名地回应汪曾祺的散文，并未提到汪曾祺笔下“八千岁”的特殊服装。

汪曾祺写“八千岁”节俭，表现在食物上是专门吃极其廉价而粗糙的“草炉饼”，表现在衣服上，则是一年四季雷打不动，只穿一种老蓝布做的长过膝盖但距离脚面尚有一尺的款式奇怪的“二马裾”。这“二马裾”和“草炉饼”是“八千岁”的“标配”。

可悲的是，省吃俭用的“八千岁”突然被小军阀“八舅太爷”以“资敌”(暗通日本人)的罪名绑架，硬是勒索去九百块大洋，才肯放人。“八舅太爷”用一百块办了一桌满汉全席，让“八千岁”看得心痛。但小说没写“八千岁”是否知道，那出手豪阔的“八舅太爷”竟然还用另外八百块，给妓女虞小兰买了件“西狐肷的斗篷，好让她冬天穿了在宜园梅岭赏雪”!

分析“八千岁”这个人物，不仅要注意作者对他的吃物“草炉饼”的描写，还须懂得何为“二马裾”，以及“八舅太爷”用“八千岁”的八百块钱给那位风尘女子购置的“西狐肷的斗篷”。

7.“里外共套了四件质地粗糙的毛衣”

并非每个作家写人物的衣装都要大费笔墨。有时一笔带过，不加任何解释，但如果读者熟悉作家所写某个人群的衣着风格，仍然会发出会心的一笑。

朱文中篇小说《把穷人统统打昏》的叙述者“我”，是在“电厂”上班的青工，勒索他的父子四人是南京“大厂”附近“拣煤渣的”出身的苏北人，他们蛮横凶悍而又贫穷愚昧，这不仅在具体勒索行为中表现得淋漓尽致，也体现在各自的衣着上。

首先上场的是号称被“我”的破自行车撞伤的“破老头”，他总是“披着一件蓝色的油腻腻的棉袄”。“我”被他们父子逼着，用自行车推老头去医院检查。一路上这老头不予配合，只顾护着他的破棉袄不至于滑落，令推车的“我”痛苦不堪。

接着登场的是老头的儿子、开卤鸭店的黑社会强人“黑子”。“黑子”那一身掩不住烧鹅气味的“西装革履”一笔带过，却给人印象深刻。

再就是这家的老大，“更瘦的瘦子”，“竟然里外共套了四件质地粗糙的毛衣，如果把这四件毛衣剥掉，更瘦的瘦子瘦得不可想象”。

其他人的衣着倒也罢了，“里外共套了四件质地粗糙的毛衣”，真是神来之笔！小说特别提醒那“是一九九二年冬天的事情”，这说明“穷人”的这种穿法，那时候还很常见，而将这种穿法写入小说，或许只有朱文一人。

在人物服装上，像朱文这样真切的观察与本色的勾勒，实在胜过许多小说不着边际的千言万语的描绘。

8. 两种方式，各有千秋

古人谈论文学描写人物的方法，经常借用绘画理论的术语，比如说作家既可以“遗形写神”，就是不关心人物外貌而直指本心，但也鼓励“以形写神”，“形神兼备”。这个“形”，自然也包括穿着。

上述几个现当代文学中与服装有关的例子，对这两种传统都有所继承。优秀作家既可以不写或少写人物的衣着，也可以大写特写。两种方式各有千秋，都可以见出作家们的苦心孤诣与匠心独运。

“美食家”遇见“恶食者”

——汪曾祺怎样写“吃”

1.“人就是他所吃的什么”

费尔巴哈有句名言，“人就是他所吃的什么”。中国古人早就说“民以食为天”。谚云：“人是铁，饭是钢，一顿不吃心发慌。”人之为人，与他的食物、获取食物的渠道、享用食物的方式，关系匪浅。

小说既以写“人”为主，当然就会屡屡涉笔人的饮食。《史记·项羽本纪》写楚汉相争之际成败关键的“鸿门宴”，写到项羽赐酒，樊哙“立而饮之”，项羽又赐“生彘肩”，“樊哙覆其盾于地，加彘肩上，拔剑切而啖之。项王曰：‘壮士！能复饮乎？’樊哙曰：‘臣死且不避，卮酒安足辞！……’”樊哙勇食“生彘肩”，是因为当时军中流行生吃猪肉，还是项羽命手下“赐之彘肩”，而项羽的手下故意刁难樊哙，从厨房里拿来一块生猪腿肉？似乎各种可能性都有。这段文字虽为史传，实富于小说家的意趣。

《三国演义》“望梅止渴”“煮酒论英雄”的故事脍炙人口。《水浒传》梁山泊好汉“论秤分金银，异样穿绸锦，成瓮吃酒，大口吃肉”，还有那骇人的“母夜叉孟州道卖人肉”，也家喻户晓。日常饮食的描写，俯拾皆是。《西游记》写孙悟空大闹蟠桃会，何等风趣。到了《金瓶梅》和《红楼梦》，无论写娼门、酒肆还是富豪之家、公侯之门的各种宴席，已经令人应接不暇。《儒林外史》寓褒贬于一饮一食之间，更是讽刺家的高明。古代白话小说描写人物饮食的这一系传统，值得后人认真总结。

“五四”以后白话小说，志在启蒙，“为人生，也要改造这人生”，故多注目于重大社会问题，但也并未忘记饮食一事。

鲁迅笔下游民阿Q、蓝皮阿五和落魄文人孔乙己的饮酒，比起新派知识分子吕纬甫、魏连殳饮酒，风味迥异，各有特点。《风波》写赵七爷晚饭时，不怀好意地来到航船七斤家，“细细的研究他们的饭菜”，突然发问：“好香的干菜，——听到消息了么?”（他是问辛亥革命时被剪掉辫子的七斤是否听到“皇帝坐了龙庭”又要大家留辫子的消息），真是妙到巅毫，令人过目难忘。《药》的“人血馒头”早已成为现代文学的经典象征。《祝福》里做给“祖宗”吃的祭品，阿毛帮祥林嫂剥的毛豆，祥林嫂被夫家绑架时遗落在河边的淘米箩子，《伤逝》中为涓生所苦恼的“每日的‘川流不息’的吃饭”，尤其是子君离开时留给涓生的“盐和干辣椒，面粉，半株白菜”，这些她平常做饭的食材，任何人看了，都会凄然有感。而《社戏》中一群孩子夜晚在航船上煮“罗汉豆”吃，则是鲁迅小说罕见的一抹亮色。

不仅《呐喊》《彷徨》有许多写“吃”的段落，历史小说《故事新编》也经常写到“吃”。第一篇《补天》就写到共工怒触不周山，天崩地裂之际，道士们将所吃的丹砂“吐得很狼藉”。《奔月》写嫦娥不满丈夫后羿“整年地只给她吃乌鸦的炸酱面”，就偷食仙丹，独自飞升到月亮上去了。《理水》写“奇肱国”的飞车给“文化山”送来食物，“学者们也静悄悄，这是大家在吃饭”。“水利局”考察水灾的官员们则欣然享受灾民们献上的用水苔制作的“滑溜翡翠汤”，用榆树叶制作的“一品当朝羹”。《采薇》写伯夷叔齐兄弟从西伯“养老堂”的烙饼一天天小下去，推断武王即将发兵攻打商纣王。最后的“采薇”“吃鹿肉”也有浓墨重彩的描写。《出关》写孔子送给老子一只雁鹅，制成“腊鹅”，老子咬不动，只能叫学生吃了。在函谷关，听众们一边“吃饽饽”，一边听老子讲《道德经》。老子出关后，关令尹把老子的讲稿“放在堆着充公的盐，胡麻，布，大豆，饽饽等类的架子上”。

鲁迅小说一向以思想深刻著称，却也有如此丰富的饮食细节的描写。

现代作家写“吃”，另一个高手是钱钟书。《围城》写方鸿渐陪不同时期的女友吃馆子，写赵辛楣、苏文纨以及后来三间大学多位同事组织的各种宴会，写去三间大学的路上，银根吃紧，自私的李梅亭偷偷地“买了山薯对着墙壁吃”，写他们一行在金华的“欧亚大旅社”见识到各种不卫生的饮食，还有鹰潭一家小旅店的老板硬说“乌黑油腻”的“风肉”上的蛆为“肉芽”。这些描写，各有千秋，都是“围城”世界不可缺少的组成部分。

“十七年”和“文革”时期小说如何写“吃”，是一个有趣的话题，但一直缺乏系统的研究。《创业史》中“吃喝”的专利似乎都归给了反动富农姚士杰之流，其实就是家境殷实的姚士杰平时也很不讲究“吃喝”，只在极度颓废怨毒之际，才会自暴自弃地暴饮暴食一顿。姚士杰尚且如此，“蛤蟆滩”上那些穷棒子更可想而知。

“新时期”以后的小说家们写吃，似乎后来居上。

陆文夫《美食家》，标题赫然打出吃的招牌。虽然汪曾祺说这一篇主要不是写吃，而是写“馋”，但“馋”不也是一种吃的境界吗？

阿城《棋王》写棋呆子王一生吃饭，“吃得很快，喉结一缩一缩的，脸上绷满了筋。常常突然停下来，很小心地将嘴边或下巴上的饭粒儿和汤水油花儿用整个儿食指抹进嘴里”，“那些饭被他吃得一个渣儿都不剩，真有点儿惨无人道”。又写知青们吃蛇肉的样子，以及把罕见的麦乳精冲成大碗汤水，“喝得满屋喉咙响”。这些早被评论家包括作家们从多种角度加以探讨了。

王蒙《活动变人形》写“一顿饭就能改变世界观”的倪吾诚，充满无比辛辣的调侃。《在伊犁》写新疆维吾尔族同胞“喝茶”与“吃馕”的辩证关系，多么机智而幽默；写房东老大爷自酿葡萄酒，简直就是一首优美的农事抒情诗。近年“复出”的王蒙写于1970年代中期的长篇小说《这边风景》，也有许多精彩的吃喝描写。

张炜《古船》写地方一霸赵丙，为笼络上面派来核查洼狸镇粉丝大厂账目的官员，特地请张王氏操办一桌奇异的宴席。作品发表的当时，就有许多读者惊叹，年轻的作家张炜从哪里知道那么多罕见的食材与烹饪方法！赵丙平日在饮食上的讲究，规模不比张王氏那一桌奢豪的酒宴，但精神上相通：都包含着洼狸镇地区第一批共产党员赵丙这个其实是在家修行的“火居道士”从民间道教传统汲取的养生秘诀。赵多多“困难时期”寻找一般群众不敢下口的各种“恶食”，也令人触目惊心。

《废都》写“西京”文化界“名流”的大小宴会，显然从《金瓶梅》《红楼梦》获得灵感，只是规模气势相去甚远。“文学陕军”其他两位也善于写吃。路遥《平凡的世界》开头用整整一章的篇幅，详细描写孙少平初入县立高中时，整天为了只能吃最便宜的“丙菜”

而痛苦煎熬的情景，就先声夺人。《平凡的世界》第一章基本上是作者的短篇小说《在困难的日子里》相同场景的重现。陈忠实《白鹿原》写黑娃看不惯“吝皮”的财东“舔碗”的习惯，竟愤而离去，也是不可多见的精彩一笔。至于冷先生的女儿、鹿兆鹏挂名的妻子服侍公公鹿子霖吃饭，偷偷地放一小把杂草在碗底，这跟鹿家祖先“勺勺客”的发家史一样，都是在一饮一食之间，写尽了人性的黑暗与人生的无奈。

路遥以极度悲怆之情描写匮乏年代普通人生理和精神上的双重饥饿，余华《许三观卖血记》第十九章，则用了一大半篇幅，写许三观用嘴巴给全家每人炒了一道各人想吃的菜。许三观假戏真做，一丝不苟，这就在路遥的悲怆之外，又多了一层黑色幽默的况味。

古今作家写“吃”，各有千秋，不绝如缕。这里以短篇小说《八千岁》为例，集中谈谈汪曾祺怎样写“吃”。

2. 金冬心与“反季食品”

汪曾祺散文和小说数量不多，但质量很高，经得起一读再读。他在文学史上的地位不仅无可争辩，而且与日俱增。

汪老另外还有一个身份，就是人称“美食家”。因为他爱吃，夸口“什么都吃”。他主张“一个人的口味要宽一点，杂一点，‘南甜北咸东辣西酸’，都去尝尝”。他自豪地说，“甚矣，中国人口味之杂也，敢说堪称世界之冠”。

不仅爱吃，他还能下厨房，做一些“寒宅待客的保留节目”。汪曾祺一生简朴，住处狭窄，根本没个像样的厨房，他只是随遇而安，自得其乐，苦中作乐，把做菜当写作的一种调剂。他还说，做菜之前，从打算吃什么，到逛菜场实际选料，也是一种“构思”。

所以汪曾祺也很爱谈吃。他的散文尤其爱谈中国各地的食物和自己发明的“美食”。往往谈得兴会淋漓，令人口舌生津。

但汪曾祺反对别人称他为“美食家”。对“美食家”这顶帽子，他始终拒不接受。

其实是否美食家并不重要。究竟何为美食家，也并没有大家都能接受的定义。汪曾祺爱吃，爱谈吃，爱做菜，只是热爱生活、感恩生活的一种表现。用他自己的话说，“我所谈的都是家常小菜。谈吃，也是一种对生活的态度，对文化的态度。”

所以汪曾祺绝非饕餮之徒，绝不刻意讲究什么“食不厌精，脍不厌细”。对过分讲究的“美食”他嗤之以鼻。他曾公开撰文反对“工艺美食”，就是把食物弄出各种奇形怪状的花样。他认为那简直是胡闹。

汪曾祺有篇小说叫《金冬心》，写扬州八怪之首金农，被财大气粗的盐商请去，陪达官贵人吃饭。他们吃的东西名贵而稀罕，叫作“时非其时，地非其地”，就是一桌菜，没一样是当地出产，也没一样是当时所有。今天大家都害怕大棚养殖的“反季食品”，而当时却特别名贵。汪曾祺写拍马屁的盐商和无聊文人，跟在达官贵人后面，装模作样赞叹那一桌美食，其实就是批判那种附庸风雅、夸奢斗富的吃法。

汪曾祺并不完全否定名贵的菜肴，但他强调这绝非平常人所能享受，而且许多名贵菜肴也确实超出了正常人的生理需要，除非特殊场合特殊需要，基本属于炫富和浪费。

汪曾祺所谓“美食”，只是在粗茶淡饭中享受生活，感恩生活。如果这也是“美食家”，那它肯定要遭遇对立面，即“恶食者”。

“恶食者”不是汪曾祺的原话，而是我的一个概括。我发现汪曾祺散文多谈“美食”，小说却常常写到穷奢极欲暴殄天物的饕餮之徒，他们用不义之财追求过度消费，自以为是美食家，瞧不起普通人的粗茶淡饭，其实这些人哪里是什么美食家，顶多只能算是“恶食者”。

汪曾祺短篇小说《八千岁》，就生动描写了这两种“美食”观念的尖锐对立，也就是“美食家”和“恶食者”的狭路相逢。

3.“八千岁的菜谱”·“饭陪”·“草炉饼”

小说《八千岁》的主角就叫八千岁，他靠着一股子心劲，埋头苦干，拼命硬干，居然成为家资饶富的米店老板。发家之后，他“包子有肉，不在褶儿上”，依然保持勤俭持家的本色。但八千岁的勤俭有点过分，“无论冬夏，总是一身老蓝布”，对任何超出基本需要的“美食”都不感兴趣。那些游手好闲之辈和富贵之家所夸耀的“美食”，根本不入他的法眼。他总是说，“这有什么吃头！”

八千岁平常都吃些什么呢？小说这样交代：

> “八千岁的菜谱非常简单。他家开米店，放着高尖米不吃，顿顿都是头糙红米饭。菜是一成不变的熬青菜。——有时放两块豆腐。”
>
> “有卖稻的客人时，单加一个荤菜，也还有一壶酒。客人照例要举杯让一让，八千岁总是举起碗来说：‘我饭陪，饭陪！’”
>
> “这地方有‘吃晚茶’的习惯——八千岁家的晚茶，一年三百六十日，都是草炉烧饼，一人两个。”

小说有一大段文字写“草炉烧饼”，总之极其粗糙、简单而便宜。汪曾祺写得实在太好了，以至于惊动大洋彼岸深居简出的张爱玲，专门因此写了篇《草炉饼》。这是题外话，不说也罢。

八千岁这样吃，人以为苦，他反以为乐。“头糙红米饭”“青菜豆腐”和“草炉饼”，就是他的“美食”，如果八千岁也知道有“美食”这个说法的话。

看八千岁吃饭，令人想起汪曾祺唯一的中篇小说《大淖记事》，那些“靠肩膀吃饭”的挑夫们也是这么吃饭的：

> 一到饭时，就看见这些茅草房子的门口蹲着一些男子汉，捧着一个蓝花大海碗，碗里是骨堆堆的一碗紫红紫红的米饭，一边堆着青菜小鱼、臭豆腐、腌辣椒，大口大口地在吞食。他们吃饭不怎么嚼，只在嘴里打一个滚，咕咚一声就咽下去了。看他们吃得那样香，你会觉得世界上再没有比这个更好吃的饭了。

这些挑夫“无隔宿之粮，都是当天买，当天吃”，八千岁却是米店老板，但挑夫们的小菜竟然胜过八千岁。八千岁只有“青菜豆腐”，挑夫们吃饭，还“一边堆着青菜小鱼、臭豆腐、腌辣椒”呢。

这当然只是细微区别，本质上八千岁和挑夫们属于一类，就是热爱生活，拼命工作，无所抱怨，心存感谢，粗茶淡饭，甘之如饴。汪曾祺就是欣赏、推崇普通中国人的这种生活态度，所以他的小说特别接地气，特别令人感到温暖而踏实。

4. “八舅太爷”的“满汉全席”

小说写到一半，突然蹦出个“八舅太爷”，几乎动摇了八千岁的生活原则与饮食习惯。

“八舅太爷”青红帮出身，趁着抗战，混入军界，带着他的“独立混成旅”，在里下河几个县轮流转。名为保境安民，实乃鱼肉乡里，大发国难财。看过沪剧《芦荡火种》或者汪曾祺由沪剧改编的京剧《沙家浜》的读者，不妨将这位“八舅太爷”想象成土匪头子“胡传奎”。他们是一类人。

“八舅太爷”在八千岁家乡驻扎了一阵子，突然奉调“开拔”去外地。临行前他以“资敌”的罪名绑架了八千岁，勒索八百大洋，才肯放人。

“八舅太爷”花六百块钱给一个流落江湖的风尘女子买了件高级斗篷，剩余二百，就办了“满汉全席”，“吃它一整天，上午十点钟开席，一直吃到半夜!”

当地人没见过“满汉全席”，“八千岁”刚放出来，忍不住也跑去看，“一面看，一面又掉了几滴泪，他想：这是吃我哪!”这事过后，八千岁的饮食有了微妙变化：

> 吃晚茶的时候，儿子又给他拿了两个草炉饼来，八千岁把烧饼往账桌上一拍，大声说：“给我去叫一碗三鲜面!”

八千岁竟然不吃草炉饼，改吃三鲜面，这是受了“八舅太爷”刺激，自暴自弃，开始大手大脚，挥霍浪费呢？还是因为刺激而想开了，从此不再苦待自己，也适当讲究一点吃喝？又或者只是一时的赌气，过后还要继续吃“草炉饼”？小说没有交代，但总之被“八舅太爷”这一闹，八千岁确实伤透了心。

在八千岁看来，吃饭就是吃饭，讲究那么多干嘛!“美食”只是

“八舅太爷”之流弄出来的花样。他们的“美食”，在八千岁看来就是“恶食”，而“八舅太爷”或他人眼里的“恶食”，才是八千岁的“美食”。

八千岁和“八舅太爷”的美食观势不两立。实际上正是八千岁远近闻名的节俭之风激怒了本来毫不相干的“八舅太爷”。“八舅太爷”这种人就是要巧取豪夺，就是要铺张浪费，就是要矜夸炫耀，就是要穷奢极欲，而八千岁引以自豪且为人称道的作风处处与之相反，这岂不是要跟他唱对台戏吗？这岂不就等于给他“八舅太爷”打脸吗？

这个道理，小说写得很清楚：

> 八舅太爷敲了八千岁一杠子，是有精神上和物质上两方面理由的。精神上，他说：“我平生最恨俭省的人，这种人都该杀！”

无权无势的八千岁只是本分地享受他自己的“美食”，但手握重兵、为所欲为的“八舅太爷”就不同了，他不仅享受自己的“美食”，还要推己及人，至少方圆数百里受他“保护”的乡民都必须认同、称赞、羡慕他的“美食”。他岂能容忍在势力范围之内，还存在另一种迥然不同却受人尊敬的“美食”？

所以“八舅太爷”一定要绑架、勒索八千岁，一定要碾压乃至摧毁八千岁“这种人”的美食。“八舅太爷”的美食是“满汉全席”，八千岁的“美食”是“头糙红米饭”“青菜豆腐”“草炉饼”，二者表面上井水不犯河水，却迟早要发生冲突，因为性质太不相同，所谓冰炭难容，不共戴天。

5. “神圣的快乐”

汪曾祺小说，跟他所激赏的当代另一位优秀作家阿城的短篇《棋王》一样，都注意描写“吃”这个“人生第一需要”。他们笔下的“八千岁”，挑夫，棋王“王一生”的“吃”，既满足生理需求，更显出“一种神圣的快乐”。要说“美食家”，这些人才是真正的“美食家”。

作为对照，汪曾祺也经常写到“恶食者”，就是那些张牙舞爪的饕餮之徒，他们用不义之财追求过度享受，暴殄天物，也败坏了生活。读汪曾祺小说，是否可以得出这样的结论：只有“八千岁”这些人才是真正的“美食家”，但他们从不张扬，他们的“美食”也平淡无奇，甚至相当粗糙，跟他们相比，那些所谓的“美食家”，顶多只是“八舅太爷”之流的“恶食者”？

一饮一食之间，蕴含着生活的真理。汪曾祺就是善于在一饮一食之间观察中国人，赞赏那可赞赏的，批判那应该批判的，善善恶恶，激浊扬清，给人以深刻的启迪。

身体：中国小说最大的“本钱”

1. 史家和小说家皆重身体描写

《三国志》记刘备“身长七尺五寸，垂手下膝，顾自见其耳”，这倒并非有乖于史法。陈寿要说明“先主”神异，必须添上这笔，犹如《史记》《汉书》都煞有介事记载刘邦“隆准而龙颜，美须髯，左股有七十二黑子”。

写人而及于身体，此乃史家惯技。但季羡林先生认为，“垂手下膝，顾自见其耳”，有佛经影响，属于佛教所谓佛的诸般好相之一（《三国两晋南北朝正史与印度传说》）。东汉举孝廉，魏晋实行九品中正制，士人做官靠名声，也重德行言语容貌。自汉至唐，史书描写奇貌异相，已不限帝王将相，小说则更铺张。到了《三国演义》写刘备，更落实为“两耳垂肩，双手过膝，目能自顾其耳”了。鲁迅认为这绝非写实，应该“至少将他打一个对折：觉得比通常也许大一点，可是决不相信他的耳朵像猪猡一样。”（《伪自由书·文学上的折扣》）

对于身体的描写，并不一定都那么夸张。平平静静一笔，意义或许更加重大。比如《三国演义》写刘皇叔席间如厕，见髀肉复生，猛然自警，不敢蹉跎岁月，此后遂有三国鼎立一场大戏。

小说家看重“身体”，远过于史家。自古至今，身体都是中国小说最大的本钱，好比《肉蒲团》中“未央生”的命根子（也叫“本钱”）。很难想象，离开身体之“形”，中国小说将如何去写超乎身体之“神”？“以形写神”“形神兼备”的口号响彻古今，是否说明中国之“神”缺乏语言，需要身体来帮忙？

懂得此理，就懂得中国文艺（包括小说）的大半。

2. 古代小说各种身体奇观

但形和神、身与心毕竟是两件事，由此及彼，要克服很大的距离。魏公子感叹“身在江湖之上，心居乎魏阙之下，奈何？”一种办法，是刘勰所谓“寂然凝虑，思接千载；悄然动容，视通万里”，充分发挥想象。但这往往只能瞎想，过不了瘾。何况心灵如此自由，肉体凡胎怎么追赶？所以第二种方式更好：将身体神秘化，令它无所不能，这就在某种意义上大大缩短了身与心、形与神的距离。

中国文学史上关于身体的各种奇想和具体描写的各种奇观，从六朝志怪和志人、唐宋传奇，到宋、元、明、清白话小说，直至“现当代”和“新世纪”，真是不绝如缕。

志人的《世说新语》还谈不上身体的奇观，但写身段，则“玉树临风”；写眼神，则“烂烂如岩下电”，也已经相当可观。后世小说人物出场照例的“有诗为证”，更将“魏晋风度”这种典型写法发扬光大。《世说》不仅是鲁迅所谓“名士的教科书”，也是后世作家“以形写神”的好参考。可惜只给身体以抽象形容，还缺乏活龙活现的细节描摹。

志怪小说《阳羡笼鹅记》写一个书生钻进卖鹅人置于道旁的鹅笼，吐出一桌酒席，又吐出一女子与之对食。书生醉卧，女子吐出另一男子对食。书生将醒，女子将男小三吸进肚里，书生不知，吞了女子和酒席，钻出笼子，辞别卖鹅人。整个过程，鹅笼不加大，书生、女子、男小三、酒席皆不加小。如此“幻设”，堪称奇绝。据说故事原型也来自印度，而在六朝，类似奇观并不多见。

至唐传奇，身体的各种超能力骤增。“昆仑奴”（疑似非洲黑奴）飞檐走壁，长途负重，御风而行，可当“武功盖世”的侠客之鼻祖。“聂隐娘”缩身如蚊，杀人无形，去来无阻，则是后世“剑仙”的老祖母。《柳毅传书》《补江总白猿记》《任氏》的人、神、兽、妖、鬼怪，缠绵悱恻，而又倏忽变化，摩天入地，登山履海，自由自在，开了明清神魔小说的先河。说是人，却忽而为神，为兽，为妖，为鬼，无论本领多大，都不奇怪，就看作者如何发挥他的想象了。

肉身具超能力，似极悠久，实乃后起。共工触不周山，女娲补天，后羿射日，大禹理水，周穆王驾飞车见西王母，皆神话传说，重点却并不在凡人的特异功能。庄子设想“真人”“至人”濡水不湿、向火不热、卧冰不寒，乃至白圭涂鼻，运斤成风，圭除而鼻不伤，亦非渲染身体神功，而是借寓言来阐明大道妙要。三闾大夫赋《离骚》，脑海波起，上下求索，托辞谬悠，而真幻之际，殆未淆乱。《史记》写战国四大刺客荆轲、专诸、豫让、聂政，都武功平平。卓特之处，唯在敢于赴死耳。

总之，原始神话赋予半神半人以超常的本领，与凡人无关。初期道家也并不将肉体凡胎神秘化。墨家赞赏重诺好义，视死如归，并不关心武功如何。“子不语怪、力、乱、神”，其与后世所谓“武艺”有关者，大概只有“射”“御”而已。据说武则天开“武举”，

“十八般武艺”逐渐齐全，但也限于练兵征伐，注重实用，摒弃玄怪。宋代的说书，专门有“朴刀杆棒”，但直到明人笔下的“水浒”好汉出现之前，书中人物的武艺大多仍然质朴无华。民间“打熬气力”如九纹龙史进，往往不得其门而入，至多膂力过人，神勇善斗而已。赢得了“真好汉”的上乘武功，大多还在皇家和行伍，如八百万禁军教头王进、林冲，杨令公玄孙杨志、呼延赞后人呼延灼之流。这些都并没有直接沿袭唐传奇的路数。

也有另类。比如，戴宗以甲马符咒日行千里，公孙胜仗剑作法呼风唤雨，则都是东汉以来道教所赐，中经唐传奇而发扬光大。其他如房中秘技、呼吸导引、药毒放蛊、医术通神、观象占卜、神机妙算、诡习怪术，在质朴实用的武功之外，更造就了《三国演义》《水浒传》《西游记》《金瓶梅》的身体奇观。即使“以公心讽世之书如《儒林外史》者”，也写到王冕的善观天象。

后世读者看到这些描写，大多津津有味，其实这都是中国说部之糟粕。鲁迅谈明代的“四大奇书”，干脆跳过武术、斗法、幻化、房中等身体之“奇”，而直探作者对“世情”“人情”的体察，指示精华在此不在彼。到了清代，《红楼梦》既憎儒术，复恶道流，而独写真情之悲凉，故成高格。

后人不解此理，一味崇尚身体之奇，结果就如鲁迅所说，出现了“中国的奇想”。例如“剑侠”小说特别发达：

> 唐宋以来，偷生的小市民就已崇拜替自己打不平的“剑侠”，于是《七侠五义》、《七剑十八侠》、《黄山怪侠》、《荒林女侠》——层出不穷。

鲁迅认为，从唐宋到晚清民国，“剑侠”小说的演变，由南唐入宋的吴淑《江淮异人录》颇为关键。其书所录，“凡二十五人，皆传当时侠客术士及道流，行事大率诡怪。唐段成式作《酉阳杂俎》，已有《盗侠》一篇，叙怪民异事，才仅九人，至荟萃诸诡幻人物，著为专书者，实始于吴淑，明人钞《广记》伪作《剑仙传》又扬其波，而乘空飞剑之说日炽，至今尚不衰”。金庸写打杀仇敌后用药水化灭尸体，就可见于《江淮异人录》所记道家方术。

> 宋代虽云崇儒，并容释道，而信仰本根，夙在巫鬼——仍多变怪谶应之谈——迨徽宗惑于道士林灵素，笃信神仙，自号“道君”，而天下大奉道法。至于南迁，此风未改，高宗退居南内，亦爱神仙幻诞之书。

宋人身体奇想最盛，乃因道教继东汉之后再度流行，益发喜欢“近取诸身”，专门发掘身体的“诡幻”。对于身体的认识和想象，中国人是并不“专重实际”的：

> 外国人不知道中国，常说中国人是专重实际的。其实并不，我们中国人是最有奇想的人民——狂赌救国，纵欲成仙，袖手杀敌——

“中国的奇想”多演为身体奇观，身体奇观多来自道教，故鲁迅笔锋所指，尤在道教，他在致好友许寿裳的信中就说过一句有名的话——

> 中国根柢全在道教——以此读史，有多种问题可以引刃而解。后以偶阅《通鉴》，乃悟中国尚是食人民族，因成此篇（按指《狂人日记》）。

“吃人”者不仅有儒家“礼教”，更有道教方术，且据地极坚，几千年来明白其无益的竟没有几个。因此鲁迅又说，“人往往憎和尚，憎尼姑，憎回教徒，憎耶教徒，而不憎道士。懂得此理者，懂得中国大半”。

鲁迅小说杂文也多身体描写，似乎和古代身体奇观波澜不二，实则以毒攻毒，意在打破数千年的身体之迷梦。比如《药》揭露了辛亥革命的不彻底，但也憎恶“人血馒头”之类道教方术。《铸剑》写鼎中三头惨烈撕咬，激发人们反抗专制，向真有侠义精神的“眉间尺”和“黑色人”致敬。鲁迅描写身体，目的绝非单纯展览身体奇观，而是想唤醒身体的真实感觉，以抵御包括身体在内的各种“中国的奇想”。比如，他强调大腿上“蚊子的一叮”比诗家哲人的“世界苦恼”更重要，就因为“总是本身上的事情来得切实”。

写身体，若无这种“切实”的精神，就容易堕入魔道。

3. 新文学中的身体

“吾之大患，在吾有身”，文学总要涉及身体，但身体所以重要，乃因它“切实”，否则大可不写。吕纬甫、祥林嫂、孔乙己的外形，寥寥数笔，见出精神的某一特征便足矣。阿 Q、单四嫂子、中年闰土、子君、涓生的外貌，都不著一字，但写了灵魂的深，全体宛在。

旧约《圣经》的身体只有吹嘘进灵魂才成“活物”，是灵魂在世上的帐篷，来自尘土又归于尘土。先知说预言，行神迹奇事，全赖圣灵，并非身体本有大能。摩西指挥战斗，甚至连举手之力都没有，而要别人协助。因为要说明，即使如力士参孙的身体也不足恃，这才对血肉之躯略加描写。《新约》叫信徒顾惜身体，不可沾染世上污秽，因它是神的殿，有圣灵住在里面。这是基于灵命的爱惜，并非在世俗意义上加意呵护。圣保罗就告诫他在灵里所生的儿子提摩太，“操练身体，益处还少；惟独敬虔，凡事都有益处，因有今生和来生的应许。”托尔斯泰探索浩瀚的心灵世界，同样也无暇顾及身体。他令读者想到人物外貌，不因写了身体，而是深刻把握了“心灵辩证法”，读者才禁不住要替他补足身体描写的空缺。总之，基督教背景的西方文学不像中国传统小说那样大肆描写身体，而这也成了“五四”以来中国文学的一个重要借鉴，故“五四”新文学的身体描写，较之古代小说，已大幅减少。

但“五四”以后，中国文学接收的异域影响，在基督教文化之外，还有希腊日神和酒神冲动、文艺复兴时代拉伯雷式的身体狂欢和“拉美魔幻现实主义”。这些外来影响和源远流长的道教传统一旦合流，势必会冲破“五四”新文学的堤坝，造成身体描写的大波。

现代优秀作者如郁达夫、老舍、张天翼、丁玲、沈从文、柔石、吴组缃等偶写身体，但人道主义理想、社会政治的关切和个人的浪漫情怀不允许他们过分耽于奇想。

但如上所述，因为“五四”新文学的来源甚杂，所以也有例外。比如，小说家茅盾以《蚀》三部曲现身文坛时，就喜欢暴露身体。至扛鼎之作《子夜》，身体描写有增无减。吴荪甫只有一个思想，就是在凶险的政治军事和金融环境中竭力扩大实业，为此终日焦虑兴奋，而其焦虑兴奋无以言表，只能变为各种神经质的动作，比如在书房不断踱步，经常抓起电话却不知说什么。使用最多的身体道具，则是“紫酱色脸”上动辄发红的许多“小疱”。茅盾对此真是百写不厌。至于颤抖的乳峰、雪白的大腿和充满诱惑力的臀部，更是茅盾小说的招牌。这可能与茅盾早年研究中国神话和文学中的性描写有关，但根本还是人物太概念化，干瘪虚假的灵魂唯有用丰满刺激的身体包装起来，才不至于顷刻坍塌。

路翎是另一极端，他狂热追求灵魂本相，但因为和茅盾一样缺乏洞悉灵魂的语言，也不得不借助于身体的痉挛、抽搐、扭动。路翎的人物每说一句话，表达一个意思，仿佛都要调动整个身体来吃力地配合。

4. 钱钟书频繁“冒犯”女体

钱钟书对描写人物的身体，兴趣浓厚，在现代作家群中，很可能无出其右者。

《围城》中几乎每个人物的出场，作者都要不厌其烦地描写其身体的某一种（或一组）特征，不管男女老幼，正面或反面人物，甚至就连并没有多少戏份的小孩，也不放过。

比如，小说开头写甲板上那个“不足两岁”的男孩，就毫不客气也好没来由地挖苦他“塌鼻子，眼睛两丝斜缝，眉毛高高在上，跟眼睛隔得彼此要害相思病”。作者或许对这一笔描写还甚为得意，所以又把对这孩子相貌的形容，赠给后来登场的诗人曹元朗——方鸿渐在苏文纨家初见曹诗人，吓了一跳，“想去年同船回国的那位孙太太的孩子怎么长得这样大了”。

当然钱钟书的笔墨主要还是用在对女性身体的描写上。苏文纨出场是这样写的：

> 那个戴太阳眼镜，身上摊本小说的女人，衣服极斯文讲究。皮肤在东方人里，要算得白，可惜这白色不顶新鲜，带些干滞。她去掉了黑眼镜，眉清目秀，只是嘴唇嫌薄，擦了口红还不够丰厚。假使她从帆布躺椅上站起来，会见得身段瘦削，也许轮廓的线条太硬，像钢笔画成的。

至于那男孩的母亲，则是三十开外，“穿件半旧的黑纱旗袍，满面劳碌困倦，加上天生的倒挂眉毛，愈觉愁苦可怜。”

钱钟书写女性长相，经常挖苦刻薄到肆无忌惮的地步，比如写接下来登场的鲍小姐：

> 她只穿绯霞色抹胸，海蓝色贴肉短裤，漏空白皮鞋里露出涂红的指甲。在热带热天，也许这是最合理的妆束，船上有一两个外国女人就这样打扮。可是苏小姐觉得鲍小姐赤身露体，伤害及中国国体。那些男学生看的满腔邪火，背著鲍小姐说笑个不了，心里好舒服些。有人叫她“熟食铺子”（charcuterie)，因为只有熟食店会把那许多颜色暖热的肉公开陈列；又有人叫她“真理”，因为据说“真理是赤裸裸的”。鲍小姐并未一丝不挂，所以他们修正为“局部真理”。

这样描写，似乎还意犹未尽，隔了六七页，又追加一大段：

> 鲍小姐纤腰一束，后身有极丰厚的天生皮肉坐垫，正合天方夜谭里亚剌伯诗人所描摹歌颂的美人条件：“身围瘦，臀部重，站立的时候沉得腰肢酸痛”。长睫毛下一双欲眼，似醉，含

> 笑，带梦的大眼睛，圆满的上嘴唇，好像鼓着跟爱人在使性子。有识见的男人做了这种女人的丈夫，定要强她带上外国古代的“贞洁带”（Cingula castitatis），穿上中国古代的“穷裤”，把她锁在高墙深屋的铁笼子里，雄苍蝇都不许飞进去。

当初《围城》在上海《文艺复兴》杂志上连载，青年批评家王元化指斥作者“开香粉铺子”，就是不满书中的此类描写。

《围城》写女性身体，也并不总是围绕“性”来做文章，一般所谓“相貌特征”，尤其美丑判断，也在在皆是。不过，《围城》欣赏女性美，有是有，却极其罕见，似乎只对美若天仙的唐晓芙，才破天荒地不吝褒词——

> 唐小姐妩媚端正的圆脸，有两个浅酒窝。天生着一般女人要花钱费时，调脂和粉来仿造的好脸色，新鲜得使人见了忘掉口渴而又觉嘴馋，仿佛是好水果。她眼睛并不顶大，可是灵活温柔，反衬得许多女人的大眼睛只像政治家讲的大话，大而无当。古典学者看她说笑时露出的好牙齿，会诧异为什么古今中外诗人，都甘心变成女人头插的钗，腰束的带，身体睡的席，甚至脚下践踏的鞋袜，可是从没想到化作她的牙刷。她头发没烫，眉毛不镊，口红也没有擦，似乎安心遵守天生的限止，不像有些女人，麻子涂雪花膏，或非洲人洒漂白粉似的，要弥补造化的缺陷，以人定胜天。总而言之，唐小姐是摩登文明社会里那桩罕物——一个真正的女孩子。

作者也许将描写青年女性的好话，一股脑儿都给了唐小姐，所以等到真正的女主人公孙柔嘉登场，就只有寥寥几笔了——

> 孙小姐长脸，旧象牙色的颧颊上微有雀斑，两眼分得很开，使她常带着惊异的表情。打扮甚为素净，怕生得一句话也不敢讲，脸上滚滚不断的红晕。

好话太过吝啬，坏话却应有尽有。比如形容刘小姐的胖，范小姐的近视，汪太太“残酷地白”——还让孙柔嘉给汪太太草描了一个“扼要”：“画一张红嘴，相去一寸许画十个尖而长的红点，五个一组，代表指甲，此外的身体面目全没有”。作者还借方鸿渐的口，对孙柔嘉这份“扼要”大加赞赏：“真有点像，亏你想得出！”

《围城》全书对女性身体的“冒犯”，在描写“欧亚大旅社”的女店主时，真可谓登峰造极了：

> 掌柜写账的桌子边坐个胖女人，坦白地摊开白而不坦的胸膛，喂孩子吃奶；奶是孩子的饭，所以也该在饭堂里吃，证明这旅馆是科学管理的。她的奶肥大得可以进波德莱亚(Baudelaire)咏比利时土风的诗，小孩子吸的想是融化加糖的猪油。那女人不但外表肥，并且看来脑满肠肥，彻底是肉，没有灵魂——假如她有灵魂，也只是那么一点点，刚够保持她的肉体不至于腐烂，仿佛肉上撒了盐，因为全没有灵性，肉体就死了。无论如何，她那样肥硕，表示这店里饭菜的营养丰富，靠掌柜坐著算得不落语言的好广告。

钱钟书对女性身体缺陷或不雅之处如此兴味盎然，除了唐小姐一人之外，几乎毫无例外地要大写特写，而且必定出以挖苦刻薄贬损的口吻。这在西方文学批评中，很可能要被归入仇视女性的所谓“厌女症”（misogyny）范畴。

不过在《围城》小说中，作者似乎也曲折地提供了他之所以要如此频繁地“冒犯”女性身体的理由。比如，书中写到赵辛楣、方鸿渐、孙柔嘉、李梅亭、顾尔谦一行人在江西吉安，幸亏得到当地“妇女协会”一位“女同志”的担保，才顺利地拿到三闾大学的汇款，解了燃眉之急。当天晚上临睡时，赵辛楣和方鸿渐还是忍不住要对这位“女同志”的长相议论一番。赵辛楣说，“鸿渐，你看那位女同志长得真丑，喝了酒更吓得死人，居然也有男人爱她”。方鸿渐则说，“我知道她难看，可是因为她是我们的恩人，我不忍细看她。对于丑人，细看是一种残忍——除非他是坏人，你要惩罚他。”

《围城》如此大肆描写女性容貌——多半是她们容貌方面的种种缺陷和不雅之处，难道就是作者觉得她们都是“坏人”，应该予以“惩罚”，所以必须“残忍”地“细看”吗？

对人物的身体特征，小说家并没有任意描绘的特权。他应该讲究一点必要的“分寸”，尤其不能随便闯入某些“禁区”。有趣的是，钱钟书在描写女性以及大部分男性的身体特征时竟会毫无节制，频频丢弃“分寸”，闯入“禁区”，唯独对于赵辛楣和方鸿渐，似乎有意识地设立了身体描写的禁区。他从来不写方鸿渐长得怎样，对赵辛楣，除了“近三十岁，身材高大，神气轩昂”之外，也不再添加任何说辞。作者对方、赵二人，为何如此客气？难道他们都是“好人”，作者因此就不忍“细看”他们的长相了吗？

这个问题，至今还是一个不那么容易解答的谜。

5. 身体在“新时期”以后全面复归

“十七年文学”如《林海雪原》《红日》《青春之歌》和《创业史》《山乡巨变》接续了这个传统，虽时遭质疑，却难以扨置。有学者认为，尽管“十七年文学”一般说来是“反日常”“非日常”的，但恰恰在“反日常”“非日常”的革命叙事中，“日常身体”仍然得到顽强的呈现（李蓉博士论文《“十七年文学”（1949—1966）的身体阐释》）。

进入“新时期”，身体描写愈演愈烈。

第一个高峰，是1985年韩少功的《爸爸爸》，其后则有张炜《古船》（1984—1986），贾平凹《黑氏》、《人极》（1985），莫言《爆炸》（1985）、《红高粱》（1986），陈忠实《白鹿原》（1988—1992）等。这些作家各自都寻到一方文化之“根”，但共同的“根”其实还是身体。

《爸爸爸》中侏儒丙崽“吃人肉”（祭谷神）、“械斗”之后尸横遍野、饿狗吃死人直打饱嗝、山民“坐桩”而死、老弱病残自愿服毒而死好给青壮年让出口粮，种种极端的身体描写，在张炜、贾平凹、莫言小说中迅速得到回应。《古船》中还乡团和民兵冤冤相报，土改和“文革”暴行，“文革”后赵多多及其扈从的日常暴力，皆首先施于身体。强刺激的身体暴力上承《蚀》三部曲，下启莫言等一大批青年作家。其中“四爷爷”赵丙熟参阴阳、讲究“食补”、以干女儿隋含章为工具采补二十年、平常勤练呼吸导引以调息“精气神”、求长生、占卜、看相，可谓集道教方术之大成。李佩甫《羊的门》中“呼天成”，某种程度上可以视为“四爷爷”赵丙的延续。

韩少功、张炜后来都从身体“寻根”一路上行，试图抵达人文主义和社会批判的话语高原，但力不从心，很快现出资源枯竭，不复当年在身体上用墨如泼、紧接地气的酣畅淋漓（如今韩少功的身体描写似乎有些减少，张炜则频频反顾，新作《独药师》《艾约堡秘史》又大肆书写各种对于身体的呵护，展览各种身体的奇观了）。

贾平凹、莫言则紧紧抓住身体不放，文艺复兴以后人性论、弗洛伊德、魔幻现实主义等外来影响不自觉中与道教方术结合，莫之能御。等到《亮出你的舌苔或空荡荡》（1987）闹出民族纠纷（1989），这才告一段落。

20世纪90年代和“新世纪”，风声稍转，高潮再起。贾平凹《美穴地》（1990）、《废都》（1993）导其先，陈忠实《白鹿原》、余华《许三关卖血记》（1995）继其后，莫言《丰乳肥臀》（1997）、《檀香刑》（2001）、《生死疲劳》（2006）和李锐《无风之树》（2003）扬其波，集大成者则是阎连科的《耙耧天歌》（1997）、《年月日》（1997）和《日光流年》。此外还有大批青年作家自以为前无古人的“下半身写作”。贾平凹的现代房中术、余华的鲜血淋漓、莫言的身体暴力（“檀香刑”酷似《爸爸爸》的“坐桩”）和六道轮回（唐宋传奇和宣扬果报的明清白话之惯技），都“似曾相识燕归来”。《无风之树》中的“瘤拐”，《日光流年》中的“喉堵”，令人想起《爸爸爸》中“丙崽”和《古船》中侏儒“小累累”的身体疾患。

6. 两段奇文

阎连科的中篇小说《耙耧天歌》写尤四婆的治病偏方，竟是一代又一代以父母的骨头汤来缓解儿女遗传病，这与民间道教方术渊源甚深，不啻对鲁迅《药》的一种改写。他的另一部中篇《年月日》，写外出逃荒的村民们回到村子里，发现他们的“先爷”，一个特别倔强的老汉，为了抗击干旱，替村民保留玉蜀黍的余种，竟然自掘坟墓，用自己的身体做肥料，与最后存活下来的那颗玉蜀黍完全融为一体：

> 他整个身子，腐烂得零零碎碎，各个骨节已经脱开。有一股刺鼻的白色气息，烟雾样腾空而起。先爷躺在墓里，有一只胳膊伸在那颗玉蜀黍的正下，其余身子，都挤靠在玉蜀黍这边，浑身的蛀洞，星罗棋布，密密麻麻，比那盲狗身上的蛀洞多出几成。那棵玉蜀黍根的每一根根须，都如藤条一样，丝丝连连，呈出粉红的颜色，全都从蛀洞中扎在先爷的胸膛上，大腿上，手腕上和肚子上。有几根粗如筷子的红根，穿过先爷身上的腐肉，扎在了先爷白花花的头骨、肋骨、腿骨和手骨上。有几根红白的毛根，从先爷的眼中扎进去，从先爷后脑壳长出来，深深地抓着墓底的硬土层。先爷身上的每一节骨头，每一块腐肉，都被网一样的玉蜀黍根须串在一起，通连到那棵玉蜀黍秆上去。这样才看见，那棵断顶的玉蜀黍秆下，还有两节秆儿，在过了一冬一夏之后，仍微微泛着水润润的青色，还活在来年的这个季节里。

这算是一段千古奇文了。阎连科后来继续以《受活》《丁庄梦》《坚硬如水》等作品，将中国小说的这一波身体奇观推向巅峰。

苏童的《碧奴》，不厌其烦描写哭倒长城的孟姜女的乡邻们的“排泪秘方”（把眼泪化为小便，用耳朵、嘴唇、乳房、头发流泪），奇则奇矣，但若说这就是文学想象，是同情古代弱势群体，还不如说是对想象力的误解，说明一部分中国作家确实喜欢并善于胡思乱想。

陈忠实《白鹿原》一向以弘扬儒家文化著称，但其中民间道教对身体的关切，也不容忽略。小说一上来就写几乎是“关中儒学”肉身化代表的“族长”白嘉轩不断入洞房，迟则一年，快则数月，一口气“克死”六个妻子。到处疯传关于白嘉轩“那话儿”耸人听闻的谣言，直到他在阴阳先生（“法官”）指点下，将父亲坟墓迁到传说中白鹿出没的原上，才留住第七任妻子性命，从此“人财两旺”。稍后写白嘉轩父亲白秉德老汉在中医冷先生奇怪的治疗下，反反复复地死去活来，也相当夺人眼球。

白嘉轩的姐夫，给白嘉轩提供“关中儒学”理论支撑的“朱先生”，在白鹿原上甚至被尊为“圣人”，无论在官民面前，都风度俨然，不可冒犯，但小说写朱先生死后大殓，竟透过朱先生儿媳妇的眼睛，不厌其烦地交代和解释这位“圣人”死后身体的变化以及他的那具“本钱”的异于常人——

> 脱掉棉衣和衬衣，儿媳看见阿公赤裸的胸脯上一条条肋骨暴突出来，似乎连一丝肌肉也看不见，骨肋上就蒙着一层黄白透亮的皮；棉裤和衬裤抹下来，两条腿也是透亮的皮层包裹着的骨头，人居然会瘦到这种地步，血肉已经完全消耗煎熬殆尽了。儿媳瞥见阿公腹下垂吊的生殖器不觉羞怯起来，移开眼睛去给阿公脚上穿袜子，心里却惊异阿公的那个器物竟然那么粗那么长，似乎听人说“本钱”大的男人都是有血性的硬汉子，而那些“本钱”小的男人都是些软鼻脓包。

朱先生为关中儒学殿军，平时以儒家思想治家极严，死后儿媳妇帮婆婆给公公洗身穿寿衣，可以理解为婆婆谨遵先夫教训，丧事从简。但是，由儿媳妇的眼睛来看、由儿媳妇的心来揣摩公公的生殖器如何硕大，这在儒家教训中是无论如何也找不到对应内容的，只能理解为在作者构思中，朱先生身体某个部位此时必须出镜，势不可挡，即使对此事最应该忌讳的儿媳妇也不能回避了。

另外《白鹿原》写被公公鹿三当作荡妇淫女残酷杀害的田小娥死后身体的腐烂情形，细致入微，一点也不亚于阎连科对“先爷”尸首的碎骨腐肉的精心描绘。陈忠实承认，他的许多写法来自张炜《古船》。但《古船》的身体描写集中于赵丙一人，《白鹿原》的身体描写则散布全书各处。陈忠实挥动如椽巨笔，追蹑白鹿原上下近半个世纪风云变幻，与此同时又颇有余裕地聚焦肉身，不离肉身的各种功能，吃，喝，感受，性事，甚至屎尿——这臭皮囊的排泄。《白鹿原》全书始于白嘉轩“豪壮”地七次娶亲时和“七房女人”七次不同的初夜性事，而终于发疯的鹿子霖死后，“刚穿上身的棉裤里屎尿结成蜡黄的冰块——”。这也真可谓始终一贯。

近读贾平凹《带灯》、余华《第七天》、邹弋舟《所有路的尽头》、朱山坡《惊叫》和鲁敏短篇小说集《荷尔蒙夜谈》，身体描写香火不断，时有“创新”。与此同时，穿越、悬疑、奇幻等网络上下“类型小说”（如郭敬明《爵迹》）竟然抄袭日本动漫、西方神怪小说或电影，结合电脑科幻，将道教炼丹、练气和民间武术的外家横练融为一炉，以“灵魂”的名义打造更诡异的肉身兵器。还有因身体异能而建立殊勋的，如麦家笔下的数算天才与听风者。

晚清民国“剑仙”“公案”和金庸“新武侠”想象身体超能力的传统，至此进入新阶段。

7.“全心全意为人民服务”

研究中国小说中的身体描写，不能不追溯其主要的文化背景，就是“道教”。

“道教”为求长生久视和现世威福，实践上百般呵护身体，观念上则对身体展开奇思妙想，其“理论”海纳百川，驳杂而重实用，很容易侵入和改造其他思想，结果就使得一切都道教化，由此造成中国文化的根本。小说的主要功能，就是阐发和演绎这一文化根本，所以一部中国小说史，某种程度上就是折射民间道教沿革的历史，而身体又居于这部奇特的历史的核心位置。

陈寅恪先生20世纪30年代曾论两晋南北朝士大夫，表面遵周孔，讲老庄，“然一详考其内容，则多数之世家其安身立命之秘，遗家训子之传，实为惑世诬民之鬼道，良可嘅矣”。他所说的“鬼道”，就是“道教”。

《白鹿原》中的“朱先生”是张载、吕氏兄弟以下“关中儒学”最后一位传人，被乡民们尊为“圣人”，但他经常为别人“详梦”、“打巫问卜”，还给他的大舅子白嘉轩出主意，让他造一座六棱宝塔，镇压荡妇淫女田小娥的冤魂。白嘉轩请教姐夫朱先生的，除了北宋蓝田县吕氏四兄弟创制的体现儒家思想的“乡约”，不也包括“风水”“详梦”之类的神秘之事吗？在白鹿原远近各村镇，主持白鹿书院的大儒“朱先生”，有时跟“道教”的那些装神弄鬼的“法官”“阴阳”“风水师”并无二致。朱先生也被道教化了。

鲁迅1918年8月20日给好友许寿裳的信中说，“中国根柢全在道教”。鲁迅还注意到，他这个说法“近颇广行”。确实我们看同时的陈独秀、胡适、周作人等，都有类似的说法。鲁迅对中国文化的这个基本判断，始终不变。在《而已集 · 小杂感》里他又说，“人往往憎和尚，憎尼姑，憎回教徒，憎耶教徒，而不憎道士。懂得此理，懂得中国大半。”

作家阿城年轻的时候，对鲁迅此言百思不得其解。后来插队落户，深入民间，才恍然大悟：“说穿了，道教是全心全意为人民，也就是全心全意为世俗生活服务的”（阿城《闲话闲说——中国世俗与中国小说》，页 38—39，作家出版社 1997 年 12 月第 1 版）。

原来“人民”的需要，固然可以分身体和精神两种，但经过圣人与君王几千年的合力教化，似乎“人民”已不配有什么特别的精神需要，至少“人民”的身体需要绝对高过他们的精神需要，或者所谓精神需要，完全可以转化为身体需要，可以通过呵护身体以及幻想身体的各种奇观妙能，曲折地满足精神需要。

道教就是根据这个情况，趁虚而入，设计出满足“人民”身体需要的各种方术，从头到脚，四肢百骸，绝无遗漏，而宗旨无非就是长生久视。

《古船》中“四爷爷”赵丙早就悟透这个道理，他有一次高声朗诵《西游记》里须菩提祖师教给孙悟空的长生不老的修行秘诀，最后撂下一句话：

> “天下有用的东西，我们都要。志坚身强，才能干好革命。”

这真不啻“身体是革命的本钱”的正解。1960 年代之后，这句“最高指示”几乎家喻户晓。其实“二十八画生”在四十年前发表于《新青年》的那篇奇文《体育之研究》，早已阐明相同的意见。虽云本于科学，文末却殷勤推荐躬行日久的呼吸导引之术。其于养生，诚多善言。一旦失度，则黯暗来袭矣。

“开放”之后，洗头、足浴、桑拿、水疗及各类养生会馆，遍布神州大地，一致追求“上上下下的享受”。专门取材于这些“为人民服务”的“服务性行业”的小说，如朱文的《人民到底要不要桑拿》，吴玄的《发廊》，王安忆的《发廊情话》，乔叶的《良宵》，毕飞宇的《推拿》等等，也应运而生。

但是，身体之外，中国作家压箱底的“本钱”还有什么？身体的“本钱”会不会用完？身体之外，别的资源和出路何在？

打破小说的方言神话

1. 得罪了，马原兄！

“先锋小说家”马原“复出”之后的第一部长篇小说《牛鬼蛇神》，开头写主人公李德胜解释自己名字中间为何是“德”字，因“他这辈犯这个‘德’字；下辈犯坚，下下辈才犯文”。用“犯”字表示“字辈”、“行派”，普通话书面语没这用法，我有点疑惑，就在该书的一次研讨会上提了出来，坐我旁边的某女士碰巧是马原的东北老乡，她告诉我，他们那地方就这么说。

“是这样——”我似有所悟，但终未释然。

马原过去写小说的兴奋点一直是玩弄批评家吴亮所谓“叙述圈套”，本来不大讲究语言，也很少用到方言。《牛鬼蛇神》的叙述圈套虽然大大简化，语言犹不改故辙，仍然属于普通话书面语，冷不丁蹦出个这么一个据说来自方言土语的“犯”字，若不加注解，相信读者跟我一样，都会毫无心理准备，不会想到这是方言，而很自然地仍然用普通话书面语的标准来衡量，觉得这个字可能用错了。即便有人告诉你这是方言，疑惑也不能完全打消，因为上下文全是普通话书面语，怎么会孤零零突然冒出一个方言词？

现在大家经常谈论小说的语言，但很少涉及方言。一度作为现、当代文学核心问题之一的方言问题难道悄悄消失了？当然不是。《牛鬼蛇神》中这个“犯”字，不管是否方言，它所引起的疑惑足以提醒我们，在基本采用普通话书面语的文学写作中，如何适当使用方言而不至于发生上述误会，至今仍然是我们的作家必须认真对待的功课。偶尔因为不恰当地使用方言而引起读者小小的误会，倒也无伤大雅，但这样的误会如果多起来，那就会影响作者和读者的正常沟通了。

现在多数作家基本都采用普通话书面语写作，难保不会像马原那样偶尔夹带一点方言土语。在这种情况下，即使蹦出一两个字，也会因为平时太依赖普通话书面语而处置不当，不知道如何将少量方言巧妙融入普通话书面语，因而最终在整体语言效果上留下瑕疵。总之，基本采用普通话书面语写作的作家仍然会遭遇方言问题。

2. “方言文学”卷土重来？

60后、70后、80后、90后作家从小习惯于“学校语言”，他们的写作主要仰仗普通话书面语，一般对方言并不敏感。

但也有例外。上海60后作家夏商的长篇小说《东岸纪事》就采用了许多浦东方言，80后作家小饭也有一部大量使用沪语的小说《小辰光，在康桥》。那些通常不怎么使用方言的60后、70后、80后、90后作家，也并不能无视他们的方言区与普通话书面语的隔阂。他们也确实不时会碰到生活语言和书面语脱节的苦恼，甚至无法回避不同年龄段的某些激烈的方言主义者的责难。

另一些较多用到方言土语的作家，情况也很复杂。有人抱怨贾平凹《古炉》方言太多，很难读懂，而金宇澄的《繁花》却赢得不少喝彩。以《古炉》为鉴的作者会避免使用方言土语，即便他是北方作家，其方言比较接近普通话书面语，也得慎重。以《繁花》为鉴的作者受到鼓励，即便他的南方方言远离普通话书面，也会跃跃欲试，甚至想创作一种后现代的“方言文学”。

这似乎是方言在新世纪出现的新情况。在现代文学史上，北方作家因为自己的方言接近共通语，所以较多采用方言，与此同时南方作家则往往放弃方言，而致力于共通书面语的写作，其中一项重要内容就是将他们各自的方言“翻译”成共通语。鲁迅、郁达夫、茅盾、钱钟书、张爱玲等基本都是如此。由于南方作家在现代文学中所占比重最大，因此压抑自己的方言而合力打造“国语的文学——文学的国语”，就成为中国现代文学一条基本的语言方案。但现在，这一基本的语言方案会不会因为贾平凹式或金宇澄式的方言追求的不同效果，而受到新的挑战？

在普通话书面语基本一统天下的今天，似乎已经退让、隐遁了的方言土语仍然蠢蠢欲动，不时要浮出海面。要不要方言？多大程度上允许使用方言？方言和普通话书面语的关系究竟应该怎样处理？“五四”至20世纪80年代，这些问题曾被热烈讨论过。新世纪以来，围绕方言的讨论渐渐稀少，但绝不意味着方言问题的消失。作家在看似平静的语言河流上行舟，稍不留意，还是会触礁、搁浅甚至倾覆。

3. 将方言“翻译”为国语：现代作家的基本策略

现代作家围绕方言的探索与争论较多，积累了许多经验，不妨引以为鉴。

比如我们可以看看，在《阿Q正传》中，鲁迅到底让阿Q和“未庄人”说什么话?

鲁迅是绍兴人，《阿Q正传》又具有浓郁的南方小镇气氛，阿Q和未庄人大概就都讲绍兴话吧?

对此，鲁迅在《且介亭杂文·答〈戏〉周刊编者信》中这样回答:

> 我是绍兴人，所写的背景又是绍兴的居多——但是，我的一切小说中，指明着某处的却少得很——并非我怕得罪人，目的是在消灭各种无聊的副作用，使作品的力量较能集中，发挥得更强烈——这回编者的对于主角阿Q所说的绍兴话，取了这样随手胡调的态度，我看他的眼睛也是为俗尘所蔽的。

鲁迅不同意别人在改编《阿Q正传》时让阿Q讲绍兴话，小说原作中的阿Q也不说绍兴话。阿Q平时讲的主要是当时的“官话”。“官话”北方话成分最多，这倒并非因为作者想到阿Q曾经打算攀附的“赵”姓，按照《郡名百家姓》乃“陇西天水也”，而是因为这样可以赢得更多的读者，不限于绍兴一地。

不仅说话，和语言有关的器物也一样。阿Q绑赴刑场时乘坐的那辆“没有篷的车”，鲁迅就说“该是大车，有些地方叫板车，是一种马拉的四轮的车，平时是载货物的。但绍兴也并没有这种车，我用的是那时的北京的情形。”（《且介亭杂文·寄〈戏〉周刊编者信》）

其他“未庄人”说话也一样。赵太爷说“阿Q，你这浑小子”，还是道地的北方话呢。

胡适的白话文学理论按照它自身的逻辑一路推演下来，必然认为提倡白话文的目的是要从文言文世界挣脱出来，更接近口语，而最接近口语的并非白话，而是方言，所以胡适很热心地鼓吹《海上花列传》那样的“方言文学”，他还认为如果《阿Q正传》用绍兴方言写出来，一定更加成功。

但鲁迅并没有这么做。《阿Q正传》偶尔掺杂一点绍兴话很自然，但绝不以绍兴话为主。即使绍兴话进入小说，鲁迅也并不完全按照方言的发音来记录，写成所谓的“方言字”，而是尽量用普通的国语书面语来转写。比如阿Q向吴妈求爱时说的“我和你困觉，我和你困觉！”。

鲁迅反对使用“太限于一处的方言”（《二心集·关于翻译的通信》），主张“博采口语”（《写在〈坟〉后面》）。这样的“博采”，和偏于一地的比如绍兴话一样，都并非录音式地照写，而是一律“翻译”成“国语”。《阿Q正传》里的一些“京腔”，如“阿Q，你这浑小子”就是如此。

在“吴妈事件”中，赵秀才追打阿Q，还“用了官话”骂阿Q是“忘八蛋”，作者特地说明，这“忘八蛋”是“未庄的乡下人从来不用，专是见过官府的阔人用的”。这个细节说明，未庄人本来应该只说方言，可一旦进入小说，鲁迅还是让他们和赵秀才一样，都讲“官话”和“国语”了。差别在于，赵秀才的这句“官话”是作者特地说明了的，而未庄其他人的方言一律被翻译成“官话”，则尽在不言之中。

《祝福》中“四叔”家佣人告诉第一人称的“我”，祥林嫂“老了”，“我”马上说“死了？”将口语和共通书面语并置，也是一种“翻译”。“老了”是许多方言中表示“死了”的委婉语，并不生僻，但鲁迅唯恐读者误会，不让该方言词孤立出现，而尽量使之融入共通书面语。现代作家的苦心，由此可见一斑。

经过“翻译”的“官话”、“国语”，不一定是现成的，而是经过加工改造，糅合了别的语言要素，“采说书而去其油滑，听闲谈而去其散漫，博取民间的口语而存起比较的大家能懂的字句，成为四不像的白话”，甚至“文言的分子也多起来”。（《二心集·关于翻译的通信》）阿Q著名的口头禅“妈妈的”（最早出自地保之口，但阿Q说得最多），就并非现成的“国骂”那个“妈的”，而是经过改造，变成“四不像的白话”了。尽管“四不像”，“妈妈的”仍然是刻画人物的一个有效的语言手段。

“四不像的白话”是对汉语口语本来的“南腔北调”的忠实记录。几千年来南北语言不断融合，不同方言区尽管发音差异很大，甚至彼此听不懂，但毕竟是同一个民族的语言，彼此渗透非常频繁。尤其上升为书面语之后，一定要指明某种手法绝对只属于某地方言，其实无甚必要。鲁迅在小说中努力利用“国语”和“官话”来翻译和保存方言的内容，却磨去方言的那种让别处读者看不懂的棱角，他这样做，就是在文学创作上尊重这一长期的语言融合的事实。

《肥皂》中薇园答谢四铭邀饭，说“已经偏过了”。“偏过”是正宗的北方话，但四铭说“中国这才真个要亡了”的“真个”就有点“南腔北调”。四铭太太说“天不打吃饭人”，薇园说“对着和尚骂贼秃”，这些说法，读者望文生义便可，不必追究到底出于哪个地方的方言。

《南腔北调集·题记》说，“我不会说绵软的苏白，不会打响亮的京腔，不入调，不入流，实在是南腔北调。而且近几年来，这缺点还有开拓到文字上去的趋势”，鲁迅这是在提醒读者，他的作品绝非偏于一处方言的“方言文学”，但也不是和方言毫无关系的完全的书面语，而是用当时成熟的书面语适当吸取和“翻译”方言，使之成为大多数读者看得懂的“国语的文学—文学的国语”。

这是现代作家共同的语言方案。郁达夫《春风沉醉的晚上》将陈二妹“柔和的苏州音”“译成普通的白话”，钱锺书《围城》几乎覆盖各大方言区，但若非特别需要，也一律译成“白话”。

鲁迅主张在语言上“博采”、“博取”，不限于一地的方言，也包括白话书面语和文言文乃至外来语，目的是赋予人物以超出方言限制的更高的说话能力，从而更灵活更自由地表现他们的思想。“先驱者的任务，是在给他们许多话，可以发表更明确的意思——如果也照样的写着‘这妈的天气真是妈的，妈的再这样，什么都要妈的了’，对于大众有什么益处呢?”（《且介亭杂文·答曹聚仁先生信》）既然“给他们许多话”，就不必囿于“他们”在实际生活中有限的说话能力，因此宁可让阿Q满口“之乎者也”，什么“君子动口不动手”“深恶而痛绝之”“男女之大防”“不孝有三无后为大”“若敖之鬼馁而”“不能收其放心”“我手执钢鞭将你打”“悔不该醉酒错斩了郑贤弟”。同样，鲁迅也让祥林嫂拦住读书人讨论“魂灵的有无”，让豆腐西施说出“真是愈有钱，便愈是一丝一毫不肯放松，愈是一丝一毫不肯放松，便愈有钱”那样文绉绉的话。

用这种南腔北调、古今杂糅、中西合璧的“特别的白话”记录方言土语，“给他们许多话”，是以鲁迅为代表的现代优秀作家共同的追求。这也是他们对中国文学语言最大的贡献，否则，中国文学只能和民众的灵魂一道，永远封锁在方言土语的囚笼里。

在“语言政策”“语言计划”上提倡“方言保护”未可厚非，但这不等于在文学上制造“方言神话”，更不等于像胡适那样，盲目地鼓励“方言文学”。并非方言越多越好。文学需文字做载体，而文字来自方言，又超越方言。

文字“来自方言”，并非说文字能把方言的所有奥妙尽都反映出来。文字有其所短，永远也赶不上方言土语的灵活多变。1942 年吴组缃有一篇文章《文字永远追不上语言》，就把这个道理说得非常充分，而吴组缃本人却是当时公认的最善于把方言土语写入小说的青年作家之一。

说文字“超越方言”，倒也并非说书面语一定比方言土语价值更高。鲁迅非常看重方言，“警句和炼话，讥刺和滑稽，十之九是出于下等人之口的”（《且介亭杂文·答〈戏〉周刊编者信》）。这里的关键在于承认文字和方言土语的差异，正视文学并非单纯的语言的艺术，而是须通过文字的中介发挥语言奥妙的艺术。鲁迅《汉文学史纲要》第一章题目叫“自文字至文章”，就是将文学的根本奠基于书面语，至于书面语和方言土语的亲密关系，自然也是不必多说的。中国人绝不至于那么迂腐，说一个人“文字功夫好”，绝不只是说他的书面写作能力强，而丝毫不包括他理解和驱遣方言口语的能力。对文学写作来说，“文字功夫”就包含了这一切。

4. 解放中国文学的创造力，必须打破方言神话

许多作家认为“口语”神圣不可侵犯，像金字招牌，一经竖立，想从字句入手有所评骘的批评家们，顿时就哑口无言了。

其实未必。“心既托声于言，言亦寄形于字”（《文心雕龙·练字》），文学的妙用就是用文字记录声音，文字在文学创作中具有贯穿始终的决定性作用。摆脱文字而只靠口语，那不是文学，而是货真价实的语言艺术（如相声小品）。方言口语进入文学，须先过文字

关，起码要能用通行易解的文字加以转写。但实际上，能够顺利地转写成文的口语并不多。现在许多人提倡保护粤语和沪语，这在语言政策上不错，在文学写作上却有无法克服的困难，因为缺乏记录这两种方言的通行易解的文字。要么像章太炎治“新方言”，断定今天某音就是古代某字，给方音以权威固定的文字；要么只好等到将来汉字完全拼音化，直接以字母记音，否则悍然造字，或想当然地用谐音字记录，读者只见黑压压一堆文字，而不知其实际的意思，就必然如烦恼的哈姆雷特，别人问他读什么，他只能回答：“字，字，字”。

中国乡土/方言文学盛行于北方，因北方方言得天独厚，大多能转写成文。但即便北方人，若只熟悉方言而不通晓与之对应的文字和句法，也成不了优秀的方言作家。文字的根据和普遍性是一切方言文学的生命线。方言诚然是文学富矿，但文学不能依赖方言。人物对话和下意识的自言自语（比如阿 Q）尚且不能全用方言，作者叙述更须突破方言限制。不打破“方言神话”，就不能解放中国文学的创造力。

别说方言本来就很难成功地转写成文，就算可以熟练运用某处方言写作，倘若放弃“博采”，放弃共同书面语既有的宝库，不善于采用文言，以及鲁迅认为更精密的“欧化语文”，不能驾驭周作人所谓只要运用文字就无法避免的中国文学书面语传统所固有的修辞技巧，而一味地在轻车熟路的某处方言中精耕细作，最终必然归于单薄、枯竭。

近读韩寒等青年作家的小说与杂文，我经常想到，汉语的许多成分在高端的文化与政治领域的运用中，确实已经被严重污染了。但其责任不在汉语，而在习惯于瞒和骗的使用者。如何在大量引进民间口语的同时，剥离无辜的汉语和污染汉语的修辞方式，让读者看到什么是语词曾经有过的美好本意，什么是后来附加的污染物，或干脆就反手使用那些被污染的语词，像鲁迅使用他所痛恨的文言文，达到郁达夫所谓“全近讽刺”的效果，这对于当代中国作家来说，还是一个极大的挑战。

如果能做到这一点，则中国作家所能调动的语言资源岂不更加丰富？国民性和文化心理的许多弯曲暗昧，就蕴藏在大面积污染的语法和词汇中。如果不耐心与之周旋，不练就深入虎穴肉薄黑暗的本领，单靠青年亚文化所包含的民间口语智慧，不仅力量单薄，库存也会很快用完。

迷信方言神话，轻视文字功夫，这和片面依赖文字而脱离口语一样，都是缺乏语言自觉和语言创造力的标志。

找个地方很重要

1. 从《密阳》说起

韩国影片《密阳》2007 年首映，引起不少争议，但票房大获成功。女主角扮演者全度妍首次参加韩国之外的电影展，就摘取当年戛纳电影节影后桂冠。前些年该片在不少中国观众中不胫而走，虽然至今还没听说要正式引进，但知名度已然不低。

这里不谈该影片所引起的争议，也无意跳入荆棘，去解决女主人公遭遇的生离死别之际宗教与世俗的痛苦纠葛，我只想将关注焦点集中于影片容易被观众忽略的空间转换：这或许就有启发小说（当然更包括电影）的地方。

女主人公在丈夫死后，带儿子从首尔移居小城密阳，丈夫的故乡。故事就在她和一群密阳人之间展开。我看时没觉得什么，过后才想起来：如果女主人公没去密阳，而继续待在首尔，这故事又该怎么讲？为什么非要她移居密阳？影片中并没有出现丈夫在密阳的任何一个亲友，密阳人似乎压根儿就不知道有她丈夫这个人。如果说她是为了保持与亡夫魂魄交通而去密阳，电影也并没有特别写她到密阳后对丈夫的思念。丈夫死后继续住在首尔会对她身心不利，她不想睹物思人，不想与丈夫在世时的社交圈周旋？好像也没这方面的暗示。

据说导演兼编剧李沧东是根据他二十多年前看过的短篇《昆虫的故事》改编的。我对这篇小说和李沧东本人一样完全无知，因此无从推测小说原作者或李沧东选择密阳这个地方的理由。或许他们跟密阳有某种关系？或者是顺便拿“密阳”这个地名的英文（secret sunshine）翻译做文章？都有可能。该地过去叫“密州”，后改称“密阳”，或许和中国文化有关。山东诸城，古称密州，苏东坡有著名的《江城子·密州出猎》。当然这些地名上的文化背景，电影无暇顾及，但英文译作 secret sunshine 可能不妥。让女主人公移居密阳，主要还是想着重写一写那群密阳人。故事场景如果放在大都市首尔而非密阳，无疑也能展开同样主题，但环绕女主人公周围的就不再是密阳人，而是一群首尔人了。

进一步追问：何以要写密阳人，而非首尔人？最好的解释可能是：小说作者或电影导演所积蓄的生活信息和精神能量只适合在这个小城展开。换到首尔这样的大都市，气场不对，就难以把握了。

无论电影还是小说，给故事找个合适的地方，都非常重要。

2. 鲁迅的榜样

如果《阿Q正传》的故事不是“未庄”，《风波》《明天》《孔乙己》《祝福》缺了“鲁镇”和“咸亨酒店”，会是什么情况？鲁迅小说的故事和鲁迅为他的故事选择的地点，简直天造地设。这是鲁迅所以为鲁迅的关键之一。当然你可以说，鲁迅的故事和人物写得好，这才连带让“未庄”“鲁镇”“咸亨酒店”出了名。但“未庄”“鲁镇”“咸亨酒店”在小说构思中绝非可有可无，想象中的这些地方肯定积蓄了作者发酵已久的故乡记忆。记忆一旦复活，小说的一切就都具备了。

具体地名倒在其次，关键是它们带给读者的空间想象相对固定，只能是绍兴那样的浙东小镇。换别处，比如镇江、扬州、苏州、无锡，那就真要像祥林嫂所说，“你倒自己试试看！”

倘若小说是作者精心培育的树苗，地点就是适宜的土壤环境。选对了地方，有了适宜的土壤环境，树苗才能茁壮成长。倘若写小说是造房子，那地方就是建筑者首先必须看好的宅基，否则一切免谈。

地点的选择提前规定了小说精神能量的大小，也提前决定了小说的成败。

写熟悉的人和事，当然也得写熟悉的地方。一个中国作家不会无缘无故把自己的人物放到外国去写，除非像老舍《二马》，郁达夫《沉沦》，高晓声《陈奂生上城出国记》，王蒙《轮下——新大陆人》，以及哈金、严歌苓、陈谦等“新移民小说”写海外华人，不把全部或部分场景放在国外就不行。但这是另一码事，在国内语境中写熟悉的人和事，可选择的地点（实际或想象的）其实很有限。高手如鲁迅、老舍、茅盾、李劼人、沈从文、萧红、张爱玲、赵树理、汪曾祺，成功之作多半还是自己的故乡或长期生活的某一处。

这样的地方，在实际生活中是作家们不停地汲取创作资源的“根据地”，在作品中，就是小说故事据以展开的想象的生活空间。

3. 城与乡的纠葛

以上也都是老生常谈，本来用不着再来饶舌，但我这里想由此出发，谈谈另一些相关的问题。

因为小说地点很重要，又有所限制，所以“五四”以来，以写实小说为大宗的中国文学一直就有“乡土”和“都市”的分野。不仅研究者和读者习惯以此进行分类，作家们也欣欣然认祖归宗，自居于乡土文学范畴或都市文学行列。赵树理不会认为自己和都市文学有何干系，虽然《李家庄的变迁》也写到太原这座准都市；张爱玲即使写了《秧歌》《赤地之恋》，也没有人会摘去她头上都市小说家的帽子。作家的肉身到处漂流，笔触却不容易离开精神上的故乡。

到了二十世纪九十年代以后，中国作家有许多还产生了在乡土和都市之间徘徊犹豫、似乎无所归依的纠结。比如贾平凹，一部《废都》洛阳纸贵，短篇和散文对居住多年的西安也揣摩得精熟，但他仍然更倾心于“商州”，对正在变化甚或逐渐消逝的故乡不断投去心情复杂的一瞥，这才有了《废都》之后《怀念狼》《秦腔》《古炉》《带灯》等一系列围绕故乡而展开的长篇，直至《老生》《山本》，他的“根据地”从“商州”更扩大到整个一座秦岭。张炜和贾平凹风格大相径庭，但同样固执地将故乡胶州海边小平原视为不可替代的圣地，在《古船》《九月寓言》《融入野地》等作品中为之唱响最热烈的赞歌，至于生活时间更长的济南，虽然在《柏慧》《外省书》《能不忆蜀葵》等长篇中多有述及，但态度严峻，动辄施以激烈的批判。贾平凹、张炜是讨论当代中国作家在城乡之间因为站位过于清楚而颇多心理纠结的最好范例。

这也是“古已有之”，鲁迅早就指出，20 世纪 20 年代在北京崛起的“乡土文学”乃是“侨寓文学”，作者们从乡村走出，“侨寓”在北京，既不满于古都的风沙崆峒，又自觉“已被故乡所放逐”，在这种两不靠的窘境，就“只好回忆‘父亲的花园’，而且是已不存在的花园，因为回忆故乡的已不存在的事物，是比明明存在，而只有自己不能接近的事物较为舒适，也更能自慰的”。

许多在“知青文学”潮流中跃上文坛的作家，返城以后，一度也曾努力穿行于城乡之间，但慢慢力不从心，顾此失彼。“侨寓文学”不能一直“回忆‘父亲的花园’”，总要正视当下“侨寓”之地。“知青文学”不可能一直回忆在乡村的“蹉跎岁月”，总要回归自幼生长的城市。“侨寓文学”和“知青文学”向“都市文学”的演变是义无反顾地弃旧图新，还是游移往复，牵连不断，各人情况不同，但要完全二者取一，或始终心挂两头，都极其困难。韩少功、贾平凹、张炜、莫言、阎连科等本来就生长于乡村，成名后进入城市，所以精神仍盘旋于故乡。大多数“知情作家”肉身回城之后，精神也如影随形，与城市重修旧好。这样的精神站位，自然会决定他们对小说故事发生地点的选择。

也有“第二故乡”之说。汪曾祺除了故乡高邮，还写了昆明和西南联大，20 世纪 90 年代短篇《星期天》甚至出色地描绘了 40 年代末在上海致远中学的生活。绍兴之外，鲁迅在《伤逝》《高老夫子》《弟兄》《幸福的家庭》等小说中也写了他长期生活和工作的北京。王蒙写新疆的《在伊犁》《这边风景》甚至赢得了较之写北京的《活动变人形》和“季节系列”更多的掌声。但汪曾祺的好小说还是写高邮故里的那有限的几篇，鲁迅那些模模糊糊以北京为背景的小说断不能跟他的故乡系列相比。王蒙略有不同，他全身心浸透了新老北京文化的汁液，又切切实实扎根新疆，实现了维汉两个民族文化之间的大跨越与大融合，中国绝大多数作家谨守遵循的都市/乡土、内地/边陲的二元对立模式对王蒙似乎限制不大。

但即便是王蒙，具体写某一篇小说，也要在北京或新疆先想好一个地方。他当然有不少天马行空、地点不明的小说，但那多半偏重于形式试验，允许地点的虚拟与模糊化处理。

以上说的是地方观念鲜明、小说选取的地点相对稳定的一类作家。他们的区别仅仅在于有的只写一个地方，有些则写的地方较多。

4.“漂流型作家”不拘一地

“五四”以来也有另一类作家，故乡观念似乎并不太强烈，也并不依赖某些固定地点。

郁达夫从日本回国后的小说涉及富阳、杭州、上海、北京和安庆等多处。茅盾除乌镇、上海之外，《蚀》三部曲还写到武汉、庐山和沿江各地。

丁玲处女作《梦珂》背景是上海，还采用了少量沪语，而成名作《莎菲女士的日记》地点已换到北京，重回上海，加入左联，又有《1930 年春的上海》，根据 1931 年全国特大水灾构思的《水》，背景是老家湖南常德，但地名全属虚构，可以视为任何一个受灾地区。到延安后，丁玲很快写出《我在霞村的时候》《在医院中》以及反映华北土改运动的《太阳照在桑干河上》，真是到什么山唱什么歌。有趣的是，丁玲回忆湖南老家生活的《母亲》反而一直不能完稿。

巴金从《家》走出来，也是行踪不定，小说地点从不拘于一隅。《生死场》《呼兰河传》几乎将萧红定型为乡土作家，但《马伯乐》令人耳目一新，从青岛写到上海，再跟着逃难队伍写到武汉，彻底摆脱了乡土作家的定位。《围城》中一帮教授几乎走遍大半个中国，路翎《财主底儿女们》也由苏州乡下写到上海，再从上海沿江而上，一直写到重庆和重庆的乡下。中国现代这一群流浪型作家（还可举出沙汀、艾芜等）并不刻意经营某个固定地方，而是像花草树木的种子随风飘洒，一旦落地就开花结果。考虑到他们的巨大存在，完全以乡土/都市来划分现代小说，似乎并不合适。

现在许多“北漂”“沪漂”作者，如魏微、邱华栋、徐则臣、阿乙、姚鄂梅、任晓雯、张悦然、路内、甫跃辉等 70 后、80 后，往往也有两幅笔墨，一边写故乡，一边写当下漂居的城市，谱系上属于现代流浪型作家，但毕竟还要拜当今户籍和作协体制之赐，不能完全像现代文学的前辈们那样自由漂流。比起动辄“壮游”的汉魏六朝或唐宋文人，就更加望尘莫及了。尽管如此，漂流型作家大量涌现，至少在小说地点的选取上打乱了当代文学以往过分囿于城乡二元对立的格局。

作为历史悠久的农业大国，中国文学中“乡”的概念比较清晰，“城”的概念则相对模糊。东西南北的乡风各异，但毕竟属于渐行渐远的过去，而现代化的都市生活的共同点就更多了。20 世纪 90 年代至今，“城”的发展不断提速，以往的“城”今天看来已算不上“城”了。纯粹的“城”的概念恐怕只有北京、上海两座国际大都市才当之无愧，至多加上少数几个发达的省会城市，其他二三线乃至地市级和县城乡镇，长期以来也确实并未进入“新都市小说”的法眼。正如存在着概念化的一成不变的“乡土”，“都市”也以另一种方式被概念化了，变成都市化进程中永难抵达的某个遥远的终点。

5. 城乡之外的中间地带

但这也仍然是城乡二元对立模式作用的结果，即非要按预设的逻辑推下去，推出理想化的“城”与“乡”的极品为止。如果跳开概念化的二元对立的城乡模式，就会发现中国文学实际的空间意识非常丰富，小说地点可选择的自由度十分巨大。

现在，数量庞大的中国小说家队伍，既不来自传统的穷乡僻壤，也不来自国际化大都市，甚至也不是那些从乡村进入都市的“漂流一族”，乃是渐渐满足于生活在二三线乃至乡镇而与大都市居民通过网络共享信息资源的一群文化人，他们即便不是当下中国文学的主体，也是不容忽视的生力军。

如果说现代“侨寓文学”作者、流浪型作家和当代“漂流一族”像到处觅食的动物，那么这些满足于二三线乃至乡镇生活的作家则像是安静地守住一方水土的植物，他们凭借良好的“抓地性”，在传统的两极——日益萎缩的乡土文学和前景莫测的都市文学——之外，为当代中国文学支撑起另一片更加广阔的空间。

这一文学空间的崛起，敦促我们抛开乡土/都市二元对立模式，找寻新的生存空间和文学空间的可能性。小说家不一定非要拥挤在少数几个大城市，更无须隐居于穷乡僻壤，而应该关注更大的中间地带。许多中间地带的作家们一直为当代文学输血聚气，却往往被城乡二元的思维定式忽略了，似乎非要迁居京沪两地甚至北京一地，这才进入聚光灯照射圈，被吸纳为“一线作家”。这种选拔机制消耗了中国文学太多的资源。

其实，早在 20 世纪 50、60 年代，就有陆文夫这样的小城作家坚持书写亦城亦乡而又非城非乡的小城（或老城）故事。80 年代以后，湖南、湖北、江苏、河南、福建、山东、浙江、东北、两广、陕西和山西作家群，多有成名之后不急于移居都市而继续定居中小城镇的作家。正是他们联通着传统乡土与不断发展的都市之间的精神气脉，为浮在市场和文坛表面的“一线作家”充当坚稳沉默的底座。

南京的韩东、朱文在这类作家中最具代表性，他们有乡土野性，却不以乡土为旗帜号召侪辈。他们熟悉城市生活，但也并无炫耀某种城市特征的傲色。他们身上凝聚了乡土的朴实笃定和都市的自由奔放两种气质。后来许多青年作家正是沿着类似韩东、朱文的道路来打造自己的文学空间。这支队伍很不稳定，载沉载浮，但空间站位决定了他们在目前是最接地气的一群。

在他们之前，马原、莫言、苏童、余华、格非、北村、李洱等一大批被称为“先锋”的作家们本来也大可以在文学精神上定居于各自的小城，但那时小城生活的自信尚未建立起来，国人普遍处于从日益沉沦的乡土奔向日新月异的都市的惶恐中，作家们稍有成就，便赶紧移居都市，过去的辉煌令他们放不下身段与“漂流一族”声气相通，成名之前淡泊明志宁静致远的小城生活又不可再得，这就容易两头落空，他们虽然也能享受名声带来的虚幻的全局乃至国际视野，但离开了良好的土壤环境，还是得不偿失。

莫言以前的乡村叙事就有夸张之弊，但自幼聚起的真气还在。大写“小长篇”之后，就只剩下鼓书艺人式的信口开河，失去了早期语言的绚烂和感觉的细腻。他倒很少写大都市，一直像福克纳写约克纳法塔帕那样经营着“高密东北乡”，但久居京城，气早散了，写出来的就像掺水的薄酒。余华一直把小说场景置于家乡海盐或类似的某个浙东小镇，让福贵、许三观、李光头在属于自己的世界尽情表演，舞台、气氛都恰好。一旦离开这个天地，置换到人海苍茫的都市，顿时失重般飘荡起来，比如《第七天》，成功的部分还是过去舍伍德·安德森“小城畸人”式的悲情故事，失败的部分则是地点暧昧的都市叙述。苏童早期小镇故事和后来大空间叙述对比强烈，情形也颇相似。这不奇怪，原来聚拢的真气离开小城，便如阿 Q 的魂魄，轰然迸散了。

但愿他们的今天不会成为“漂流一族”的明日。等“漂流一族”被搀扶为“一线作家”，中国文学唯一的希望就还是那些继续散居二三线和无数市镇的“小城畸人”。这些作家人数甚多，恕不一一列举，“但我知道，即使不是我，将来总会有记起他们，再说他们的时候的”。

“贴着人物写”

——“这是小说学的精髓”

1. 一句偈语，两样说法

汪曾祺回忆他 1940 年代初在西南联大读书，选修沈从文三门课，“各体文习作”“创作实习”“中国小说史”，都跟“教创作”（主要是小说创作）有关。汪曾祺说沈从文“教创作”，强调最多的一点是：“要贴到人物来写。”

可惜汪曾祺只记得这一句偈语式经验之谈，他的猜想与解释，都是后见之明，未必切合沈从文本意。据汪曾祺说，当时“很多同学不懂他的这句话是什么意思”。汪氏本人倒有如下解释——

> 我以为这是小说学的精髓。据我的理解，沈先生这句极其简略的话包含这样几层意思：小说里，人物是主要的，主导的；其余部分都是派生的，次要的。环境描写、作者的主观抒情、议论，都只能附着于人物，不能和人物游离，作者要和人物同呼吸、共哀乐。作者的心要随时紧贴着人物。什么时候作者的

心“贴”不住人物，笔下就会浮、泛、飘、滑，花里胡哨，故弄玄虚，失去了诚意。而且，作者的叙述语言要和人物相协调。写农民，叙述语言要接近农民；写市民，叙述语言要近似市民。小说要避免“学生腔”。

我以为沈先生这些话是浸透了淳朴的现实主义精神的。”（《沈从文先生在西南联大》）

在另一篇《沈从文和他的〈边城〉》中，汪曾祺又回忆道：

沈先生在给我们上创作课的时候，经常说的一句话，是：“要贴着人物写。”他还说，“要滚到里面去写。”

这次多了一句：“要滚到里面去写”，但这句话不像简化版（省掉“来”字）的“要贴着人物写”那么有名。汪曾祺还是说，“他的话不太好懂”，于是又提出自己的推测：

他的意思是说：笔要紧紧地靠近人物的感情、情绪，不要游离开，不要置身在人物之外。要和人物同呼吸，共哀乐，拿起笔来以后，要随时和人物生活在一起，除了人物，什么都不想，用志不纷，一心一意。

在这篇文章中，汪曾祺联系《边城》，进一步解释说，“贴着人物写”，作者“首先要有一颗仁者之心，爱人物，爱这些女孩子，才能体会到她们的许多飘飘忽忽的，跳动的心事。”

汪是沈的入室弟子，又有丰富的小说创作经验，他关于沈氏小说创作谈的回忆，包括他本人对沈从文这两句话（主要是“要贴着人物写”）的解释，一旦发表便不胫而走，引起普遍的关注，在各种谈沈从文、谈汪曾祺、谈小说创作的文章中，引用率极高。

“要贴着人物写”，汪曾祺记得很清楚，是1940年代初沈从文在西南联大给他们“上创作课”时“经常说的”，但程绍国在他的《林斤澜说》中声称，他亲耳从林斤澜那里听到，这句话是1960年代初，寂寞地蹲在故宫博物院午门楼上的沈从文对前来拜访他的汪曾祺和林斤澜讲的。刘庆邦怀念林斤澜的短文《高贵的灵魂》（《北京文学》2009年6期）和《贴近人物的心灵》（《文艺报》2015年6月8日）也持相同的说法。

汪曾祺说，1940年代初的西南联大“很多同学”听不懂沈从文这句话。据刘庆邦的回忆，林斤澜说，1960年代初他和汪曾祺也弄不明白这句话，“他们觉得沈从文的回答有些简单，不能让他们满足。过了一段时间，他们再次去找沈从文，希望沈从文能多讲一些。沈从文主要讲的还是那句话：贴着人物写。”

沈从文“贴着人物写”这句话的时间和地点，汪曾祺和林斤澜两人的记忆相差竟如此之大。或许确如汪曾祺所说，沈早在1940年代初就说过这句话，1960年代初他带着林斤澜拜见沈时，乃是旧事重提，只是林不知其中的来龙去脉，坚持认为沈是第一次讲出这句名言。又或许林斤澜并没说错，是汪倒填日月，把时间提前了整整二十年。

孰是孰非，实难判定。有趣的是，在数据库里搜索《沈从文全集》，竟然并无类似的话，连“贴着”一词，也不见踪影！

世上许多名人语录都有这三个特点：首先，很难考证它们究竟是在何时何地何种场合说的。其次，它们的内容往往如汪曾祺评论沈从文那句话一样，“极其简略”，以至于若明若暗，恍兮惚兮，高深莫测。第三，一旦流行开来，便载在口碑，难以磨灭。

如此模糊而坚定的信息传播，倒有点像是小说。

2.“拽着”“推着”“逼着”

刘庆邦在《贴近人物的心灵》中转述林斤澜的回忆之后，立即提出四个“不是”，从反面提出他对“贴着人物写”的理解：“要把人物写好，一个贴字耐人寻味，颇有讲究。这要求我们对笔下的人物要有充分的理解、足够的尊重，起码不是拽着人物写，不是推着人物写，不是逼着人物写，更不是钻进人物的肚子里，对人物构成威胁和控制，对人物进行任意摆布。”

何谓“拽着”“推着”“逼着”“钻进人物的肚子里”“对人物进行任意摆布”，刘没有细说，但看得出，对小说家应如何“贴着人物写”，他很担心——担心有人对“贴着”这个词发生这样那样的误解。

比如，“有人说小说中的某个人物是多个人物集合起来的，这种说法不无道理。但我个人的体会，小说中的主要人物必须有生活中的原型作为支撑。如果没有原型作为支撑，人物就很难立起来。”换言之，“贴着人物写”，是“贴着”作者心目中许许多多的人物，还是主要“贴着”起“支撑”作用的那个“原型”？刘庆邦认为当然应该“贴着”“原型”来写。

这确实是个问题，至今并无定论。鲁迅塑造人物，就不习惯采用某个“原型”，他更喜欢“杂取种种，合成一个”。换言之鲁迅不是“贴着”“原型”来写，而是“贴着”他心目中由“种种”合成的那“一个”来写。

刘庆邦最后从正面提出：“所谓贴着人物写，我理解，不是贴着人物的身体写，而是贴着人物的心灵写。任何文学作品，构建的都不是客观世界，而是心灵世界。我们得到了创作材料，首先要做的工作就是对材料进行心灵化处理，一一打上心灵的烙印。如果没有心灵的参与，没有进入内心世界，材料再多也只是一堆原始的材料，不会升华为艺术。”

这就对沈从文的原话进行了大幅度发挥，由此牵出三个新问题。第一，“贴着人物写”，是否包括人物的“身体”？这始终人言言殊。确实有作家不赞成也不习惯写身体，但绝大多数中国作家偏偏喜欢写身体。写身体有成功有失败，不可一概而论。如果禁止作家写身体，就颇有些霸道了。第二，断言文学作品“构建的都不是客观世界，而是心灵世界”，这也太绝对。对小说来说，“客观世界”尤其重要。“贴着人物写”，至少要“贴着”由人物的衣食住行和人际交往所形成的整个“客观世界”。第三，“贴近心灵”，写出人物内心奥秘，这当然重要。问题是如何贴近心灵？刘庆邦的回答是：

> 当然是将心比心，以作者自己的心灵贴近作品中人物的心灵。我们写小说，其实是在写自己。小说中有一百个人物，就有一百个自己。写作的过程就是不断寻找自己和不断打开自己心灵的过程。我们只有做到和作品中的人物心贴心，才有可能赢得信任，所有人物才会对你敞开心扉，我们所写人物的一言一行，才会合情合理，经得起挑剔。

中国人很喜欢“将心比心”，但又很害怕“将心比心”，因为往往说得到，做不到。主观上“将心比心”，结果却“以已之心，度人之腹”，自以为凡事都替别人想到了，这种现象还少吗？身为作家，更觉得自己有必要有能力“将心比心”，凭着这个自信，就很容易造成“拽着”“推着”“逼着”人物，甚至“钻进人物的肚子里，对人物构成威胁和控制，对人物进行任意摆布”。对此刘庆邦也有高度警觉：

> 有一点需要小心的是，我们不可自以为是，不可完全以自己的心理取代人物的心理。每个人都有自己的生存逻辑，其中包括日常生活的逻辑，还有文化心理的逻辑。逻辑是很强大的，差不多像是铁律。人们之所以这样做，而不是那样做，受到的是逻辑的支配和制约。薛宝钗和林黛玉的逻辑大相径庭，如果让林黛玉与贾宝玉谈仕途经济，那就可笑了。

3. 不要“贴”得太紧

所谓“不可完全以自己的心理取代人物的心理”，其实就是担心作者跟人物“贴”得太紧，强迫人物的“逻辑”屈服于作者的统一意志，抹消人物个性。最常见的就是动辄来一大段“将心比心”的心理描写，自以为是直指人心的最“贴”的方式，却事与愿违，把人物心理写得“浮、泛、飘、滑，花里胡哨，故弄玄虚”，令读者望而却步。

19 世纪经典现实主义大师，包括 17、18 世纪中国明清两代“世情小说”和“人情小说”作者，似乎总是习惯于高高在上“俯瞰”人物，远距离“审视”人物。除了托尔斯泰等少数作者，一般很少进行大段心理描写。他们更多描绘人物的动作，言语，神态，容貌，特别是人际关系。这些似乎都没有直接的心理描写那么“贴”，却比直接的心理描写更能深刻体察人物的心灵。提出“要贴着人物写”的沈从文本人不也是这样吗？

人类本来就彼此存在着近乎天然的隔膜。承认这隔膜，不要“贴”得太紧，而是小心翼翼地绕开心理分析的陷阱，只是在一定距离之外观察，从一定侧面切入，这样反而更有利于彼此的理解和沟通。

这就好比从正面描写一个人物的脸，往往捕捉不到什么有用的信息，相反不经意的一个眼神，似乎有口无心的随便一句话，一个动作，一个背影，特别是处理人际关系的方式，这些和直接的心理描写无关、看似属于外部信息的勾勒与描绘，往往更能显示一个人的内心隐秘。

4. 做人物的“同声翻译”

话虽如此，却也不能把这个道理说得太绝对。毕竟人类相互之间有时还是可以“将心比心”。对小说叙述而言，并非不可以有这样一种艺术假定性，就是配合上述对言语、动作、神态、容貌、人际关系的捕捉的同时，也允许作者适当地钻到人物的眼睛后面，把人物的眼睛当自己的眼睛；允许作者适当地钻进人物肚子里，以人物的心为心；允许作者钻进人物的语言习惯中，以人物的语言为语言。总之，允许作者撤销和人物之间的距离，跟人物“打成一片”，像沈从文所说，“滚到里面去”。

这除了像托尔斯泰那样，隐藏作者自我，让人物的“心灵辩证法”（思想感情变化流动的过程）占据整个画面，似乎是自动呈现给读者，还可以采取另一种方式，即作者并不隐去，而是一直就陪伴在人物身边，好像给人物做“同声翻译”，殷勤体贴地帮助人物说出他们心里的话。

这也是一种“贴着人物写”。我们在柳青《创业史》、路遥《平凡的世界》和陈忠实《白鹿原》中，经常能遇到这种情况。尽管整部小说始终采取第三人称客观理性的叙述方式，但作者经常也会跳进小说，会陪伴人物，为人物做大段感情浓烈的“同声翻译”。

柳青、路遥、陈忠实笔下的人物，大多依然还是拙于言辞，但在作者的陪伴和帮助下，他们的心理活动毫不逊色于敏感细腻的知识分子，毫不逊色于托尔斯泰式的“心灵辩证法”。作者反复提醒读者，人物绝不是自行获得这种吐露心声的能力，而完全得力于作者的陪伴和帮助。作者和他的人物紧紧“贴”在一起，同时告诉读者梁三老汉、梁生宝、徐改霞、素芳、高增福是怎么想的，孙少平、孙少安、孙玉厚、田福堂、田福军、田润叶是怎么想的，白嘉轩、鹿子霖、田小娥、黑娃、白孝文是怎么想的。

柳青、路遥、陈忠实向读者介绍人物心理活动，最大的特点就是对人物充满了毫不掩饰的爱，而不仅是居高临下的怜悯，或理性研究的兴趣。他们不像鲁迅写阿 Q、单四嫂子或高老夫子，以启蒙者的姿态对人物的所思所想作尽量客观冷峻的展示、剖析和评判。鲁迅要么把说话的权利完全交给第一人称叙述者（也是小说主人公）“狂人”和“涓生”，让他们自己说话，自剖内心，作者绝不“代言”，绝不“贴”在一旁做“同声翻译”。要么，就是从严格设定的一段距离之外，冷峻地打量、分析、解释、推测、批判、怜悯单四嫂子、阿 Q、孔乙己、祥林嫂、中年闰土、豆腐西施、四铭、爱姑的外在言行与内心活动。总之，鲁迅绝不轻易跨越他和人物之间的鸿沟，像柳青、路遥、陈忠实那样尽情拥抱他们的“乡党”。

在《故乡》中，即使对自己的“母亲”，第一人称叙述者“我”的感情也是极度克制的。我们读鲁迅小说，除了《狂人日记》和《伤逝》这两篇似乎作者不在场而完全让人物自言自语的极端主观的小说，所有第三人称叙述的小说，包括第一人称叙述者有限介入故事情节的《孔乙己》《祝福》《故乡》等，我们眼前总是会浮现端坐在书房，燃着烟卷，高高在上“俯瞰”或保持一定距离“审视”人物的“冷峻”的启蒙知识分子形象，而我们读《创业史》《平凡的世界》《白鹿原》，我们想象中的作者就是他们笔下“乡党”的一分子。

比较一下柳青写乡村姑娘改霞在城乡之间痛苦的抉择，路遥写孙少平初入县立高中时的困境，陈忠实写“浪子回头”的白孝文回乡祭祖上坟，鲁迅写被赵太爷一家盘剥得只剩一条裤子的阿Q即将离开“未庄”，这四位作家“贴着人物写”的异同便昭然若揭：

> 她还是难受，别扭。她考虑：她这样做，算不算自私？算不算对不起生宝？她从生宝看见她的时候，那么局促不安，她断定生宝的心意还在她身上。而她呢？要是她当初不喜欢生宝，那才简单哩！不，她现在还喜欢他。这就是压在她心头的疙瘩！不是青翠的终南山，不是清澈的汤河，不是优美的稻地，不是飘飘的仙鹤，更不是熟悉的草棚屋——而是这里活动着一个名叫梁生宝的小伙子，改霞才留恋不舍。（《创业史》）

> 少平知道，家里的光景现在已经临近崩溃。老祖母年近八十，半瘫在炕上；父母也一大把岁数，老胳膊老腿的，挣不了几个工分；妹妹升入了公社初中，吃穿用度都增加了；姐姐又寻了个不务正业的丈夫——家里实际上只有大哥一个全劳动

力——可他也才二十三岁啊！亲爱的大哥从十三岁就担起了家庭生活的重担；没有他，他们这家人不知还会破落到什么样的境地呢！

他在眼前的环境中是自卑的。虽然他在班上个子最高，但他感觉他比别人都低了一头。而贫困又使他过分地自尊。他常常感到别人在嘲笑他的寒酸，因此对一切家境好的同学内心中有一种变态的对立情绪。（《平凡的世界》）

他酣畅淋漓地哭了一场，带着鼻洼里干涸的泪痕回到家里，才感觉到自己与这个家庭之间坚硬的隔壁开始拆除。母亲织布的机子和父亲坐着的老椅子，奶奶拧麻绳的拨架和那一摞摞粗瓷黄碗，老屋木梁上吊着的蜘蛛残网以及这老宅古屋所散发的气息，都使他潜藏心底的那种悠远的记忆重新复活。尤其是中午那顿臊子面的味道，那是任何高师名厨都做不出来的，只有架着麦秸棉秆柴禾的大铁锅才能煮烹出这种味道。白孝文清醒地发现，这些复活的情愫仅仅只能引发怀旧的兴致，却根本不想重新再去领受，恰如一只红冠如血尾翎如帜的公鸡发现了曾经哺育自己的那只蛋壳，却再也无法重新蜷卧其中体验那蛋壳里头的全部美妙了，它还是更喜欢跳上墙头跃上柴禾垛顶引颈鸣唱。（《白鹿原》）

他（阿Q）在路上走着要“求食”，看见熟悉的酒店，看见熟悉的馒头，但他都走过了，不但没有暂停，而且并不想要。他所求的不是这些东西；他求的是什么东西，他自己不知道。（《阿Q正传》）

鲁迅和柳青、路遥、陈忠实都"贴着人物写"，区别在于鲁迅是有距离地"贴"着，并希望读者也跟他一样与他笔下的人物保持一段距离。柳青、路遥、陈忠实至少在感情上乃是无距离地紧紧"贴"着人物，并希望读者也能如此。

5. 光念叨"小说学的精髓"还不够

沈从文原话犹如一句偈语，诚如汪曾祺所说，"极其简略"，很难领会其确切含义。汪曾祺、刘庆邦（还有这里没有引用的林斤澜）的解释都颇多歧义，未能圆满。

但无论如何，有一点可以肯定——也诚如汪曾祺所说，沈从文这句话关乎"小说学的精髓"，是小说创作的最高原则。用更通俗的话来说就是：一定要把人物写好！

在聚精会神、用志不纷、务求写好人物这一点上，沈从文并未发明什么新理论。许多经典作家和批评家都说过类似的话。

恩格斯在《致敏娜·考茨基》中说，小说家要努力写出"独特的这一个"。从万千人中写出"独特的这一个"，不"贴着人物写"，怎么行？

鲁迅在《文艺与政治的歧途》那篇讲演中提醒作家（主要是小说家），不要"隔岸观火"，最好"连自己也烧在这里面"。和人物一起在火海里挣扎，求生，已经不是一般的"贴着"了。

鲁迅弟子胡风说，作家（也主要是小说家）必须发挥"主观战斗精神"，向着生活的核心"突进"，与生活对象（主要是人物）展开精神上的"搏斗"。比如，要像鲁迅写阿Q那样，钻到人物灵魂深处，跟他一起画那个圆圈。

福楼拜干脆说："包法利夫人就是我！"作家与人物合二为一，

不分彼此，这就超越沈从文的“贴着”或“滚到里面去”，进入更高境界了。

所有这些，都是“小说学的精髓”，是小说创作的最高原则。

但“精髓”也好，最高原则也好，落实到具体创作，还是会牵涉一些技术性操作，比如一定的叙事者、叙事人称、叙事视角。作者通过这些具体的技术性操作来控制他与他笔下小说世界（包括人物）的距离，这其中就包含如何具体地“贴着人物写”。

汪曾祺说《边城》之所以能写出少女翠翠的心思，就因为沈从文“贴着”翠翠写，整个儿“滚”到翠翠的生活天地里去了，深爱着翠翠，对翠翠有一颗“仁者之心”。这都说得很好，但都没有涉及《边城》实际的叙事者、叙事人称、叙事视角，没有涉及沈从文如何控制他自己与笔下人物的距离。胡风说鲁迅拼尽全力，在灵魂里忍受着数千年“精神奴役的创伤”，跟阿 Q 一起画那个圆圈，这确实是极可贵的悟道之言，但也没有触及具体的技术性操作。

“贴着人物写”是“小说学的精髓”，是小说创作的最高原则，但如何“贴着”，则牵涉诸多具体的技术性操作。光念叨“要贴着人物写”，远远不够。小说家写人物当然要“贴着”。隔十万八千里，谁也写不好人物。但究竟应该怎样“贴着”，绝非千篇一律，必须视乎具体的叙事情境，才能作出恰当的安排。

6. 被误解的“第三人称”

鲁迅“隔岸观火”以及“连自己也烧在这里面”云云，原话很长，为防误解，还是照录如下——

> 十九世纪以后的文艺，和十八世纪以前的文艺大不相同。

> 十八世纪的英国小说，它的目的就在供给太太小姐们的消遣，所讲的都是愉快风趣的话。十九世纪的后半世纪，完全变成和人生问题发生密切关系。我们看了，总觉得十二分的不舒服，可是我们还得气也不透地看下去。以前的文艺，好像写别一个社会，我们只要鉴赏；现在的文艺，就在写我们自己的社会，连我们自己也写进去；在小说里可以发见社会，也可以发见我们自己。以前的文艺，如隔岸观火，没有什么切身关系；现在的文艺，连自己也烧在这里面，自己一定深深感觉到——

都是大问题，大判断。我实在替古人担忧，为鲁迅先生捏了一把汗。不过他说的是 18 世纪和 19 世纪外国文艺（具体只提到"十八世纪的英国小说"），是否也包括中国文艺和中国小说在内，鲁迅没明说。鲁迅的重点，是说现代作家的文艺观和人生观必须发生转变，必须"和人生问题发生密切关系"，"写我们自己的社会，连我们自己也写进去"。这其实就是"五四"所强调的文学"为人生，还要改良这人生"，不能只是客观、冷静、"隔岸观火"、"只要鉴赏"地"好像写别一个社会"。

这是鲁迅讲演的重点。我们不能因此得出结论，说鲁迅认为 18 世纪以前所有的文学都"隔岸观火"，19 世纪以后所有的文学都"连自己也烧在这里面"。联系鲁迅对中国文学和中国小说的论述（比如他的《中国小说史略》），鲁迅显然没这个意思。别的不说，《金瓶梅》诞生于 17 世纪，《红楼梦》《儒林外史》问世于 18 世纪，都在 19 世纪之前，但都得到鲁迅极高的肯定和赞赏。

但也有人认为，"五四"以前的"白话小说"，不仅某些思想内容（比如经常出现的因果报应）明显落后，在小说叙述形式上也不无可议之处，最突出的一条，就是“五四”以前的“白话小说”普遍采取的“第三人称”。据说在这种叙述方式中，作者面对的都是“他”和“他们”的世界，跟“我”和“我们”、“你”和“你们”都无关。第三人称叙述者不仅只晓得描写“他”和“他们”的世界，还自以为是无所不知的上帝，高高在上，冷漠（至少是富有优越感地）“俯瞰”笔下的芸芸众生。他可以给他们一点怜悯，一点同情，或者给他们一点讽刺，一点批判，但绝不会引他们为同类，更不会把自己也写进去。

既然如此，这种叙述方式，不就是鲁迅所批评的不把自己“也烧在这里面”的“隔岸观火”吗？如果说古代“白话小说”的作者也“贴着人物写”，那他们顶多只是部分地而非全部地“将心比心”，只是一种很不彻底的“贴着人物写”。他们对于人物，只是一种居高临下的认识和怜悯，而没有汪曾祺所说的“仁者之心”，真正像爱自己的所爱那样爱笔下的人物。

比如《三国演义》的作者未必就“爱”魏、蜀、吴三国任何一个英雄。他跟这些英雄们在感情上差着十万八千里。《水浒传》作者未必就“爱”水泊梁山一百单八将中某一位，他只是一定程度上“欣赏”他们的侠义精神。《西游记》作者未必就真心“爱”唐僧师徒，更不会“爱”任何一个妖怪，尽管在他的笔下，从某个角度看，这些人物（包括妖怪）都很好玩，很可爱，但这也只是远距离鉴赏而已。《金瓶梅》作者更不会“爱”任何一个人，在他笔下几乎没有一个可爱之人，连值得怜悯的也没有，因为他们都罪不可赦，死有余辜。

《红楼梦》倒是写了不少可爱的公子、小姐、妇女和丫鬟，爱与恨的态度很鲜明。但这些人物跟作者的距离仍然很遥远，作者仍然高高在上，“俯瞰”着“千红一窟，万艳同杯”的惨剧。他所采取的“说书人”的口吻，更显得没心没肺。《儒林外史》写尽“儒林”各种丑态，鞭挞讽刺之外，何尝有半点爱与怜悯。至于作者所推崇的几个正人君子，不过是抽象的价值观念的传声筒，如偶像一般毫无生命气息。

上述对“五四”以前“白话小说”经典求全责备的“批判”，实在是过高估计了“五四”以来的现代小说，也过度贬低了“五四”以前的中国文学传统，尤其是把古代白话小说常用的“第三人称”叙事方式直接等同于鲁迅所批评的“隔岸观火”的文学态度，更是对“小说学”的一种根本误解。

“第三人称”以及与之适配的“全知视角”就是落后的吗？只有打破“第三人称”全知视角，在叙事人称和叙事视角上拼命求新求变，比如采用“第一人称”“第二人称”叙述者的“限知视角”，才算真正步入现代小说的国度吗？

事实并非如此。在客观冷静、似乎坚持远距离观察的第三人称叙事和主观热烈、似乎与人物对象贴得很近的第一人称、第二人称叙事之间，在似乎无所不知的全知视角和似乎更具自知之明的有限视角（或称限知视角）之间，并不必然存在工与拙、高与低、难与易的区分。

拿鲁迅为例，他的两本小说集《呐喊》《彷徨》，既有《狂人日记》《孔乙己》《一件小事》《故乡》《社戏》和《祝福》《在酒楼上》《孤独者》《伤逝》这些采用第一人称的名篇，也有《药》《风波》《阿Q正传》《长明灯》和《肥皂》《高老夫子》《离婚》这些采用第三人称同样成功的作品。

在鲁迅的第一人称和第三人称小说之间，并无可比性。我们能说第一人称的《狂人日记》绝对高过第三人称的《阿Q正传》吗？

倒是在同为第一人称或同为第三人称的鲁迅小说之间，存在着某种可比性。比如《阿Q正传》和《肥皂》都是第三人称，《阿》是第三人称+全知视角，《肥皂》则是第三人称+限知视角。《阿》写得松散轻快，庄谐杂出，逸态横生，《肥皂》则过于严谨，充满暗示，以至于索解为难。

又比如，《孔乙己》《故乡》都是第一人称，第一人称叙述者虽然也都介入了故事情节，也都是小说人物之一，但都不像《祝福》的第一人称叙述者介入得那么深，更不像《狂人日记》和《伤逝——涓生的手记》的第一人称叙述者也是小说的主人公。

可见，同是第三或第一人称叙事，具体写法，也有不同。

采取哪种叙事模式，不过是选择哪种"艺术假定性"。任何一种"艺术假定性"都有深厚的生活基础，都合乎生活本身的逻辑。让小说叙述者用"你""我""他"的口吻说话，本身就是生活中常见的现象。"我"是主观陈述，"你"是谈话和通信中常见的以对方为目标的诉说，至于以"他"和"他们"为重心，则是客观讲述中最便利的形式。

但相比之下，"第三人称+全知视角"更灵活，更具包容性，更适合长篇小说。第一和第二人称则多有限制，施展腾挪的余地不大，因此更适合先锋实验性的短篇小说偶一为之，不宜过度推广，更不宜一贯到底地运用于要求灵活变化的长篇小说。

不可否认，十九世纪经典现实主义长篇小说大师们确实更多地采用了第三人称全知视角。他们用这种叙述模式将长篇小说艺术推到至今还可望不可即的高峰。二十世纪下半叶以后，随着人类对自身理性的怀疑甚至摈弃，随着人类生活和阅读方式的巨变，第三人称全知视角逐渐被目为难以仿效的"传统",问津者越来越少,慢慢就被误解为"落后""陈旧",这极不公允,也相当可惜——许多自命"现代""先锋"的作家,想当然地以为"第三人称"或"全知视角"过时了,不够"贴着人物",就主动放弃,转而盲目地"试验"第一或第二人称叙述方式,希望以此独辟蹊径,结果道路越走越窄。

7. 也要"贴着"自己的"化身"写

小说家不仅要"贴着人物写",还要"贴着"自己在小说中的各种"化身"来写。这些"化身",就是他根据需要,在小说中设立的千姿百态的"叙述者"。

鲁迅写《祝福》,叙述者是在"旧历的年底"回到故乡"鲁镇"的第一人称"我"。这个"我"不完全等于鲁迅自己,他是鲁迅将自己写入小说的一个"化身"。某种程度上"我"可以代表鲁迅,但"我"不仅是小说的叙述者,还是被鲁迅创造出来的一个小说人物,因此跟现实中的鲁迅不能划等号。

鲁迅创作《祝福》,不仅要"贴着"主人公祥林嫂,"贴着"鲁四老爷和四婶,"贴着"卫老婆子、祥林嫂婆婆、跟祥林嫂一起帮佣的柳妈以及"赏鉴"祥林嫂的阿毛与狼的故事的一大群人,他还要"贴着"自己的"化身"亦即讲述整个故事并在小说中频频出镜的"我"来写。

如何"贴着"这个"我"来下笔,是《祝福》成败的关键之一。鲁迅必须把"我"写得恰如其分,其他人物才能顺着我的视线,一一安排妥当。写不好"我",摆不正"我"的位置,整个小说就写不好。这就犹如照相机放置不稳,就没法照相。鲁迅必须要这个叙述者和"四叔"外出读书的侄儿这双重身份的"我"跟小说中所有其他人物都必须保持恰到好处的距离，又不能让“我”完全现身为真实生活中的他自己。另一方面，鲁迅还要通过“我”，写出现实中的自己需要抒发的某种思想感情。

这样一来，鲁迅“贴着”自己的化身“我”来写，可能主要还不是体贴“我”的内心（假定鲁迅对自己的认识超过他人），更重要的是必须谨慎拉开自己和“化身”的距离。“贴”得太紧，“我”就不是“我”，而成了现实中的鲁迅自己跳进小说里面去了。所以“贴着”的意思，并非“贴”得越近就越好。对鲁迅创作小说《祝福》来说，所谓“贴着”，毋宁倒是要保持一定距离地“留心着”“盯着”“跟着”“望着”“偷看着”——诸如此类。

过去很多人以为，明代四大奇书《三国演义》《水浒传》《西游记》《金瓶梅》都是“成于众手”的集体创作。先是零星的故事长时间在民间流传，再是“说书人”不断加工改造，最后由文人编辑整理。其中发挥关键作用的是那些了不起的“说书人”。因此，这四部长篇小说的叙述者无疑都是勾栏瓦肆的“说书人”“说话的”。果真如此，这四部长篇小说就不存在作者如何“贴着”他的化身即叙述者的问题了，因为作者（那些“说书人”“说话的”）就是面对“列位看官”说话的叙述者，二者合二为一，好比鲁迅跑进明代的勾栏瓦肆，取代了向读者讲述《祝福》故事的那个“我”。

美国学者浦安迪不同意这个说法。他认为明代四大奇书都不是集体创作，它们都有一个不肯暴露真实身份的作者。这些作者都是一些修养深厚手段高明的文人雅士。至于这四部奇书中那些自称“说书人”“说话的”叙述者，只是这些作者的化身。这些作者袭取宋元两代说书艺术遗产，故意把自己打扮成“说书人”，模仿“说书人”口吻，在小说里保留“拟”说书体的痕迹，如“话分两头，各表一枝”

“看官听说”“欲知后事如何，且听后回分解”——诸如此类，这样不仅可以隐藏自己的身份，更重要的是可以借此退居幕后，获得极大的创作自由。浦安迪进一步认为，明代四大奇书冒充“说书人”的叙述者这个角色的设立，乃是文人作者们发明的一套“小说修辞”。

果如此，则这些作者和鲁迅一样，也有一个如何“贴着”自己的“化身”即小说中实际的叙述者展开叙述这么一个“小说学”的根本问题。

《红楼梦》前八十回作者，现在都认定是曹雪芹，但我们看《红楼梦》，涉及作者和叙述者的地方真可谓云山雾罩，有自称“作者”的，有“石头”，有“改《石头记》为《情僧录》”的“空空道人”，有另外将这本书“题曰《风月宝鉴》”的“东鲁孔梅溪”，包括“于悼红轩中批阅十载，增删五次，纂成目录，分出章回”的曹雪芹。除了这些真真假假的叙述者，书中一些重要段落还由冷子兴、兴儿等说出。至于《红楼梦》具体的叙述视角，则更加灵活多样了。这个问题，《红楼梦》读者都略知一二，不必赘述。总之如果曹雪芹果真是《红楼梦》作者，那么除了书中九百七十多个人物（出场活动较多形象较鲜明的不下百人），他还须“贴着”自己这众多虚虚实实的“化身”来写。

“连自己也烧在这里面”

——从《祝福》看鲁迅怎样“贴着人物写”

1. “河边之问”

1924年2月，鲁迅创作了短篇小说《祝福》。3月便发表于当时重要的刊物《东方杂志》上。1926年鲁迅第二部短篇小说集《彷徨》出版，《祝福》是打头第一篇。现在中学语文课本经常选到《祝福》，作为鲁迅同情劳动人民的一个证据。寡妇祥林嫂的悲苦命运感动了许多读者的心。小说许多细节，大家都耳熟能详。

《祝福》开篇不久，写到第一人称叙述者“我”在“旧历的年底”回到故乡鲁镇，第二天去拜访住在镇东头的一个朋友，当他从这朋友家走出来时，立刻就在河边遇到衰老不堪、“纯乎是一个乞丐”的祥林嫂，“全不像四十上下的人”。“我就站住，豫备她来讨钱”。不料祥林嫂并不讨钱，而是向“我”提出了一连串问题：

“一个人死了之后，究竟有没有魂灵的？”

如果有“魂灵”，“那么，也就有地狱了？”

如果有“地狱”，“那么，死掉的一家的人，都能见面的？”

《祝福》中祥林嫂这“河边之问”太意外了。五年前“我”还在鲁镇时，“我”四叔家的女佣祥林嫂也许只知道有“我”这么一个年轻的读书人，彼此根本没有交集。五年之后见了，她就这样不打招呼，直奔主题，急切地向“我”提出这些问题，不能不让我大感意外。祥林嫂的“河边之问”也太突然，对“我”来说太难回答，“我很悚然，一见她的眼盯着我的，背上也就遭了芒刺一般，比在学校里遇到不及豫防的临时考，教师又偏是站在身旁的时候，惶急得多了。”为什么？因为“对于魂灵的有无，我自己是向来毫不介意的”。

鲁迅两本小说集《呐喊》《彷徨》有两个重要人物。一是阿 Q，再就是祥林嫂。如果说在鲁迅小说人物群像中，阿 Q 是男一号，祥林嫂就是女一号。阿 Q 当然重要，在他身上集中了鲁迅对“国民劣根性”几乎全部的观察。但阿 Q 的特点是整天“飘飘然”，稀里糊涂，又有“精神胜利法”罩着，刀枪不入，难得清醒而认真地思考什么问题。阿 Q 认为“人生天地之间”，任何事都会发生，因此他对任何突然发生的事情都随随便便，所以至少在主观上，没有什么问题难得住阿 Q，没有什么问题能把阿 Q 逼到角落里，使他寝食难安，非要获得一个答案不可。

但这种情况恰恰就发生在“被人们弃在尘芥堆中”微不足道的祥林嫂身上。“魂灵的有无”，有没有“地狱”，“死掉的一家的人”能否见面——这些问题当然并不是祥林嫂发明的，可一旦从别人那里听到这些问题，祥林嫂就辗转反侧，日思夜想，非要弄明白不可。这在阿 Q 是做梦也想不到、实际上也从来没有发生过的事。

仅仅从这一点看，鲁迅小说女一号祥林嫂要比男一号阿 Q 悲惨得多，因为她临死之前至少有五年时间，饱受着阿 Q 所不曾有过的魂灵煎熬。也正是这灵魂的煎熬，使祥林嫂一步步走向对她来说始终是不可知的漆黑一团的生命的终结，可怕的死后。

2. 三个责任人

祥林嫂之所以要问这些问题，跟三个人直接有关。第一是柳妈，第二、第三是“我”的本家长辈“四叔”和“四婶”。

首先是跟祥林嫂一起给四叔家帮佣的柳妈。柳妈是“善女人”。这是佛教说法，意思就是“信佛的女人”。她说祥林嫂先后嫁给两个男人，将来到了阴司地狱，两个男人都要抢，“阎罗大王只好把你锯开来，分给他们。”柳妈的话让祥林嫂害怕极了，提心吊胆地挨过一年。后来她照着柳妈的吩咐（柳妈诚然是一个“善女人”），用辛辛苦苦一年挣来的工钱“十二元鹰洋”，去土地庙捐了条门槛。柳妈告诉她，门槛就是她的替身，“给千人踏，万人跨”，可以“赎了这一世的罪名，免得死后去受苦”。

柳妈信佛，为何叫祥林嫂去土地庙捐门槛？看来她的信仰体系很复杂。这个姑且不论，只说祥林嫂对柳妈的话深信不疑，捐了门槛后，“神气很舒畅，眼光也分外有神”。

但祥林嫂的“舒畅”还没有维持一天，立即就遭到更大的打击。原来主人“四叔”吩咐“四婶”，祭祀祖宗时，千万不能让祥林嫂碰祭品，因为祥林嫂是嫁过两次的寡妇，“败坏风俗”，如果她的手碰过祭品，“不干不净，祖宗是不吃的。”祥林嫂自以为捐了门槛就没事了，但“四婶”仍然叫她别去碰那些祭品。四婶的地位比柳妈高多了，何况她背后还站着“讲理学的老监生”四叔，更是鲁镇第一权威人物。他们这样对待祥林嫂，等于把祥林嫂捐门槛的意义完全抹煞。

柳妈的话令祥林嫂恐怖万分，但她好歹还给祥林嫂提供了一个解救的办法。四叔、四婶连祥林嫂这条精神上的退路也给堵死了。小说写道，因为四婶不准祥林嫂碰祭品，祥林嫂的精神顿时就垮了，"像是受了炮烙似的缩手，脸色同时变作灰黑"，"第二天，不但眼睛窈陷下去，连精神也更不济了"。

祥林嫂的两任丈夫先后去世，唯一的儿子阿毛又被狼吃了，周围人在短暂的同情之后，马上开始取笑、捉弄和歧视她的"阿毛的故事"，使她沦为"看得厌倦了的陈旧的玩物"。最后雪上加霜，接连从柳妈和四叔、四婶那里遭到来自宗教信仰层面更加沉重的打击。这种打击直接的后果就是在四婶看来，祥林嫂已经失去了继续在她家帮佣的资格，因为四婶不知道"祥林嫂怎么这样了"，不仅精神不济，"而且很胆怯，不独怕暗夜，怕黑影，即使看见人，虽是自己的主人，也总是惴惴的，有如在白天出穴游行的小鼠；否则呆坐着，直是一个木偶人。不半年，头发也花白起来，记性尤其坏，甚而至于常常忘却了去淘米"。所以很快，祥林嫂就被赶出四叔家，成了无依无靠的乞丐。五年之后，"我"再次见到祥林嫂时，她虽然只是"四十上下"，但看上去已经是一个挣扎在死亡线上的垂老的女人，"只有那眼珠间或一轮，还可以表示她是一个活物。"

所以认真说起来，在祥林嫂的悲剧中，柳妈和四叔、四婶这三位都负有不可推卸的责任，尽管他们也并非故意要把祥林嫂推向火坑。

3. 被省略的"五年"

作者交代得很明确：关于祥林嫂这些"所见所闻的她的半生事迹的断片"，都发生于五年以前。这就引出一个关键问题：祥林嫂落到那种地步，怎么还能苟延残喘，坚持五年之久，最后才如四叔所说，“不早不迟，偏偏要在这时候”，即全鲁镇即将举行“祝福”祭礼的前夕，离开人世？

小说没有交代，这五年多时间，丢了工作、受人歧视、精神上不仅背负着“一件大罪名”，也承受着可怕的“死后”的威胁的祥林嫂究竟是怎样熬过来的？可以想象，一定有某种微茫的希望在暗暗支撑着祥林嫂，使她挣扎于悬崖的边缘，硬是不肯放弃。

人们对小说的“赏鉴”有时是很奇特的。作者浓墨重彩加以描绘的场面，印象不一定太深。比如听了祥林嫂反复讲述“阿毛的故事”，鲁镇的男人们如何“往往敛起笑容，没趣的走开；女人们却不独宽恕了她似的，脸上立刻改换了鄙薄的神气，还要陪出许多眼泪来。有些老女人没有在街头听到她的话，便特意寻来，要听她这一段悲惨的故事。直到她说到呜咽，她们也就一齐流下那停在眼角上的眼泪，叹息一番，满足的去了，一面还纷纷的评论着。”包括柳妈在突然说出那可怕的“死后”之前，如何故意套祥林嫂的话，追问一些和“善女人”的身份极不吻合的“性”的细节，我们读的时候，也曾会心地一笑，知道作者这是在“讽刺”，但很快也就淡忘了，——或许是故意将这些忘却吧，因为我们自己或多或少也是这样“咀嚼赏鉴”的看客，也是这样即使是对于不幸的女人的“性”也兴致勃勃的庸人。但是，有时候作者故意略去的部分，却又像某种弦外之音，牵动着我们好奇的神经。比如在作者没有交代的这五年里，祥林嫂究竟是怎么捱过来的？那支撑她的精神支柱究竟是什么？她所怀抱的最后一丝希望究竟来自何处？

这个希望必定在鲁镇之外，是柳妈、四叔、四婶们所不能掐灭的。柳妈、四婶和四叔的说法在鲁镇固然属于最高权威，足以击垮祥林嫂第一和第二道心理防线。但祥林嫂对他们的话可能也并非深信不疑。祥林嫂也许知道，或者说也许盼望着，在鲁镇之外还有比柳妈、四婶和四叔更高明、更权威的人，能给她更加确实的答案。

在这个答案公布之前，她生命的那一点余火是不肯熄灭的。

4. 为何是“我”

总之五年里，祥林嫂一直在等着一个人。

这个人，就是小说里的“我”。

五年前，“我还在鲁镇的时候”，祥林嫂并没有被四叔家解雇，“不过单是这么说”。那时祥林嫂已经陷入极大的精神危机，却没有立刻向“我”请教和求助。为何五年之后，一遇到从外面回到鲁镇的“我”，尽管因为男女有别以及地位的悬殊，两人之前很可能从未说过话，但这一次，祥林嫂为什么还是不由分说，鲁莽地把“我”拦在河边，而且一口气提出那些严重的问题呢？

首先，或许祥林嫂自知时日无多，生命的残灯快要熄灭，再不弄清楚五年来苦苦折磨她的那些问题，就怕来不及了。所以，她很可能听说“我”回到了鲁镇，马上就寻找机会向“我”打听那些问题。但“我暂寓在鲁四老爷的宅子里”时，作为被逐出的过去的佣人，祥林嫂是不便前去打搅的，所以她很可能到处打听“我”的行踪，跟踪“我”，趁“我”访问镇东一位朋友，告别出来的时候，立刻在河边将“我”截住。她在那里应该已经等待多时，不为别的，就为要向“我”讨一个说法。这一点，在河边被截住的“我”当时就很清楚，“见她瞪着的眼睛的视线，就知道明明是向着我走来的。”等了五年，祥林嫂再也不肯错过这个机会了。

其次——也更加重要——在祥林嫂眼里，“我”跟五年前不一样了。“我”的身份发生了变化。用祥林嫂的话说，五年之后的“我”，“是识字的，又是出门人，见识得多。”四叔也是“识字的”，但与“我”相比就差多了，因为“四叔”不是“出门人”。

在祥林嫂的意识里，什么是“出门人”呢？小说未作交代，我们不妨作些推测。

第一，“出门”的意思，就是在鲁镇之外更大的世界走了一遭，“见识得多”。

第二，“出门”包括“出国”。这种猜测并非毫无根据。阿Q就知道“假洋鬼子”曾经“不知怎么又跑到东洋去了”，祥林嫂为何就不可以知道“我”也去“东洋”或其他什么更远的地方留过学呢，——即使她还没有豆腐西施那般的想象力，硬派“多年出门”的“我”肯定是阔了，“放了道台——有三房姨太太；出门便是八抬的大轿”。在“我”的故乡，女人们对于“出门人”，通常都有诸如此类的想象。祥林嫂也不会太例外。

不管祥林嫂所说的“出门”是什么意思，总之在她眼里，“我”的权威超过了柳妈、四婶和四叔，“我”比他们三位更有资格解答她的问题。她对“我”寄予莫大的希望。

正是这个希望支撑着她，捱过了异常艰难的五年。

5.“我”会“舒畅起来”吗？

可惜“我”的回答太过模棱两可：

“也许有吧，——我想。”

“然而也未必，……谁来管这等事……。”

“其实，究竟有没有魂灵，我也说不清”。

诸如此类。

被祥林嫂寄予莫大希望的“我”作出这样的回答，虽说并非完全附和柳妈的观点，但也并没有清楚地否定柳妈的观点。祥林嫂从中所能捕捉到的，只能是和柳妈的话一样凶险、一样不利的暗示。而且“我”简直就没有什么耐心，趁着祥林嫂被这些吞吞吐吐、模棱两可、事不关己的回答打蒙，“不再紧接的问”，就“迈开步便走”，把祥林嫂一个人“剩”在河边。“我”的这种态度，没有丝毫的善意，更没有任何温暖的宽慰，甚至还不如柳妈。当然祥林嫂也许并不指望“我”的态度如何美好，只是想从“我”的嘴里得到有利于她的权威的回答，但“我”的态度无疑强化了“我”的回答中不利于祥林嫂的那种凶险的暗示。

关于“死后”灵魂和地狱的有无、一家人是否相见这种终极性问题，只有像信心之父亚伯拉罕或信心坚固的“义人”约伯那样，才会直接从所信的神那里求答案。一般的信徒，除了借助祷告与所信的神沟通，还须与一同相信的保持亲密友爱的关系，在不断的交通中坚定自己的所信。祥林嫂不认识也不相信任何神，她不是信心之父，不是“义人”，不会祷告求神的帮助。她生活在鲁迅所谓“没有俄国的基督”，“君临的是‘礼’，不是神”的国度，而且身处这个国度的最底层。她关于终极性问题所有的知识，只能仰仗周围人的帮助。但实际上只有柳妈这样的“善女人”偶尔给她透露一点听来的道理，其他人是不会与她交流，跟她探讨，让她从中看见亮光、得到安慰的。

抱着最后一线希望，抓住最后一搏的机会，祥林嫂向“我”提问，不料她所得到的只是“我”的模糊而凶险的回答、冷漠而不屑的态度。她生命的微火终于被“我”掐灭了。

造成祥林嫂悲剧的人太多。有柳妈，四婶，四叔，有祥林嫂

“好打算”的第一任婆婆，有祥林嫂第二任丈夫贺老六的大伯（他在阿毛被狼吃掉之后就没收祥林嫂的屋子，赶走了祥林嫂）。当然，还有鲁镇那些男男女女，他们喜欢听祥林嫂讲阿毛的故事，也曾为祥林嫂一掬同情之泪，但很快就感到“烦厌和唾弃”。他们的笑脸，让祥林嫂感到“又冷又尖”。

而在所有这些人之外，还有一个作者的化身“我”。“我”的回答成了压垮骆驼的最后一根稻草，以至于第二天祥林嫂就告别了人世。

《祝福》中的“我”当然不能与作者鲁迅划等号，“我”在何种程度上是作者的“化身”，是一个值得探讨的问题。比如“我”说，“对于魂灵的有无，我自己是向来毫不介意的”，但鲁迅自己从青年时代写《摩罗诗力说》《破恶声论》等文章开始，中年写《杂忆》《陀思妥夫斯基的事》《〈穷人〉小引》，到晚年写《死》《女吊》，始终关心着宗教信仰、民间迷信和灵魂有无这些问题，因此与其说《祝福》中的“我”是作者的“化身”，不如说是作者以第一人称叙述者“我”的名义另外塑造的一个人物，而作者的心无疑联通着这个“我”。

听说祥林嫂“老了”的当天晚上，“我独坐在发出黄光的菜油灯下”，想了很多——

> 这百无聊赖的祥林嫂，被人们弃在尘芥堆中的，看得厌倦了的陈旧的玩物，先前还将形骸露在尘芥里，从活得有趣的人们看来，恐怕要怪讶她何以还要存在，现在总算被无常打扫得干干净净了。魂灵的有无，我不知道；然而在现世，则无聊生者不生，即使厌见者不见，为人为己，也还都不错。我静听着

窗外似乎瑟瑟作响的雪花声，一面想，反而渐渐的舒畅起来。

这一段为鲁迅所特有的“幽婉”的独白，分析起来并不容易。所谓“也还都不错”，所谓“舒畅起来”，包含了太多的反话，并不能掩饰其自责之心。起初祥林嫂听从“柳妈”的吩咐，去土地庙捐过门槛后，曾经短暂地“舒畅”过，但很快就陷入新的绝望，再次背起“这一世的罪名”，等待“死后去受苦”。“我”在听到祥林嫂的死信之后，也曾用自己的方式排解一番，“渐渐的舒畅起来。”但凡是认真读过《祝福》、感受过那通篇凄楚沉郁之气的人，不会相信“我”真的会“舒畅起来”。

“我”在物理空间摆脱了祥林嫂，不料祥林嫂的影子却牢牢占据了“我”精神空间的某个角落，从此再难摆脱。“我”本来和祥林嫂毫无关系，但经过这一问一答，“我”就再也无法从精神上抹去对祥林嫂深深的亏欠。从此以后，“我”也要暗暗地背负“这一世的罪名”——倘若他们在那河边进行问答之际，并没有第三者在场。

需要再次强调，《祝福》中的“我”不完全等于鲁迅本人，但鲁迅的心无疑也联通着这个“化身”。作为一个被创造出来的小说人物，“我”毋宁是包含鲁迅在内的“我们”，即更广大的中国现代启蒙知识分子的群体。

鲁迅说，“我的确时时解剖别人，然而更多的是更无情地解剖我自己”。他还说，“以前的文艺，好像写别一个社会，我们只要鉴赏；现在的文艺，就在写我们自己的社会，连我们自己也写进去；在小说里可以发见社会，也可以发见我们自己，以前的文艺，如隔岸观火，没有什么切身关系；现在的文艺，连自己也烧在这里面，自己一定深深感觉到”。

这是真的。《祝福》就是一个证据。而鲁迅做出上述论述的时候，确实既说“我”，也说到了“我们”。

无材可去补苍天

——怎样看小说的次要人物

1. 无用之大用

《红楼梦》写女娲练就的第三万六千五百零一块顽石被弃置不用，未能参与补天大业，但“自经煅炼之后，灵性已通，因见众石俱得补天，独自己无材不堪入选，遂自怨自叹，日夜悲号惭愧。”所幸在大荒山无稽岩青埂峰下遇见一僧一道，大施法术，将它变成扇坠大小一块美玉，趁贾宝玉降生，含在嘴里，一同落草于“花柳繁华地，温柔富贵乡”，后来又被做成宝玉的配饰，跟着主人“历尽离合悲欢炎凉世态”，最终返回青埂峰，将所见所闻刻在复归原形的“高经十二丈，方经二十四丈”的顽石上，再由空空道人抄去，“问世传奇”，这就有了中国文学史上惊天动地一部大书。

顽石无材补天，暗寓生当“末世”的曹雪芹无力回天的悲愤，也寄托了贾宝玉珍惜男女之情而看轻“读书上进”的另类价值观，总之与《红楼梦》主旨关系匪浅。

不仅如此，《红楼梦》又名《石头记》，盖因全书内容皆顽石所记，顽石才是小说主要叙述人，是《红楼梦》故事的主要见证者。

总之，这块“顽石”起初虽“不堪大用”，无缘“补天”事业，后来却咸鱼大翻身，被作者赋予无用之大用。

这位“石兄”可以代表一种小说人物的类型，比十九世纪俄罗斯文学中的“多余人”含义更广，功能更多，他（她）们表面上不堪大用，召之即来，挥之即去，甚至一笔带过，属于小说世界的“次要人物”，但他们并非真的无足轻重，而是和“顽石”一样具有别的人物所不能替代的特殊用处。从这些人物挖掘下去，甚至可以找到理解整部小说的关键。他（她）们犹如打开宝藏的钥匙，被作者有意无意放在不起眼的位置，只有善读者蓦然回首，才能看出其妙处。

“顽石”如此，《红楼梦》中冷子兴、兴儿、甄士隐、贾雨村、刘姥姥、秦钟、贾瑞、小红、贾蔷、傻大姐、醉金刚倪二等次要人物，莫不如此。

武松在《水浒传》中是大英雄，作者用墨如泼，故有“武十回”的说法。相比之下，潘金莲只是不起眼的配角，但正是这个配角将英雄武松形象衬托得更加丰满。到了《金瓶梅》中，两人位置对调，潘金莲是主角，武松只有寥寥数笔，成了名副其实的配角。但如果武松最后不出来，潘金莲的故事便无法收场，作者也就无法全盘托出他对西门庆和潘金莲的复杂态度。在《水浒传》和《金瓶梅》中，一晃而过的次要人物对主角和全书命意来说都不可或缺。

2. 吴妈·假洋鬼子·赵子龙

有些小说的“次要人物”看似简单，实则相当复杂，给读者的接受与阐释带来不小的挑战，一定程度上还会影响到我们对主人公的理解，比如《阿Q正传》里的吴妈究竟有没有受到阿Q的性骚扰？吴妈为何不肯息事宁人，而是大喊大叫，招来整个赵府的围观和整个“未庄”对阿Q的谴责，以至于阿Q不得不离开未庄，在悲剧的演进中踏出了关键的一步？

另外，“假洋鬼子”真的那么可恶吗？阿Q究竟为何讨厌“假洋鬼子”？阿Q憎恶的人难道就果真不是好人？阿Q对革命党，不也是“一向深恶而痛绝之”的吗？“假洋鬼子”不准阿Q革命，是对革命负责，还是妨碍了革命队伍的扩大？

这些都不是那么容易一言以蔽之。

还有一些“次要人物”，作者着墨也并不少，但其重要性硬是显不出来，其地位因此就特别尴尬。何以至此？这就刺激我们非得琢磨一番不可。

比如《三国演义》中的赵子龙，三十年追随刘备，他和刘备的亲密关系，应该不亚于关羽和张飞。从刘备起家到立国，大小阵战都有赵子龙的身影。赵子龙还经常于危急关头挺身而出，建立殊勋。比如长坂坡之战，百万军中单骑救幼主。再如箕谷退兵，亲自断后，使魏军无隙可乘。赵子龙当然也打过败战，但他的特点恰恰在于愈是居于劣势，愈能显出英雄本色，这才当得起“常胜将军”“虎威将军”的美誉。这位“五虎上将”被刘备赞为“一身是胆”，诸葛军师对他的倚重往往也超过关羽张飞。难能可贵的是，他不仅如战神般威风凛凛，还儒雅谦退，不慕荣利，与人为善，顾全大局，丝毫没有刘、关、张三人的那些明显的性格弱点。

总之，赵子龙功劳极大，人品极好，群众呼声极高，几乎到了完人境界。但令人沮丧的是，他始终没有进入蜀国的决策圈，只能介于“刘关张”和后来加盟的诸葛亮四位核心领导与蜀国其他军政要员之间，其光彩甚至屡屡被后起之秀或新近加盟者所掩盖。

为什么？你可能会猜测，这或许因为他追随刘备前，曾依附过白马将军公孙瓒，又因料理兄长丧事，一度离开过刘备。但这毕竟是过去的事，连白璧微瑕都谈不上。

细究起来，恐怕主要还是因为他与“桃园结义”无缘，没有被赋予《三国演义》作者最看重的那种神话般的光环。“桃园结义”是整个蜀汉意识形态的伦理基石，对《三国演义》的重要性不下于“补天”之于《红楼梦》。刘皇叔正是仗着一个“义”字而广揽天下英豪，为分崩离析的汉王朝“补天”。刘备本人以及关羽、张飞就是“义”的肉身化，无人能够取代。赵子龙没有参与“桃园结义”，其重要性自然要大打折扣。

问题是赵子龙功劳实在太大，武艺实在太高，人品实在太好，这就显出矛盾，弄出尴尬来了。这样一个人物，既不能进入“桃园结义”的神话谱系，也并非像马超、黄忠、魏延那样单凭军功而获重用，更不曾取得主要智囊诸葛亮那样的特殊地位，但他的形象又如此鲜亮，无法归类，可谓“三不靠”。他当然算是蜀国元老和国之重臣，但也是全蜀国最孤独最寂寞的一个人。

更有甚者，这种特殊处境有时候还会将他推向蜀国意识形态的对立面。读者越同情赵子龙，就越感到那个“义”字的苍白空洞。赵子龙血战长坂坡，百万军中救出幼主，刘备以其过膝之长臂假惺惺摔阿斗于地上，说什么“为汝这孺子，几损我一员大将”，让子龙不得不跪地泣拜：“云虽肝脑涂地，不能报也！”此时子龙荣耀如日中天，但他在刘皇叔心中仍无法与关、张相比，充其量只是“一员大将”。晚年的赵子龙曾苦劝刘备不要急着为关羽报仇而痛失联吴击魏的良机，其地位本来就十分尴尬，而他对“目前形势与我们的任务”的洞见与刘皇叔念念不忘的那个“义”字的对垒，也登峰造极了。

赵子龙近乎完美的人格和无人能及的神勇不免要激发读者思考，这样一个人物，仅仅因为无缘“桃园结义”，就始终进不了刘备集团的核心领导圈，这个所谓的“桃园结义”的神话是否太空虚？就像贾宝玉说的，神仙一样的宝钗、黛玉都没有他的宝玉，这劳什子还有什么意义？能够激发读者这样思考问题，大概就是一生尴尬寂寞的赵子龙的无用之大用吧？他被“桃园结义”神话排斥在外，反而成了揭穿这个神话的一把利刃。这个作用，恐怕是《三国演义》其他任何一个人物都无法取代的，甚至也溢出了作者有意识的构思。

3. 应伯爵：西门庆的精神支柱

“次要人物”的存在，将主要人物形象衬托得更加鲜明，甚至将一部大书的主旨揭示得更其透彻，这在世界文学史上屡见不鲜，他们的“知名度”因此往往一点不输给主要人物，比如堂吉诃德的跟班桑乔·潘扎，《卡拉马佐夫兄弟》中杀死老卡拉马佐夫的私生子斯麦尔加科夫，因婚外恋暴露而不得不把妹妹从圣彼得堡叫来莫斯科劝慰嫂子的安娜·卡列尼娜的哥哥奥勃浪斯基公爵，《包法利夫人》中那个煞有介事的爱好科学的药剂师郝麦，《阿Q正传》中的吴妈、假洋鬼子、小尼姑以及“小D王胡等辈”，《活动变人形》中那个每天早晨起来“骂誓”、令主角倪吾诚轻易不敢撄其锋芒的小姨子姜静珍，《古船》中为“四爷爷”赵炳冲锋陷阵的“赵多多”——等等等等。

《金瓶梅》的主角当然是西门庆，但以西门庆为中心，作者还描写了大量次要人物，他们站位明确，各司其职，映照出西门庆人性的多方面与多层次。作者还经常直接借他们的口说出自己不方便说的关于西门庆的许多话，让对西门庆认识不够深入的读者如醍醐灌顶。比如来旺儿媳妇宋惠莲临死时对西门庆的那一番控诉，作者就不便自己说出来。比如西门庆贴身小厮玳安告诉唯一有良心的义仆傅伙计，西门庆为李瓶儿之死哭得死去活来，其实不是哭李瓶儿这个人，而是哭李瓶儿带给西门庆的钱。这一层若玳安不说，谁能想到？但如果换一个人说，也不具有玳安的权威性。

《金瓶梅》的首席配角还要算应伯爵。此君家底不薄，不同于西门庆“热结”的另外几个“兄弟”，他们除了打秋风，别无长才。比如那个可怜兮兮的“白来创”，单独出马上西门庆家，常常要吃闭门羹，但一经应伯爵说合，西门庆就算银根吃紧，也不得不从正房吴月娘处拿出东京贺寿时蔡太师所赏的十二两银子接济白来创，最后也是在应伯爵的巧妙斡旋之下，硬是给白来创买了房子，安顿了家业。从西门庆与白来创的关系，就可以看出应伯爵的非同一般。

应伯爵还内外有别。外出时面具带好，巧言令色，专心表演，八面来风，左右逢源，回家后则与一妻一妾搞好关系，阴阳调和，家业兴旺，绝无后院失火鸡飞狗跳之虞。表面上他似乎也专门为了混吃混喝，揩光占便宜，其实他的目标很坚定，就是志在发家，在诉讼、借贷两方面钻西门庆的空子，自任中介，两头通吃。

实际上，应伯爵这个居心隐藏得也并不很深，连西门庆的小厮玳安都能洞悉其奸，精明如西门庆者岂能不知道？五十四回写西门庆赴应伯爵家的便宴，就直截了当问他得了多少“中人钱”。应伯爵三言两语，搪塞过去，西门庆也无意深究。

应伯爵到底施了什么法术，能让喜怒无常颐指气使心狠手辣的西门庆只对他一人言听计从？我想这也没有什么特别的奥秘，无非是因为应伯爵有耐心也有能力给西门庆提供全方位的精神按摩。他不像那些僧尼道士，靠念经打醮，让虔诚的吴月娘和其他女流敬若神明，而是专凭三寸不烂之舌，让西门庆心安理得地享受罪中之乐，永无醒悟之时。他的口才，连老太监“薛内相”见过一面，也印象深刻，不能忘记。他不仅是西门庆的酒肉朋友，更几乎是精神空虚的西门大官人唯一的精神支柱和精神导师。好色成性的西门庆并非天天都要女人作伴，但他简直一天也离不开“应二爷”。李瓶儿死后，西门庆玩绝食，一家子谁都劝不动，最后还是应伯爵出马，才令西门庆转悲为喜，努力加餐饭了。

伯爵对西门庆，影响力可谓大矣。他既承担这项特殊使命，自然就不能一味依靠甜言蜜语，奴颜婢膝，而必须像汉武帝面前的弄臣东方朔那样，滑稽突梯，险中取胜，猛踩底线，而分寸又拿捏得极好。他貌似在西门庆面前百无禁忌，甚至经常批评主人的缺失，敢于享用主人专宠的粉头，但实际上并不曾真正越雷池一步。他善于制造气氛，活跃场面，精心设计，避免冷场，让西门庆“酒色财气”的生活永远保持鲜花著锦烈火烹油的闹猛劲儿，但他名义上还是西门庆“热结”的兄弟，位在倡优之列。聪明的乐工、粉头、家人、仆役们皆深知应伯爵的身份微妙，所以有时称他为应二爷，有时则直呼“应花子”，但无论怎样，也不敢真的冒犯他，否则就架不住他在主人面前有意无意地进言一二，那效果肯定不亚于西门庆妻妾们的枕头风。

应伯爵可说是中国古代市井小说里面的帮闲专家、篾片领袖的最高典型，他在《金瓶梅》中绝非可有可无。《金瓶梅》可以不写别的次要人物，但绝对不能没有应伯爵。在西门庆之外，应伯爵是《金瓶梅》作者所要批判的那个时代围绕“酒色财气”建立起来的一整套价值体系的主要阐释者、辩护者和践行者。

4. 王进·“黑点”·唐晓芙·蓝氏

《水浒传》中王进所扮演的角色，也大堪玩味。

作者写“一百单八将”之前，先写一个王进。王进也是“八百万禁军教头”，也受到高俅那厮迫害，但他的命运跟林冲完全不同，他的选择跟所有的梁山好汉都完全两样。他听老母亲的话，一看风向不对，就使了个金蝉脱壳之计，投到延安府老种经略那里“安身立命”。王进远走高飞得很彻底，不仅高俅够不着他，连半路上点拨过的徒弟九纹龙史进人都到了延安府，也还是没能找到恩师。按现在的说法，王进“人间蒸发”了。

王进是英雄吗？肯定是。他不属于梁山泊好汉那个英雄谱系。作者的重点，是写他善于决断。只是王进的善于决断和一百单八将不同。作者写这个就连“次要人物”也谈不上的过场人物，显然是要和一百单八将形成一个鲜明的对照。

如此对照，用意何在？张恨水早就指出，王进是一个令人羡慕的全身而退的英雄。我觉得可能还不止这个。究竟如何，真不好说，读者可以自己去推测。

再看《阿Q正传》：

> 未庄本不是大村镇，不多时便走尽了，村外多是水田，满眼是新秧的嫩绿，夹着几个圆形的活动的黑点，便是耕田的农夫。阿Q并不赏鉴这田家乐，却只是走，因为他直觉的知道这与他的“求食”之道是很辽远的。

这段话向来被忽略了，但金克木先生认为，作者不肯正面放大来描写的那些“黑点”，才是《阿Q正传》最重要的社会存在。没有他们，便没有阿Q们活动的舞台，而“阿Q时代”是否像当时的批评家钱杏邨所说已经“死去”，阿Q们的命运是否会有根本的改变，最后也只能取决于那些沉默的“黑点”，取决于他们是否自觉到为自己所属的阶级起来抗争。

小说写“阿Q真能做!”但“阿Q没有家，住在未庄的土谷祠里；也没有固定的职业，只给人家做短工，割麦便割麦，舂米便舂米，撑船便撑船。工作略长久时，他也或住在临时主人的家里，但一完就走了。”也就是说，阿Q并非正正规规的“农夫”。不仅阿Q不是“农夫”，吴妈、小D、王胡等也不是。鲁迅主要描写的乃是中国农村的几个“游民”，不是正正规规的“农夫”。“游民”跟“农夫”有什么异同？二者关系究竟怎样？站在“游民”地位怎样看“农夫”？站在“农夫”地位又该怎样看“游民”？

把这些“黑点”提出来稍加讨论，对阿Q们的理解一下子就改观了。“几个圆形的活动的黑点”连“次要人物”都算不上，但他们绝非可有可无。

《围城》的读者一直很纳闷，像“唐晓芙”那样一个妙人，钱钟书为何只拿出来晃了几晃，还没让读者看清眼睛鼻子，就请她退场了。这就好像一场万众瞩目的精彩足球赛，一开始观众看到有位真正的“国脚”可能会大展神威，但没踢几分钟，这位“国脚”就被教练永远换下去，完全不加解释，这怎能不让观众感到不解，揪心，愤怒，感到必须骂娘，必须请这位教练“下课”？

没办法，作家不是教练，他有权这么做。而且他真的这么做了。对唐晓芙有兴趣的读者每次想到《围城》，只能永远带着深深的遗憾。

钱钟书为何这样安排？是否因为他深知正在展开的“围城世界”的平凡龌龊，故而不想让心目中的女神掺和进去，无端受到亵渎？然而从唐晓芙后来仅有的一次间接出场（再联系她的表姐苏文纨偶尔透露的行踪）来分析，似乎这位唐小姐也并非真的超凡脱俗。她很可能只是方鸿渐心造的一尊偶像。既然如此，何不让她也下场来踢踢看？

世界文学史上真正“女神”级的人物，作者往往偏要让她们和庸常之辈生活在同一片天空底下，这样才能加以真实的塑造。比如托尔斯泰《战争与和平》中的娜塔莎，这位可爱的纯情少女刚刚和鲍尔康斯基伯爵订婚，就立刻受到登徒子的诱惑，娜塔莎还计划跟那位登徒子私奔呢。不仅如此，伟大作家们甚至也不惮于描写女神们的堕落与死亡，如托尔斯泰笔下的安娜·卡列尼娜，如福楼拜笔下的包法利夫人。美的堕落与毁灭还是美，至少让人们看到了美的堕落与毁灭的悲剧过程。如果把美囚禁起来，或者只是惊鸿一瞥，灵光一闪，这种对于美的认识和把握，是否也过于孱弱了呢？

当然你也可以说，钱钟书略写唐晓芙，也好比《水浒传》略写王进，都是为了给跟着出场的众多人物造成一种衬托与对比，其意在彼不在此。

但读者还是会禁不住地去推想：钱钟书不把唐晓芙展开来写，是不想写呢，还是不能（无力）写呢？尤其看到接下来那些人物，读者恐怕更会倾向于认为钱钟书或许真的无力描写美好人物，所以才蜻蜓点水，虚晃一枪。果真进一步描写下去，怕是要露馅的。作者心中并无天仙般的美人，就不必期待他硬造出来一个来。

联系整个中国现代文学，钱钟书的不肯详写唐晓芙，又岂是孤立现象？在其他许多作家笔下，不是就连唐晓芙这样模糊的倩影也没有出现过吗？即使如沈从文笔下的翠翠之美，也只是恍兮惚兮的写意，而缺乏工笔画的正面描摹。中国现代作家是否太多冷峭之智，勇于和善于“审丑”，而缺乏柔情的遥慕，怯于乃至无力“审美”？

不妨再说一说《金瓶梅》中那位高贵而神秘的“蓝氏”。

西门庆平日无论对哪个女人，只要有一点儿意思，就非得弄到手不可。这是他的贪欲本性决定了的。唯独对蓝氏，他只有想法，来不及行动，就一命呜呼了。

蓝氏丈夫在东京汴梁认识西门庆，对西门庆信任有加。后来到清河县担任“千户”，算是西门庆衙门里的同事。两家交往密切。《金瓶梅词话》第七十八回“吴月娘玩灯请蓝氏”一节，写蓝氏是西门庆家正式宴请的客人，但十分蹊跷，蓝氏光临，始终只由西门庆的正妻吴月娘负责接待，家主西门庆只能“悄悄在西厢房放下簾来偷瞧”，“这西门庆不见则已，一见魂飞天外，魄丧九霄，未曾体交，精魄先失。”等到吴月娘传话，请西门庆出来去当面拜见蓝氏，西门庆就“得不的这一声，连忙整衣冠行礼，恍若琼林玉树临凡，神女巫山降下，躬身施礼，心摇目荡，不能禁止”。

这是西门庆和蓝氏的初次见面，西门庆虽然“躬身行礼”，却由于极端崇拜，过度激动，“心摇目荡，不能禁止”，估计说了什么，他自己也不知道，所以见了也等于没见。

奇怪的是，从晌午到晚夕，整个宴会期间，都是吴月娘陪着蓝氏，西门庆只能和吴大舅、应伯爵、谢希大、常时节等另外在“卷棚”内同着一班戏子“弹唱饮酒”，连张望偷看的机会都没有。直到仆人来报，说蓝氏即将起身回府，西门庆才离开他那班酒肉朋友，“黑影里走到二门里首，偷看着他上轿”。也就是说，蓝氏作为客人离去，西门庆连当面道别的机会都没有。书中只写他偷看蓝氏上轿离去，“正是饿眼欲穿，馋涎空咽，恨不得就要成双”，但也只能如此狂想而已，付诸行动的，只能是“未曾得遇莺娘面，且把红娘去解馋”，一把抓住撞上来的“来爵儿媳妇”，“耸了个不亦乐乎”。后来“心中只想着何千户娘子蓝氏，欲情如火”，又把伙计韩道国的老婆王六儿做了替代。当晚回家，被潘金莲趁他醉酒，滥施胡僧药，弄得一病不起，再也没机会接近蓝氏了。

西门庆临死之前未能勾着蓝氏，这是作者的特意安排，所谓“一己精神有限，天下色欲无穷”，总有西门庆有生之年无法交接的女性。但这样一来，蓝氏就永远是西门庆心头的一个影儿了。在整个《金瓶梅》的色欲天地，就多了一个美若天仙、冰清玉洁、始终不曾被玷污的女性。蓝氏的惊鸿一瞥，彻底打破了西门庆的世俗逻辑，对西门庆“酒色财气”的人生是一个绝大的讽刺。

蓝氏的“戏份”很少。先是西门庆正妻吴月娘告诉西门庆，她去何千户家做客，见那蓝氏“还年小哩，今年才十八岁，生的灯人儿也似一表人物，好标致。知今博古，透灵儿还强十分”。后来在西门庆的家宴上露过一面，也只是写西门庆如何偷看，并未正面著笔，实写蓝氏的言语动作。这就使蓝氏愈加显得贵重而神秘。

蓝氏的贵重而神秘不无原因。西门庆早就知道，“他是内府御前生活所蓝太监侄女儿”，门第显赫，本来就是活在西门庆世界之外的那一类女人，令西门庆可望而不可即，好像唐晓芙之于方鸿渐。方鸿渐只能在别的女人面前卖弄聪明，却不敢对唐晓芙有丝毫造次。西门庆也只能在那些有求于他或对他存有幻想的女人那里如鱼得水，一旦碰到“蓝氏”，就只敢偷看而已。

清河县竟有西门庆垂涎而又不敢碰的女人，不能不说是一桩奇事。这就让我们由此看到西门庆的另一面，尽管作者并没有将西门庆的这另一面完全展开，正如钱钟书也并没有让方鸿渐与唐晓芙的恋爱进行下去，从而写出方鸿渐的另一面。

5. 徐改霞可有可无?

有时候作者花了九牛二虎之力去描写正面人物，却总是不太成功，而次要人物却似乎很容易写得虎虎有生气。

柳青创作于1950年代末的《创业史》和1960年代初中国文学界围绕《创业史》人物形象的争论，就非常充分地说明了这个问题。当时争论各方的注意力不约而同都集中于梁三老汉，以及“蛤蟆滩的‘三大能人’”，即正在发生蜕变的党员郭振山、观望的富裕中农郭世富和伺机反扑的富农姚士杰。这当然有道理，因为在这四个人物身上，集中了“土改”和互助合作运动期间中国农村的各种社会矛盾，作者通过这些人物形象的塑造提出他本人对当时中国农村的社会矛盾来龙去脉的认识。与此同时，人们对于作者苦心经营的主人公梁生宝，却不免要产生这样那样的不足之感，因为梁生宝这个人物身上虽然体现了当时的农村青年追求进步的倾向，却缺乏那种新与旧的分裂与冲突，也就没有那么巨大的历史内涵。

这就在小说人物的整体关系上形成了一种喧宾夺主的格局。

《创业史》成为问题的还有一个次要人物，作者着墨并不少，评论家们却往往都视而不见，很少正面加以评论。不仅如此，有些评论者还认为，作者运用类似纪传体历史著作的人物列传手法集中描写这个次要人物的许多外在行动和内心活动，皆游离于合作化运动之外，和整个作品缺乏有机联系，因此这个次要人物就成了《创业史》的附赘悬疣，应该拿掉才对。

这，就是心地善良而又美丽动人、一度曾经是梁生宝“对象”的农村姑娘徐改霞。

《创业史》第一部出版于 1960 年，1978 年柳青带病修改并重版了这部小说。在新版中，改霞的问题和刘少奇联系起来。刘少奇说中国今后要走工业化道路，对工厂招工考试一度犹豫不决的改霞受到国家主席的鼓励，认为离开农村，进城进厂，也是参与国家建设。况且梁生宝一心只在互助组，根本顾不上和她说话，更谈不上进一步确立恋爱关系。她在这种情况下再次报名参加招工考试，就顺理成章了。这一笔修改，作者的意思似乎是说，农村青年正常的恋爱生活本身并无什么特别值得记叙的意义，只有联系整个国家建设，联系中国社会（甚至高层领袖之间）的矛盾斗争，才有了存在的价值。

在小说初版中，改霞作为少女对异性的企慕，也仅仅是考验梁生宝的一种不好不坏的诱惑力。修订版中则增添了政治斗争内涵。似乎只有这样，徐改霞在小说中的存在才合情合理。可实际情况恰恰相反，徐改霞的魅力来自她自身，而不是由外面赋予的政治内涵。更准确地说，因为徐改霞陷入了政治斗争漩涡，她自身的魅力，她的充满矛盾疑惑和痛苦的少女的情感世界，才被进一步激活，越发显得生动感人。

被忽视的改霞的存在，像许多文学名著次要人物一样，具有足以撼动对整部作品的权威“定论”的力量。在改霞身上，我们不仅看到她的长期守寡的母亲的含辛茹苦，看到周围农民对大龄女子不怀好意的议论，看到自以为在保护和指导这对可怜母女的“代表主任”郭振山的矛盾和游移，看到梁生宝被作者有意夸大的严肃与呆板，看到二十来岁的梁生宝整天拿着旱烟袋的滑稽可笑，而且也更真切更尖锐地感受到时代的政治力量如何生硬地“征用”中国农民的生命，使他们的肉身单单为政治风云的变幻而燃烧。而如果不这样，他们的生命就有可能被宣布为“游离”时代之外，顿时变得毫无意义。然而正是他们稍稍显得“游离”的存在，才使读者获得一个别样的坐标，换一种眼光来打量那随时要吞噬或随时要抛弃他们的巨大的时代意志。

作为次要人物，徐改霞发挥了她应该发挥的作用。

值得一谈的古今中外小说的次要人物实在太多，这里随便举几个例子，略加阐述。文章副题是“怎样看小说次要人物”，其实我谈论更多的乃是：“怎样透过次要人物来看小说。”

“吴妈”是害死阿Q的罪魁祸首？

——主要人物与次要人物关系举例之一

1. 不能忽视的吴妈

小说，尤其是中长篇小说，如果注重刻画人物，通常总会有人物形象的三个等级：首先是一两个主人公或中心人物，其次是若干地位居中、比较重要的人物，再就是分量不等的一些次要人物。

《阿Q正传》按今天的划分法，应该属于中篇小说，人物众多，阿Q无疑是中心人物或主人公，似乎并没有地位居中的重要人物，读者熟悉的那些名头很响的人物，像不让阿Q姓赵的赵太爷，用大竹杠追击阿Q的赵大爷（即赵秀才），满嘴“妈妈的”、动辄给阿Q送罚单的地保，“真正本家的赵白眼、赵司晨”，静修庵的老尼姑和小尼姑，以及阿Q瞧不起却又斗不过的“小D王胡等辈”，戏份有多少之别，但都可归入次要人物的范畴。

好的小说，主人公固然重要，次要人物也不容忽视。因为第一，主人公的世界缺不了次要人物。没有次要人物的陪衬与烘托，主人公就生活在真空，啥也谈不上了。第二，好的小说，次要人物本身往往也很精彩。《阿 Q 正传》上述一系列次要人物之所以名头很响，就因为鲁迅在描写他们时一丝不苟，寥寥数笔，甚至一笔带过，却一个个活龙活现，妙到巅毫，让人印象深刻。

不仅如此，有些小说的次要人物看似简单，实则相当复杂，给读者的接受与阐释带来不小的挑战，一定程度上还会影响到我们对主人公的理解。

《阿 Q 正传》里的“吴妈”就是这样一个复杂的次要人物，不太容易一眼看透。

2. 吴妈的多重罪

我们就来看看这个吴妈，究竟有多么复杂。

作者交代，“吴妈，是赵太爷家里唯一的女仆”。阿 Q 每次提到她，都情不自禁想到绍兴戏《小孤孀上坟》。据此推测，她大概是年轻守寡的“节妇”，即“贞节的妇女”。

小说写有天傍晚，吴妈洗好碗碟，坐在厨房的长凳上，跟舂米间歇抽烟休息的阿 Q“谈闲天”。谈着谈着，阿 Q 突然向吴妈求爱，连说两句“我和你困觉，我和你困觉！”还“忽然抢上去，对伊跪下来”。吴妈反应如何呢？鲁迅的描写很精彩，不妨照引如下：

> 一刹时中很寂然。
>
> “阿呀！”吴妈楞了一息，突然发抖，大叫着往外跑，且跑且嚷，似乎后来带哭了。

接着就是赵府上下一片忙乱。少奶奶和隔壁邹七嫂出来安慰吴妈，防她寻短见，打包票说“谁不知道你正经”。赵秀才则拿着大竹杠追打阿Q，将阿Q驱逐出赵府，还连夜派地保对阿Q实行五项霸王条款的惩罚。

阿Q被剥夺得一贫如洗，不能再在未庄立足。他的命运急转直下。先是进城，作为“小脚色”参与偷窃，得到一点赃物，冒冒失失拿回未庄贩卖，算是风光了一回。但赃物很快卖完，还暴露了做贼的底细，就又“用度窘”起来，稀里糊涂宣布要革命，最后被革命后的政府当窃贼逮捕，枪毙了。

显然，阿Q的命运转折与悲剧结局，多少跟吴妈有关。但怎样理解和评价吴妈，有两派意见，分歧很大。

一派倾向于批评和责难吴妈，姑且称之为“倒吴派”。他们认为在这件事上，阿Q是无辜的，而吴妈的问题就很大了。首先，吴妈果真如邹七嫂所说，是“正经”人，就不该留在厨房跟阿Q“谈闲天”。如此孤男寡女的局面，双方都必须回避，何况吴妈还是一个年纪轻轻的寡妇。

电影《阿Q正传》给吴妈添了很多戏，比如奉赵太爷之命，特地前去通知阿Q来舂米，又让她给阿Q点亮油灯，还一边“谈闲天”，一边纳鞋底，这样吴妈就有理由留在厨房了。但小说只写她“谈闲天”，并未跑去通知阿Q，或者替阿Q点灯，更没有纳鞋底。吴妈是闲着没事，专门找阿Q“谈闲天”的。

其次，吴妈“谈闲天”也不好好谈，她唠叨的不是“太太两天没有吃饭哩，因为老爷要买一个小的——”，就是“我们的少奶奶是八月里要生孩子了——”，总之都跟男女之事有关。要知道，阿Q自从在酒店门口公然调戏了小尼姑，就满脑子都是“女人，女人！——”，这是未庄一场不大不小的风波，吴妈应该有所耳闻。在这种情况下，吴妈还大谈男女之事，难道是要进一步强化阿Q对异性的渴望吗？赵太爷都快做爷爷了还纳妾，阿Q已过而立之年却仍然光棍一条，这种巨大的反差怎能不深深地刺激阿Q？所以不怪阿Q突然发痴，怪只怪吴妈偏偏哪壶不开提哪壶。

第三，阿Q调戏小尼姑当然很卑鄙，但并未如地保所说，竟然狂妄到"连赵家的佣人都调戏起来"。我们看阿Q只不过在特殊氛围（封闭的厨房、和小寡妇吴妈单独相处、不停地被吴妈灌输老爷纳妾而少奶奶生孩子的信息），一时失控，冒冒失失向吴妈求爱，如此而已，并未对吴妈实行多么严重的性骚扰。所谓"我和你困觉，我和你困觉！"固然粗鲁莽撞，但"忽然抢上去，对伊跪下了"，却又相当"文明"和"时髦"：《伤逝》男主人公涓生向女主人公子君求爱，不也是采取了这个姿势吗？

综合上述情况，吴妈的反应就显得过火了。小说强调阿Q向吴妈求爱之后，"一刹时中很寂然"，这说明阿Q尊重吴妈，求爱之后，并未采取进一步行动，而是静静地等候吴妈的反应。而所谓"一刹时中很寂然"，另一方面也说明，吴妈并非真的受了惊吓而完全失控，乃是在电光火石之间有过一定的思考权衡。她很可能意识到自己这回是引火烧身了，不该和阿Q独处，不该跟他"谈闲天"，这都于寡妇名节大有妨碍。想到这里，她才"愣了一息，突然发抖"。为保全名节，即使旁边没有别人，也必须防患于未然，于是一不做，二不休，索性把事情闹大，把将来万一败露的恶果全部提前推给阿Q。

如果说留在厨房，与阿Q独处，跟阿Q"谈闲天"，向阿Q唠叨赵太爷纳妾、少奶奶生孩子，都还是吴妈的无心之过，那么在并未受到严重的性骚扰、也并无第三者在场的情况下，吴妈不肯大事化小，小事化无，而是小题大做，闹得沸反盈天，这就完全是为了撇清自己而有意陷害阿 Q。吴妈这一闹，事实上可把阿 Q 给害惨了。所以阿 Q 最后的死，吴妈也要负相当的责任。

“倒吴派”还追根穷源，把问题上升到阶级意识和道德观念层面，说吴妈和阿 Q 一样都是佣人，却没有正确的阶级立场，满心维护赵家的利益，凡事想着赵家，希望赵家为她做主，而置同一阶级的阿 Q 的生死于不顾。

另外吴妈的封建礼教观念根深蒂固，太看重虚伪的所谓寡妇名节。为保全这名节，不惜小题大做。另外小说还写到，“吴妈只是哭，夹些话，却不甚听得分明”，在赵府一班人面前，吴妈不可能说阿 Q 的好话，多半还是进一步撇清自己，抹黑阿 Q。

如果吴妈没有这种不必要的寡妇名节观念，如果吴妈看到赵家是统治者，而阿 Q 才是阶级兄弟，她就不会这样了。她完全可以考虑和阿 Q 联手闹革命，甚至不妨和阿 Q 结成革命夫妻。这种大好局面硬是被吴妈一手给断送了。

再看吴妈害了阿 Q，只拿到阿 Q 破衣烂衫的一部分纳鞋底，此外并未捞到任何好处，而且最终还是不明不白地离开赵家，进城打工去了。可见，吴妈的落后的阶级意识和道德观念，不仅害了阿 Q，也害了她自己。

3. “保吴派”如是说

以上是“倒吴派”的基本观点。

再看为吴妈辩护的“保吴派”是怎么说的。他们认为，“倒吴派”虽然顾及具体历史环境，但考虑得不够彻底，对吴妈提出了不切实际的过高要求。

“保吴派”强调，在辛亥革命初期，全未庄的人都不懂“革命”

是什么，怎么能要求吴妈认识到自己和阿Q属于同一阶级，联合阿Q反抗赵家、闹革命呢？实际上比起未庄其他人，吴妈还是看得起阿Q的。肯跟他一起“谈闲天”，就是看得起他的一个证据。

但这并不等于吴妈就懂得自己和阿Q都是被压迫阶级，更不等于她因此就必须接受阿Q那种毫无前奏、突如其来的可笑的求爱。

那么，吴妈不避嫌疑，掌灯后与阿Q孤男寡女在厨房里“谈闲天”，是否值得非议呢？“保吴派”认为，说这种话，本身就是封建思想作怪。像吴妈那种粗笨的乡下女人倒并没有这种肮脏的思想。

至于阿Q式的求爱，则是另一回事。那时候处于危险境地的不是阿Q，而是吴妈。俗话说“没有不透风的墙”，万一传出去，阿Q毫发无损，吴妈可要身败名裂了。

所以要求吴妈镇定自若，息事宁人，也太不切实际。阿Q向吴妈求爱，尽管和调戏小尼姑有所不同，但在吴妈看来也够吓人的。她不赶紧张扬出去，以求自保，还有什么别的选择呢？

吴妈大哭大闹，客观上将阿Q推到了绝境。但这在吴妈也是别无选择，我们不能要求吴妈大包大揽，承担事情败露之后可能产生的一系列恶果。这跟要求吴妈解放思想，丢弃传统的寡妇名节观念，对阿Q粗鲁而危险的求爱一笑了之，都是不切实际的幻想。鲁迅如果这样写，就不是吴妈，而是泼辣的王熙凤，或时髦的交际花了。实际上，王熙凤对于贾瑞的求爱，不也是采取了保全自己而消灭对方的策略吗？

恰恰相反，正因为鲁迅写出吴妈阶级意识的淡漠和传统名节思想的顽固，甚至写出吴妈的自私自保，那才是真实的吴妈。

但这样的吴妈，是没有必要、也没有能力迫害阿Q的。

不是吴妈害了阿Q，而是未庄社会利用吴妈的遭遇为借口，令阿Q无立锥之地。

4. 由“吴妈”看《阿Q正传》的伟大

看来，为吴妈辩护能自圆其说，而批评和责难吴妈，也并非毫无道理。

或许我们只能说，真实的人和人的真实处境都是复杂多面的，让真实的复杂多面的吴妈跟同样真实的复杂多面的阿Q共同演出这场“恋爱的悲剧”，正是鲁迅的高明之处。如果让我们一句话就能说尽阿Q，一眼就能看穿吴妈，也就不是鲁迅了。

次要人物吴妈的复杂性，让我们再次领略到《阿Q正传》这样的文学经典的伟大。

白嘉轩与田小娥

——主要人物与次要人物关系举例之二

1. 地位之悬殊

小说中主要人物与次要人物的关系，还可以举《白鹿原》中的白嘉轩和田小娥为例。

白嘉轩是陈忠实长篇小说《白鹿原》的头号男主人公，这个毫无疑义。

田小娥的身份则有些特别。她的戏份确实不少，所以有人说她就是《白鹿原》的女主人公。根据小说原著改编的电视剧和电影都对田小娥有浓墨重彩的描绘，编导的意图，几乎将整部小说简化为田小娥传奇了。这显然是过于看重田小娥的结果。

田小娥在《白鹿原》第 9 章登场，到第 19 章被人发现死在村口破窑之后，她的故事基本就结束了。后来冤魂不散，以至被朱先生授意白嘉轩造了六棱宝塔来镇压，已是尾声和补叙。而从第 9 章到第 19 章，她和黑娃、鹿子霖、白孝文的故事，也都只是断断续续的穿插。总之，田小娥在小说中实际所占比重并不大。这是其一。

其二，《白鹿原》是男人主导的世界。除白嘉轩外，重要的男性形象还有朱先生、冷先生、鹿子霖、白孝文、黑娃、鹿兆鹏、鹿兆海、岳维山、田福贤、鹿三——等。《白鹿原》女性人物形象的比重远不及男性人物形象。并非说有了男主人公白嘉轩，就必定要有一个和白嘉轩旗鼓相当的女主人公。毋宁说，《白鹿原》的女主人公是缺席的。此其二。

第三，《白鹿原》除了田小娥这个比较重要的女性人物形象，另外还写了一个重要的女性人物叫白灵。这是一个奇女子，聪明、漂亮、豪爽、泼辣。那个时代的女子讲究足不出户，温良恭顺，白灵却一天到晚跑得不归家，凡事都有主张，经常顶撞严厉的父亲白嘉轩，最后竟然离家出走，几乎断绝了父女关系。国共合作的大革命失败之后，白灵毅然加入共产党，跟身为国民党军官的男友、鹿家二公子鹿兆海分道扬镳，却很快和兆海的哥哥、中共地下党领导鹿兆鹏结为革命夫妻，最后也是为革命而牺牲的。

白灵在小说中的戏份不比田小娥少，只不过她性格比较固定单一，最终只能跟田小娥平分秋色。但有了白灵，田小娥在《白鹿原》中的地位就被进一步削弱，更不足以登上女主人公的位置了。

总之，田小娥并非女主人公，她充其量只能算是《白鹿原》众多次要人物中比较值得重视的一位。

但就是这位田小娥，虽然其地位不能和男主人公白嘉轩分庭抗礼，虽然她甚至没有和男主人公有直接的互动——因地位悬殊，更因为担任族长的白嘉轩对田小娥极度的鄙视和厌恶，两人自始至终没有正面说过话，但因为男主人公白嘉轩和关键的次要人物之一田小娥站在对立的地位，因此他们彼此就以对方为镜，互相对照，从而更清晰地显出各自的真实面容。

2. 自觉维护儒家伦理的完人

先说白嘉轩。《白鹿原》作者陈忠实几乎将这个人物写成传统乡村社会自觉维护儒家伦理的一个完人。他和对手鹿子霖一样没有多高文化，但他不像鹿子霖，二人形成鲜明对比。

鹿子霖自作聪明，立身行事不知检点，“酒色财气”样样占全，平时依仗的是本能的生理冲动和社会上混出来的机敏圆滑与流氓习气：其实这也是中国人数千年来一种典型的活法。

白嘉轩则不同，他立身谨慎，刚正不阿。不但虚心好学，凡事请教他的姐夫朱先生和经验丰富的中医高手冷先生等人。他还爱琢磨问题，有事没事总是留心研究白鹿两家成败兴衰的关键。按书中的说法，白嘉轩经常能超脱眼前的人事，“进入一种对生活和人的规律性的思考”。加之悟性极高，渐渐就有了一整套安身立命的思想，那就是用宋代关中儒学代表人物吕氏兄弟创制的“乡约”来修身养性，来约束和教育族人，叫他们“德业相劝”“过失相规”“礼俗相交”“患难相恤”——

无论白鹿原上下政治风云如何变幻，无论残酷的政治斗争如何将白鹿原变成朱先生所谓摊锅盔或做烙饼的“鏊子”，白嘉轩总是高举“乡约”。他几乎就成了这一套“乡约”的肉身化体现。就连被乡民们尊为“圣人”的朱先生，也赞叹他的小舅子白嘉轩懂得“治本之策”。

白嘉轩在这一根本修养的基础上养成的诸般优秀品质，真是不胜枚举。

比如，他坚信下苦力劳动，乃是人之为人的本分。尽管他是族长，是饶有资产的大户人家，但一年四季，田间地头的活，他一项都不落下，起早摸晚，绝不偷懒。哪怕被黑娃打弯了腰杆，只要稍稍能走动，就不听别人劝说，坚持扶犁下地。他的下苦力干活，绝非变态的强迫症。他确确实实打心眼里热爱劳作，在劳作中能得到莫大的快感与满足。相反，长时间不干活反而浑身难受。他说“人只有闲坏了的没有干坏了的”。他的老母亲“白赵氏”说“你是个罪人”，活该受罪。其实这正是劳动者的美好品质，不过在白嘉轩身上有了一种强化乃至极端的表现。

在家庭内部，他孝顺父母，敬重妻子，尽心养育儿女，甘心牺牲，自奉甚薄。所以白家上下，皆知书达理，温良恭俭让，整个家庭，长幼有序，一团和气。包括他和长工鹿三之间，虽始终不越主仆界线，但坚持“义交”，亲如手足。

对外，他急公好义，慷慨宽和。干旱“求雨”那一节，最能显示他的这一美好品质。作为族长，他处理公共事务，尽可能公平公正，赏罚分明。

被他寄予厚望的长子白孝文犯了事，尽管心如刀绞，但仍然一视同仁给予严惩，绝不徇私舞弊。为此他甚至不惜父子反目，被人耻笑。

他安分守己，不轻易对抗官府，但忍无可忍之时也会据理力争，比如县长邀请他做县政府参议，他马上就建议，撤去官府派到白鹿仓的保安军。

最重要的一点：他绝不像鹿子霖那样厚着脸皮巴结权势者，为自己捞好处。他始终与官府保持必要的一段距离，恪守一个平民的本分。

3. 白嘉轩的诸多可疑和可议之处

在传统乡村道德伦理标准来看，白嘉轩简直无懈可击，几乎就是一个完人了。但是，作者对白嘉轩的塑造并未到此为止。细看起来，白嘉轩也有可议和可疑之处。

比如，他为了改善白家的风水，处心积虑，用自家那块“天字号”的好地换取鹿子霖家“人字号”的坡地。他早就看中鹿家那块有白鹿出没的坡地，相信能给白家带来好运，但表面上真是做足了戏，让鹿子霖父子觉得他傻，觉得他实在走投无路了。这一点，可说是白嘉轩专门为自己打算的自私与狡诈。

比如，他带头在白鹿原连种三年罂粟，获取巨额利润，一举扭转白家的颓势。这一点又见出白嘉轩的贪婪与算计。

比如，他教训族中赌博、抽大烟的青年，可谓用心良苦，但手段过于残忍毒辣。他在惩治抽大烟的青年时，对自己曾经连种三年罂粟，只字不提。这也可说是缺乏自我反省的精神，虽然朱先生禁止他种罂粟时，他还算是从善如流。

他以“义交”的名义长期照顾鹿三一家，却没有顾到黑娃作为年轻人的自尊心，总是一厢情愿，居高临下，这就很自然地引起黑娃的反感。

他鼓动乡亲们以“交农具”的方式对抗苛捐杂税，结果自己却不肯出头，可谓有谋而无勇。

他和长子白孝文、亲生女儿白灵闹得不可开交，固然有白孝文和白灵一方面的责任，但他过于严厉而顽固的家长制作风，也是两代人关系不断恶化的原因之一。

白嘉轩人格上最大的破绽，主要还表现在他对待田小娥的态度上。白嘉轩固然刚正不阿，为人处世可圈可点之处甚多。但是，仅仅因为黑娃和田小娥不是明媒正娶，他就坚决不许这一对小夫妻进宗祠。他的态度还影响了黑娃的爹鹿三。鹿三表现得比主人更顽固。最后逼得儿子和儿媳妇只好在村口破窑洞里安生。从这一点，尤其可以看出白嘉轩的顽固、虚伪与冷酷。

白嘉轩在神圣之地祠堂，以族长之尊严惩被他确定为“破鞋”“淫妇”的田小娥，这在他自已看来，固然是出于对乡村道德和社会风气的高度负责，但他的不由分说的专断和缺乏调查的刚愎，他对女性（特别是底层女性）骨子里的轻蔑和公然的当众侮辱，他的可笑的“女人祸水论”，至少在被他审判的田小娥看来，是非常自以为是、颟顸霸道的。

尤其令人发指的是，他对田小娥的惨死不仅无动于衷，毫无愧意，还觉得像田小娥这样的人死有余辜，看不出丝毫的恻隐之心。

白嘉轩是乡村儒教伦理的化身，但他具体的思想言行非常驳杂，掺杂了他本人可能也并不清楚的许多非儒家的因素，其中包括大量的道教文化和其他的民间信仰。比如他的迷信风水，他的带头求雨，他经常让朱先生帮他详梦，他听信朱先生的计谋，用六棱宝塔镇压田小娥的冤魂，这些和儒家的“子不语怪力乱神”并不合拍。

也许陈忠实是有点刻意要把白嘉轩塑造成纯粹的儒家文化在乡村的代表，但实际上他却写出了一个思想言行如此驳杂的白嘉轩。但只有这样，才是白嘉轩真实的“文化心理结构”。陈忠实塑造白嘉轩，突破了所有预设的抽象观念，完全按照生活本身的逻辑，如此塑造出来的人物形象，才显得更加真实，立体，丰富，本身就充满了诸多难以调和的矛盾。

尽管白嘉轩的思想言行极其驳杂，然而占据主导位置的还是白嘉轩不仅顶礼膜拜、烂熟于胸而且确实身体力行的写在“乡约”里的那一套世界观、价值观与行为准则。可以说，白嘉轩是不知不觉吸收了丰富的道教文化和其他民间信仰的一位复杂的乡村儒家文化的代表，他试图用自己学习和揣摩出来的一套世界观、价值观与行为准则来应对白鹿原半个世纪的风云变幻。他的成败得失与是非对错几乎混在一起，难以分清。

比如，他信奉朱先生的“鏊子说”，对白鹿原上各种政治势力的殊死搏斗一视同仁表示冷淡和反感，这种超然姿态表面上始终让他立于不败之地，而实际上他因此也就难以做到具体问题具体分析，不免会混淆是非对错与善恶美丑。

比如他在祠堂里惩治抽鸦片和聚赌的白鹿两家子弟以及犯有淫乱罪的田小娥，固然是大义凛然，与人为善，但他的过于毒辣的手段、他的家长制作风、他忘记自己也曾种过罂粟的那种缺乏反省的态度，也并非总是能够令人心服口服。如前所述，他对于田小娥的惩罚，尤其缺乏公平和正义。

再比如，他极端蔑视和厌恶鹿子霖热衷吃官家饭，这固然没错，但他由此对于一切参与政府的行为都退避三舍，只满足于在自家田间地头下苦力劳作，这种小农经济的社会理想的局限性也是显而易见的。

由于作者总是把白嘉轩放在聚光灯下加以浓墨重彩的正面描写，更由于作者很多时候总是透过白嘉轩的眼睛来观看时代，用白嘉轩的心思来思谋世事，就很容易给读者造成一个错觉，似乎在作者心目中，白嘉轩肯定是一个无懈可击毫无瑕疵的圣人，如他的姐夫朱先生。其实不仅白嘉轩具体的思想言行有许多可疑和可议之处，而就是从他的儒家思想主干出发的上述许多所思所想与所为，也并不总是正确、崇高、美好与善良的。

这就是陈忠实笔下主人公白嘉轩的丰富与复杂。

4. 小娥形象的复杂性

白灵聪明、漂亮、纯洁、正派，又有决断，懂得如何把握人生的大方向，是通常所谓“正面人物”。田小娥也很漂亮，但她命途多舛，迭遭不幸，又生性糊涂犹豫，尤其在两性关系上，严重违背了正常的道德规范，因此人格上带有极大的污点。但她并非通常所谓“坏人”或“反面人物”，周围的人们虽然大多不能理解、不肯原谅她，但仔细分析起来，她的所作所为也都情有可原，作者对她的悲惨命运也给予了深厚的同情。

这就造成田小娥作为小说人物的复杂性。

小娥先是被父母安排，嫁给一个大户人家作妾。她不满丈夫和大太太的苛待，大胆地与前来“揽活”的短工黑娃私通。事情败露之后，被一纸休书，遣送回家。小娥父亲是死爱面子的穷酸秀才，觉得女儿丢尽了自己的脸面，迫不及待地倒贴着把小娥嫁给黑娃。因为这层关系，“仁义白鹿村”的族长白嘉轩不准小娥进祠堂，黑娃的父亲鹿三甚至不准黑娃和小娥进他家的门。可怜的小夫妻只能在村口破窑洞里安家。

起初小日子倒也过得红火，夫妻恩爱，黑娃又有使不完的力气，到处揽工攒钱。单看这一点，田小娥的遭遇似乎还不错。

然而不久，黑娃在发小鹿兆鹏的鼓动下，做了“农协”头领，斗争土豪劣绅，在“白鹿原”上闹得风生水起。可是好景不长，国共合作破裂后，国民党残酷镇压共产党，黑娃被迫转入地下，远走他乡。小娥从此孤身一人，无依无靠。作为共产党家属，她还整天受到秋后算账的国民党地方政府的威胁与逼迫。

这时候，鹿兆鹏、鹿兆海的父亲、一贯好色的“乡约”（即后来的保长）鹿子霖乘人之危，乘虚而入，以保护小娥为名，强行与她私通。

鹿子霖不仅把田小娥当作泄欲工具，还让田小娥去引诱他的仇人白嘉轩的长子、新任族长白孝文。果然，田小娥很快就把白孝文拖下水，这就使得白嘉轩苦苦培养的白孝文彻底身败名裂，被白嘉轩踢出家门，沦为乞丐。

小娥的公公鹿三是白嘉轩家里的长工，两人是“义交”，虽为主仆，实同手足。鹿三不差似白家成员之一，白嘉轩还让女儿白灵认鹿三做干爹。因为这一层关系，鹿三就特别不忍心看到臭名昭著的媳妇败坏白嘉轩的门风，一怒之下，杀了儿媳妇小娥。

5. 伤风败俗

应该怎么看田小娥先后与鹿子霖和白孝文的这种畸形男女关系呢？

用通常的道德标准衡量，田小娥是有不道德行为。仅仅因为自己男人不在身边，就不管三七二十一，只要谁对她好，就跟了谁。小说当然也不是没写田小娥最初依从鹿子霖时的那一阵子酸楚、无奈和对于丈夫黑娃的亏欠，但这也仅止于她在黑暗中发出“一声呢喃似的叹息”而已。

尽管如此，田小娥的所谓水性杨花也还是情有可原的。

首先，她青春年少，却很早为人作妾，陷入不正常的所谓夫妻和男女关系中。这就开启了全部悲剧的序幕。她私通“揽活”打短工的黑娃，对那个用钱将她买来作泄欲和养生工具的“武举”并不构成特别严重的出轨与背叛，倒可以说是抗争命运的不公，追求正当的爱情。

但小娥走出这一步之后，不被任何人所理解，甚至得不到亲生父母的同情。好不容易跟相爱的黑娃成了家，又得不到族人和公婆的承认。所有这些都加剧了她心灵所受的伤害。

小娥和黑娃还是有过短暂的幸福。但接下来黑娃的逃走使小娥失去全部依靠。在那个凄风苦雨的时代，一个弱女子除了做烈女，以死相拼，剩下的就只有一条路，就是随人摆布。鹿子霖正是利用这一点，无耻地将她霸占。

许多时候，小娥好像都是随波逐流，无可无不可，但她内心深处其实并未失去基本的是非对错的标准，更没有昧着良心干坏事。她在心理和身体上一度对勾引、强暴她的鹿子霖确实有过依赖，说“我而今只有你一个亲人一个靠守了”，但她很快就看清鹿子霖的为人，并没有完全沉溺于和鹿子霖那种见不得人的关系。越到后来，她对这个邪恶的男性越是充满鄙视和痛恨，最后决然与之断绝关系。

再比如，田小娥在鹿子霖唆使下固然“报复”了白孝文，因为白孝文曾经被白嘉轩敦促着，以族长的身份，在祠堂里对被宣布为破鞋的田小娥施行严厉惩罚和当众羞辱。但她很快意识到，这种“报复”乃是陷害“好人”，于是她就用自己的方式来补偿甚至讨好白孝文。小娥对白孝文的认识后来证明是错的，白孝文并非她所谓“好人”。她用鸦片烟来补偿和讨好白孝文，让白孝文在堕落的路上越走越远，更显得愚蠢。但至少她意识到自己受鹿子霖哄骗而害了“好人”，这一点还是可以看出她善良的天性。

小娥是变态社会无辜的牺牲品。尽管她在正常情况下诉说无门，作家还是以特殊方式让她有所发泄：让田小娥死后化作厉鬼，附在杀死她的公公鹿三身上，向鹿三（也向白鹿原上所有人）诉说自己的冤屈。陈忠实写死去的田小娥的冤魂伶牙俐齿，能说会道，说尽心中无限事！这并不是要表现田小娥特别具有反抗性，其实是作者借田小娥的冤魂，为天下古今所有被侮辱与被损害的弱女子一诉衷肠。

6. 社会文化的人和自然本能的人

以上重点分析了白嘉轩和田小娥的性格与命运。

《白鹿原》人物众多，为何单挑这两位来细说呢？因为他们最具有代表性。白嘉轩代表了一个人的自然人性，如何在某种文化传统的熏陶下，在对于这种文化传统的自觉追求中，被改造成一个社会的人和文化的人的典型。田小娥则代表一个秉持着自然人性的人，如何被某种文化传统排斥、压制、伤害甚至诬陷的典型。一个是人的文化属性的象征，一个是人的本能生命的象征。文化和本能，这二者的关系错综复杂，既互相吸引，又互相排斥。既互相肯定，又互相否定。

一部《白鹿原》，某种程度上就是写以白嘉轩所代表的文化的力量和以田小娥为代表的人的自然本性的力量相互较量、斗争和融合，由此显出社会和人性的真与伪、美与丑、善与恶的复杂纠缠。这就好比白孝文介乎白嘉轩和田小娥之间的那种困境，很难找到两全其美的出路。白孝文生命道路的戏剧性转折，很大程度上就是白嘉轩、田小娥所代表的两种力量彼此较量的结果，而陈忠实在这过程中塑造白嘉轩、田小娥和白孝文三人，正如鲁迅论《红楼梦》人物描写时所说，“其要点在敢于如实描写，并无讳饰，和从前的小说叙好人完全是好，坏人完全是坏的，大不相同，所以其中所叙的人物，都是真的人物。”

一部小说，如果“其中所叙的人物，都是真的人物”，它在思想艺术上也就达到了很高的境界。《白鹿原》的人物塑造，也可以作如是观。

小说也要讲逻辑

1. 凤姐为何提拔小红

王蒙《在伊犁》用第一人称“我”的口吻说，逻辑（尤其三段论）很重要，天下许多麻烦皆因不讲逻辑、不懂三段论造成，普及三段论，许多误会、悲剧、闹剧都可消于无形。他讲的是日常生活中人际交往，以及集团与集团、民族与民族、国家与国家的关系，有些夸张和幽默，但大多数人恐怕还是会认可的。

之所以会发生不讲逻辑的事，除了有些人确实不懂逻辑、不会正确运用三段论，还有许多别的原因。比如虽然懂逻辑却故意不讲，或者虽然想讲逻辑，但客观环境不允许讲。惟其如此，逻辑在日常生活中就弥足珍贵了。

日常所谓逻辑都很初步，并非逻辑学家们的那些高深莫测、即使用了一大堆数学公式也仍然叫人摸不着头脑的那种逻辑。初步的逻辑如“矛盾同一律”，指一个道理必须贯穿到底，不能一会儿这样讲，一会儿那样讲，前言不搭后语。有些话比较复杂，必须知道先讲什么，后讲什么。分不清先后，就会语无伦次。有些话，大道理包含小道理，大事件包含好几个分叉的小事件，犹如同一层楼面分出大小不等的许多房间，由纵横交错的走廊连接起来，某些房间又有小房间，甚至跟俄罗斯套娃那样，曲径通幽，别有洞天。这时候，要让你有条不紊罗列清楚，就很不容易。你得找到一个最好的先后与主次的顺序，否则就乱了套。再比如，你虽然掌握了谈话内容逻辑上的先后关系，但此外又有轻重缓急之分，你得知道哪些要多讲，哪些要少讲。每样都平均讲十分钟，对方也会崩溃。

亲人，热恋中的男女，心理医生与病人，下级对上级，或不可失去的商业与政治伙伴，一定程度上允许对方缠杂不清。我说一定程度，意思是说超过某个限度，也会不耐烦。王熙凤之所以特别欣赏宝玉的丫鬟小红，把她调出怡红院，作为贴身丫鬟使唤，就因为在她看来，整个贾府简直就没一个会说话的佣人。小红是个例外，她能把牵涉到好几户人家的好几件事情，一口气交代得清清楚楚，凤姐听了就特别舒服。

这是她提拔干部的一项重要指标。

2. 观念混乱的小说

日常说话要讲逻辑，小说家作为职业说话人自然更要讲逻辑。日常说话，除了开会做大报告，或集体协商什么大事，或恋人絮语，一般时间总不会太长，所以一定范围的不讲逻辑还比较容易忍受。而且在日常谈话中，一方不讲逻辑，另一方会在互动中随时予以提醒和纠正。小说则不然，读者没有说话权，只能听你小说家一路讲下去。因此，如果小说家不讲逻辑，读者就毫无办法，他不能跳进小说来提醒你，更不能帮你矫正。读者遇到不讲逻辑的小说家，其忍耐性绝对低于在生活中遇到不讲逻辑的人。遇到不讲逻辑的小说家，读者就只有一个办法，就是废书不观，把小说丢一边去。除了吃小说研究这碗饭的专家学者，一般读者没有义务听一个语无伦次的小说家胡搅蛮缠。

很不幸，我们许多小说家的失败之处尽管有许多，而最令人无法忍受的败笔正是不讲逻辑的观念、结构、叙述和描写，那是公然挑战甚至侮辱读者们的智商啊。

观念思想上不讲逻辑，说明小说家对小说的主题，古人所谓“主脑”，还模糊一片，没想清楚就贸然下笔，结果越走越偏，硬是拧不过来。《狼图腾》就是一例。作者一会儿歌颂狼，叹息野性良种的狼的稀少和绝迹。但一转身，又歌颂人类的狼性，歌颂有狼性的人类对狼的各种神乎其技的围猎与屠戮。这就违背了基本的矛盾同一律。这本书一再热销，不仅国内走红，还翻译出去，据说还真的拥有许多国际读者。为什么？可能只有一种解释：喜欢《狼图腾》的读者也不讲逻辑，而且他们的不讲逻辑和作者的不讲逻辑如出一辙，都属于特殊群体，对上暗号了。

但这个问题不宜多讲，也不必多讲。

此处也不想讲小说中那些更精微的逻辑，比如托尔斯泰的“心灵辩证法”如何让人物心理符合逻辑地呈现出幽深精妙的演变。我只讲小说家必须遵守的起码的逻辑，尤其在结构和叙述方面。

3. 多莉为何迟迟不爆发？

先讲叙述的先与后。先说什么，后说什么，这很初级，但也很重要，否则就绝对是一篇失败之作。小说是时间的艺术，人物、场面、风景、冲突、心理、情节，都必须遵循一定的先后逻辑，挨个儿登场，来不得一丝一毫的混乱。前面的混乱必将导致后面的混乱，像高速公路上的车祸。先后问题还牵涉到详略问题。有些事情，可以、也必须一开始就作出交代，但又不能和盘托出，只能给予一些暗示，小荷才露尖尖角，像山水画上的远山之巅，笼在云雾中。

《安娜·卡列尼娜》一上来就写“奥布隆斯基家里一切都混乱了”，多莉发现丈夫奥布隆斯基写给法国家庭女教师的情书，悲愤欲绝，一个人关在房里谁也不理。小说“第一部”就以各路人马如何纷纷前来帮助解决这个家庭纠纷为主要叙述框架。

但多莉究竟如何悲愤欲绝？她心里究竟怎么想？托尔斯泰含而不吐，却轻妙地将笔触伸向别处，随着羞愧难当、束手无策而又习惯性地纵情声色的奥布隆斯基到处求助的脚踪，依次写到从乡下来莫斯科向美少女基蒂求婚的青年改革家列文，写到基蒂一家，写到基蒂拒绝了列文而倾心于登徒子渥伦斯基，以及由此产生的内心的不安，写到奥布隆斯基和渥伦斯基一起上火车站迎接各自的亲人，写到安娜（奥布隆斯基妹妹、彼得堡重要人物卡列宁夫人）和渥伦斯基在车站相遇，这样兜了一个大圈子，才最后写到安娜住进哥哥家里来劝慰她的嫂嫂多莉。

在安娜的感化下，一开始还拒绝任何劝慰的多莉终于爆发了，说出她心里对丈夫、对家庭悲剧、对未来的完整想法。这时距离故事开头已经相隔 90 多页，但读者仍然觉得多莉的爆发正是时候。如果多莉一发现情书，就将愤怒绝望伤心和这一切之后的计划倾筐倒出，作者就没有理由紧锣密鼓地为了劝慰她而从各处调集人马，安娜和渥伦斯基、列文和基蒂、莫斯科和彼得堡上流社会的许多事情也都没有机会次第展开。另一方面，如果一开始就让多莉找个什么人畅叙衷曲，作者恐怕也写不出多莉在这么长时间里慢慢蓄积的心理能量，包括慢慢改变的心思和慢慢清楚起来的打算。让她憋一阵子，憋足了劲再倾泻出来，自然更带有山呼海啸的气势。多莉的满腹心思非要等到安娜抵达莫斯科再写，这就好比相声的“包袱”总是放在最后。一上场就抖开来，还有什么劲呢？

4. 安娜的故事渐入佳境

写次要人物多莉是这样，写重要人物安娜，更是如此。

因为修养和地位，只身从彼得堡来莫斯科的安娜本来不会在别人面前流露自己的家庭状况、自己与尚未登场的丈夫卡列宁的关系、自己内心的情感隐秘。但托尔斯泰绝不会让安娜以一个毫无问题的人物亮相。他通过渥伦斯基与安娜第一次接触，通过安娜与多莉推心置腹的谈话，通过冰雪聪明的基蒂的冷眼旁观，一再暗示：特地前来做劝慰大使的安娜本人的内心深处也有着情感的激流，虽然压抑着，却一直拼命寻找机会。一旦爆发，将不可收拾。

这些影影绰绰的暗示和渲染，为第二部以后安娜和渥伦斯基的婚外恋悲剧揭开了序幕。但直到第一部结束，作者虽然写了安娜在回彼得堡的火车上与尾随而来的渥伦斯基相遇，写了渥伦斯基在彼得堡火车站非常过分地与前来迎接妻子的卡列宁打招呼，但安娜对渥伦斯基的感情仍然处在若明若暗之间。托尔斯泰的分寸把握得恰到好处，也是含而不吐，欲言又止。安娜对渥伦斯基固然一见钟情，但她毕竟是安娜，不可能一见钟情之后，就立刻爬到爱情的巅峰。留给她的艰难曲折的道路还刚刚开始。

《安娜·卡列尼娜》的好处，一大半就在于托尔斯泰善于“草蛇灰线，伏脉千里”，把逻辑上先与后、详与略、深与浅的关系处理得恰如其分。纵然千头万绪，到了托尔斯泰笔下却总是井井有条。这就形成强大的叙述逻辑，紧紧抓住了读者。读者一头扎进许多情感漩涡和人事纠葛组成的迷宫，他们相信迷宫里风景无限，更相信看饱风景之后，还会在作者的指引下安然走出迷宫。托尔斯泰不仅为读者构筑了一座迷宫，也为读者设计了参观迷宫的最佳（最符合逻辑）的参观路线。

《安娜·卡列尼娜》是这样，托尔斯泰的其他名著又何尝不是。正因为他的叙述逻辑精确稳固，各叙述单位声息相通，形成一个有生命的整体，就可以在局部进行随意发挥，不必担心破坏整体的逻辑了。比如，当基蒂邀请新来的安娜参加即将在她家举行的大型舞会时，安娜开头不想去，说只有妙龄少女才喜欢舞会，她本人已过了那个年龄。这就引起基蒂的好奇，在她眼里安娜美丽动人，一点也不像有一个八岁儿子的母亲，所以坚持邀请她参加舞会。这时托尔斯泰插进来一大段安娜叹息年华易逝青春不再的文字，好像鲁迅《野草》中《好的故事》，逸出安娜和基蒂环环相扣的对话的节奏，有点“非小说”的因素了，但在叙述逻辑上还是站得住的，因为安娜忙碌了好一阵子，也该让她对着可爱的基蒂稍稍释放一下。这种不甘老去的美人心理，正是她后来百折不回地陷入婚外恋的动力。

5. 故事发生的时间和讲述故事的时间

还有一种是叙述时态上的逻辑秩序。小说中的“时间”分故事发生的时间和讲述故事的时间，但二者也会全部或部分地重叠，如果叙述人就是某个或某几个剧中人的话。

比如，许多“知青小说家”写回城多年的“我”回忆当年的“插队”生活，也会写到“我”和“我们”如今的情况，这么简单的时间关系，许多“后知青小说”就有点纠缠不清。更困难的是，插队时的“我”或“我们”与多年之后的“我”和“我们”虽然有种种情感记忆的牵扯，但观念和语言毕竟今非昔比，而今与昔的观念和语言就没有今与昔的人物和事件那么容易分清。许多知名的“知青作家”写“后知青小说”，经常在这上面跌跟头。不是跌一两个，而是不断地跌，跌得鼻青脸肿。不知道谁应该为这个问题负责。也许是以为福克纳、博尔赫斯玩弄时间游戏的叙述方式很容易学到手，就依样画葫芦吧？殊不知汉语字面上并无西方语言那种显在的时态标志，没这拐杖，邯郸学步，不跌跟头才怪呢。

在这方面，与其学福克纳、博尔赫斯，还不如多学学鲁迅。

《祝福》的叙述时间只有五天，就是“我”回到鲁镇的那个除夕之前的五天，而祥林嫂的故事却有十二年，有的是“我”亲历，更多是“我”听来的，有的实写，有的虚写，有的详细，有的简略，但不管祥林嫂故事的发生时间多么复杂，最后都必须套进“我”回鲁镇的那个除夕之夜之前不满五天的时间，而且必须在“五更”之前鲁镇大放爆竹时谢幕。托尔斯泰《克莱采奏鸣曲》也是讲故事的时间套故事发生的时间（作者在火车上听一个旅客主动讲他的故事），但这样的镶嵌式结构比较简单，作者置身旅客的故事之外，故事发生的时间和讲故事的时间并不交叉，不像《祝福》，讲述者“我”和祥林嫂有交集，两种时间容易发生缠绕，难度更大。

6. 有关《哈泽·穆拉特》的疑问

说到整体结构的逻辑，我对托尔斯泰另一部名作《哈泽·穆拉特》一直有疑问。

小说主角无疑是哈泽·穆拉特，但读完全篇，你会发现，尽管托尔斯泰用了大量笔墨写哈泽·穆拉特如何历尽艰险，逃出车臣领袖沙米尔的领地而投靠俄罗斯前线军队，又如何不被俄罗斯方面信任，过着投诚者的半监禁的尴尬生活，最后不告而别，试图潜回车臣故地，从沙米尔手中救出身陷囹圄的家人，却被尾随而来的俄罗斯军队击毙之后，砍下头颅。

整个故事正面写了哈泽·穆拉特不少事情，比如两次逃离险地的从容不迫，比如对企图攻击他的敌人作出凶狠敏捷的反击，甚至还让一名俄罗斯军官亲笔记录了哈泽·穆拉特口述的简短回忆录。在俄罗斯军营盘桓的那段时间，哈泽·穆拉特对俄罗斯前线部队各级官员（包括随军的俄罗斯女性）不卑不亢的态度，那种放松而不失机警、坦诚而又深怀忧虑、厌恶而又不失礼貌的风度，尤其刻画得细腻。

但这一切加起来，仍然不能满足读者对这位传奇式英雄的好奇心。总觉得托尔斯泰让他死得太窝囊了，没有更加充分地写出他的英雄本色来。

我最近又重读一遍，似乎有些领悟。原来，托尔斯泰根本就不准备展现哈泽·穆拉特整个传奇的一生，他的逻辑是让你从英雄末路来想象英雄全体。小说名字是《哈泽·穆拉特》，潜台词却是“哈泽·穆拉特：一个英雄的末路”。

不仅如此，通过哈泽·穆拉特与俄罗斯各色人等的交往，托尔斯泰还一如既往地展开了他对整个俄罗斯上流社会的辛辣批判。他甚至通过前线指挥官写信向最高统治者报告哈泽·穆拉特投诚的机会，将目光伸向皇宫，狠狠鞭挞了尼古拉一世的刚愎、荒淫、凶残。当然他也顺便写到俄罗斯下层士兵的无知和善良。整个小说不仅是截取英雄末路来想象其全体，也是借投诚的车臣英雄的善良与勇敢来反衬俄罗斯上流社会的邪恶与畏葸。

所以，托尔斯泰的这篇小说，标题如果改为《腐朽堕落的俄罗斯对善良诚信的车臣英雄哈泽·穆拉特的背信弃义》，暗含在小说文本内部的上述逻辑关系，就更加清楚了。

7.《审判》显示更高的逻辑

从逻辑角度讲，好小说坏小说，区别就在于前者清晰而后者混乱。清晰不等于简单，混乱不等于高深。好小说是伟大的震撼人心的清晰，坏小说是令人气恼的无谓的混乱。

也有一些作家似乎故意与逻辑作对，实际却是想超出普通逻辑，揭示常人习焉不察的更高的逻辑。《审判》中的“我”通情达理，事业有成，即将结婚，却因为近乎老年痴呆症患者的父亲说要“判处”他死刑，果真一个箭步冲出家门，跳河自杀了。

谁能解释这种古怪的逻辑？要知道“我”可没有神经错乱，跳河时还精心选择火车开过桥面的刹那，以掩盖扑通入水的声音。将极端的真实和极端的荒谬结合起来，是卡夫卡的境界。他不是不讲逻辑，而是想重起炉灶，讲出另一套逻辑来。

我们这里某些小说家也想照卡夫卡的样子来那么一下，结果画虎不成反类犬，更高的逻辑没有抓住，却破坏了小说必须遵守的基本逻辑，结果让大家不忍卒读。

小说家的“私活”

——以《色·戒》为例

1.《色·戒》创作背景

小说总要追求普遍价值，作者不应该把“私生活”太多夹带其中。这等于办公务时偷偷地干“私活”。但也并非绝对不可，毕竟作者的“私生活”也是生活的一部分，作者有权就地取材。但是这须有个界限，“私活”不能太露骨，不能把读者的注意力全部吸引过去。而且，小说写到最后，要能够既办了“私活”，也能让读者有一种普遍的人生感悟。

这里以张爱玲的小说《色·戒》为例，看她的实际操作，是否符合上述有关小说家处理私活的标准。

《色·戒》是张爱玲（1920—1995）后期的小说。2007 年，著名华人导演李安将其改编成电影，轰动一时。但电影对小说原著改动很大，原著本来就机关重重，令人费解，被电影这么一改，就更加难懂了。

要读懂《色·戒》，首先必须了解它的创作背景。这就要说到

1945年8月抗战胜利，国民政府还都南京，很快公布“惩办汉奸条例”，包括“文化汉奸”，鲁迅的二弟周作人就是被当作“文化汉奸”锒铛入狱。张爱玲的情况也不妙，上海沦陷时期，发表她作品的许多报刊都有日伪背景，她还与汪伪政府文化官员胡兰成结婚，在有些人看来，这可就是“文化汉奸”无疑了。

对此张爱玲当然不能沉默。1946年底，趁着短篇小说集《传奇》出增订本，张爱玲写了篇序言，说自己绝非“文化汉奸”。她承认收到过日本占领军主办的“第三届大东亚文学者代表大会”邀请函，但她拒绝了，并未参加。另外她还有一篇新写的散文《中国的日夜》，收到《传奇》增订版最后，再三强调对中国的热爱。至于她和当时正四处逃窜的汉奸文人胡兰成的关系，却故作轻松地归入“私生活”范畴，不予谈论。这就留下一个悬念：对这个敏感问题，张爱玲真的会沉默到底吗？

1978年《色·戒》的问世，终于打破了三十多年的沉默。其实《色·戒》1953年就有了草稿，反复修改，1978年才发表于台湾。正巧胡兰成那时也在台湾，还相当活跃，文章和谈话屡屡提到定居美国的张爱玲，令张爱玲非常尴尬。她在这种情况下发表《色·戒》，就是想彻底“了结”跟胡兰成的旧账，也为自己那段过去辩解。

2. 作者在小说中化妆演出

当然张爱玲做得很微妙。她既要将她和胡兰成的事适当摆进去，否则就无法“了结”旧账，又必须有所“化妆”，不想太抛头露面。

先说张爱玲在小说中的“化妆”，这主要有以下四点：1、女主角王佳芝是“岭南大学”而非“香港大学”学生，这就和张爱玲20

世纪 40 年代初在香港大学就读的经历撇清了；2、王佳芝是广东人，小说特别指出她通电话时用的是粤语，这就和张爱玲自己的上海籍划清界线；3、男主角易先生的原型是大特务、大汉奸丁默村，王佳芝、易先生的关系，脱胎于 1939 年军统女特务郑苹如诱杀丁默村的“本事”，这就和同为文人的张爱玲、胡兰成有很大的不同。4、张爱玲英文极好，小说中王佳芝跟讲英语的珠宝店老板之间竟然“言语不太通”，这就又将她自己跟王佳芝区别开来。

这四点，就都是张爱玲在小说中的“化妆”演出。

3. “三十年前的故事还没完”

但小说也涉及张、胡之间许多往事。1. 易先生家里挂着“土黄厚呢窗帘——周佛海家里有，所以他们也有”。张爱玲结识胡兰成之前，曾经跟女作家苏青一道拜访过周佛海，或许她真的在周家见过那种窗帘；2. 小说中周佛海和易先生芥蒂颇深，胡兰成追随汪精卫，与周佛海也不甚相得；3. 易先生在香港发迹，胡兰成起初也是在香港写政论而为汪精卫所欣赏；4. 王佳芝最初是在香港接近易先生的，张爱玲在香港读书时，跟胡兰成并无交集，但 1944 年至 1945 年他们热恋时，必然谈过这层因缘；5. 胡兰成、易先生都频繁往来于南京/上海；6. 易是武夫，却有“绅士派”风度，这显然就有胡兰成的影子；7. 王佳芝在珠宝店放跑了易先生，并且确认“地下工作者”没有开枪，才放了心。这种牵挂，也符合张爱玲在胡兰成窜逃浙、闽两地并且恩断情绝时，仍对他多方接济的情形。8. 易先生和胡兰成对所爱的女子都毫不留情，或抛弃，或捕杀。

所有这些与事实有关的叙述，既是尊重历史，也是提醒相关人士（包括胡兰成）的注意。至于上述巧妙的“化妆”，则是“此地无银三百两”的暗示。

张爱玲这样写《色·戒》，可谓机关算尽，煞费苦心。因此《色·戒》不是一般的虚构小说，它有大量纪实性因素。无论纪实或虚构，最终都指向张爱玲必须“了断”的他跟胡兰成三十年前的旧账。套用张爱玲写于1943年的小说《金锁记》结尾那句话：“三十年前的月亮早已沉下去，三十年前的人也死了，然而三十年前的故事还没完——完不了。”

4. 作者对易先生的态度

前面我们说过，张爱玲写《色·戒》，主要动机乃是要通过小说人物王佳芝、易先生跟真实生活里的张爱玲、胡兰成之间虚虚实实的对照，来表明她对胡兰成的态度，以此“了断”他们之间的那笔旧账，也为自己的过去辩解。

因此，我们读《色·戒》，关键就是要看作者对于影射胡兰成的那个易先生的态度究竟如何？这里有几场戏特别值得关注。

第一场戏是在珠宝店，写王佳芝看易先生，“他的侧影迎着台灯，目光下视，歇落在瘦瘦的面颊上，在她看来是一种温柔怜惜的神气”。看到这种“神气”，王佳芝恍惚之间就觉得“这个人是真爱我的”。但这只是一厢情愿，实则未必。就在易先生摆出这么一副令王佳芝神魂颠倒的姿态之前，小说还有一段易先生的心理独白，将他的真情实感暴露无遗——

（易先生）想不到中年以后还有这样的奇遇。当然也是权势的魔力。那倒犹可，他的权力与他本人多少是分不开的。

显然易并不真的爱王，他只想借她证明自己的“魔力”。他所有的不是对她的爱，而是“自我陶醉”。这就写出了易先生的真心，和王佳芝的错会。

第二场戏是易先生恩将仇报，痛下杀手，将王佳芝及其同伙一网打尽之后，老易的内心独白：“他们那伙人里只有一个重庆特务，给他逃走了，是此役惟一的缺憾”。言下之意，捕杀王佳芝并不算他的“缺憾”。当然易对王佳芝的死并非毫无“缺憾”，但这不是痛悼所爱者香消玉殒，而是遗憾不能将计就计，继续榨取王佳芝的灵与肉：

“不然他可以把她留在身边。‘特务不分家’，不是有这句话?”他还说，“她临终一定恨他。不过‘无毒不丈夫’。不是这样的男子汉，她也不会爱他。”易其实就是这么一个自以为是、风流自赏、自私而荒谬的男人。对胡兰成略知一二的读者都会感到似曾相识。

李安的电影写易先生最后坐在王佳芝的床上，睹物思人，因为救之不及而伤心欲碎。这要么是没看懂小说，要么就是蓄意篡改。

电影的事，姑且放在一边。我要强调的是：张爱玲在小说中躲在易先生背后，让易先生现身说法的那几段心理描写，足以暴露易先生所影射的胡兰成的卑鄙、龌龊，足以“了断”她和胡兰成之间的那段孽缘了。

5. 从王佳芝的角度看老易

其次，张爱玲对胡兰成的态度，还通过小说人物王佳芝暗示出来。这对上述作者的态度就构成一种补充。

《色·戒》有句话颇有争议，就是写王佳芝“每次跟老易在一起，都像洗了个热水澡，把积郁都冲掉了，因为一切都有了个目的”。1978 年《色，戒》发表时，台湾小说家张系国就抓住“热水澡”这三个字做文章，指责张爱玲“歌颂汉奸”，怪她竟然把“地下工作者”王佳芝写成在汉奸那里获得性满足的色情狂。其实这句的意思只是说，王佳芝及其伙伴们第一次谋杀老易失败，现在她终于逮着老易，可以完成未竟之业，不至于白白地牺牲色相了。

张爱玲大概也怕引起读者误会，因此还特意提到王佳芝和老易只有“两次”性生活，不仅没什么感觉，也谈不上爱或不爱：

“跟老易在一起那两次，总是那么提心吊胆，要处处留神，哪还去问自己觉得怎样”，“但是就连此刻，她也再也不会想到她爱不爱他——”破折号后面的故事，就是上述王佳芝对易摆出的那个表情的错会。她“爱”他，仅此而已，充其量只能是一念之间恍恍惚惚的感觉吧，但电影用了大量“床戏”为王佳芝的“爱”和最后的“捉放曹”铺垫，这也是对原著的一种不可原谅的篡改。

当然，张爱玲非常泼辣，即使一念间的“爱”，她也并不抹杀，反而极其珍惜，所以她索性写了王佳芝确定同伴没开枪，这才离开珠宝店。王佳芝对易先生的情意，也就到此为止。

李安不明此理，仅仅因为张爱玲此后没有让王佳芝出场说话，就越俎代庖，认为被老易绑赴刑场之时，王佳芝仍然像老易希望的那样，认定自己“生是他的人，死是他的鬼”。这就瞎扯了。

另外，小说中王佳芝离开珠宝店，明明要三轮车去“愚园路”一个亲戚家“看看风色再说”，电影却说她要去“福开森路”她和老易那个所谓的“爱巢”。去那里干嘛？讨赏吗？这也是电影对小说糟糕的篡改。

总之，张爱玲要通过小说《色·戒》表明她对胡兰成的态度。一方面，通过心理描写，她暴露了易先生的风流自赏、自以为是、卑鄙龌龊，同时她也如实写出了王佳芝对易先生一念之间的“爱”。这就暗示她爱过胡兰成，但那只是一念之间的感动，绝非什么天长地久，至死不渝。更重要的是，她对胡兰成早就洞悉肝肺，尤其后来，更是只剩下鄙视而已。

如此“了断”旧情，也算“恩怨分明”吧。

6. 交给读者的问题

回到这篇文章的开头，像张爱玲写《色・戒》这样，既在小说中放入大量“私活”，以满足其创作动机之一，即了断她和前夫胡兰成之间三十年的旧账，又要避免整个小说完全为这一创作动机所束缚，而力争上升到人类情感关系乃至政治活动的普遍意义的层面。张爱玲做到了吗？

这个问题，只能由读者根据自己的阅读体会来回答。正如我们读鲁迅的小说《弟兄》，鲁迅是最反对用小说办作者自己的“私活”的，但他在《弟兄》中明明也频频涉及他与周作人之间从“兄弟怡怡”到“兄弟失和”的若干关键细节，然而鲁迅赋予这篇小说的主旨，首先并非他和周作人之间的真实情感纠葛，而是想揭示金钱，确切地说是人们对金钱的观念以及处理经济问题的方式，如何从根本上影响到家庭成员的情感关系。这一朴素的思想在儒家文化中往往故意回避而流于模糊，鲁迅不惜现身说法，以小说的形式尝试解答。若能把《弟兄》和《色・戒》放在一起来对照着细读，我们对于小说中作家的“私活”这个问题，应当会有更丰富的体认。

悠悠世人之口

——小说结尾的一种方式

1. 从《八月骄阳》说起

最近有朋友说，汪曾祺的《八月骄阳》（1986）是一篇被忽略的杰作。汪是高邮人，年轻时在西南联大读书，作品多写这两地，多用国语书面语和苏北方言。但《八月骄阳》写老舍之死，清一色的北京话，地道极了。我想汪老这么写，跟他解放后长期住在北京有关，另外也是想以此更好地纪念“京味小说”鼻祖老舍吧——《八月骄阳》本来就是写老舍之死。

作家的语言不限一时一地，这又是一个例子。用方言做“内证”考订古代佚名作品的作者，多不靠谱，道理就在这里。

重读《八月骄阳》，我还想起另一个问题：主人公、重要人物或一段故事的结局，作家应该怎样写，才算恰到好处？

《八月骄阳》结尾，让三个世外闲人捞起老舍尸首，你一言我一语，议论这人为何想不开。从死者衣兜里掏出身份证，知是老舍，又引起一番议论，或说“话匣子”里听过《骆驼祥子》，或说看过话剧《龙须沟》、《茶馆》，晓得他“本心是想说共产党好”而又专写“苦哈哈、命穷人”，或惋惜老舍未能“忍过一阵肚子疼”，或说这正是“‘士可杀，不可辱’啊!”

汪老是借这三人之口，发表自己的感慨。至于老舍日常生活如何？临死怎么想？皆不著一字，仅用简笔勾出一幅投湖前在公园椅子上枯坐终日的侧影。

既然所有这些都没写透，如果在结尾添上几段类似“太史公曰”或“异史氏曰”的话，就必然显得薄弱，冗长，而代之以三位世外闲人漫无边际的议论，则可算是救穷之笔。

对小说家而言，在类似这样的结尾，自己不出面，而把横说竖说的权利完全交给读者，确实不失为一种好办法，因为小说在一开始，本来就活在悠悠世人之口，现在仍然采取这种“街谈巷议”来结尾，不亦宜乎？

2.《星期天》结尾：“难讲的”

汪老小说结尾一般都很别致，《受戒》、《异禀》、《大淖记事》和《故里三陈》之《陈小手》等，皆出手不凡，但都还是有些美中不足，难掩斧凿之痕。《大淖记事》未能摆脱沈从文《边城》的影响，《异秉》最后的讽刺也有点太露骨。

真正神来之笔、咀嚼无渣的结尾，还得数汪老另一篇也是被长期忽略的杰作《星期天》(1983)。

这不是写一个生命的结束，而是一段故事（准确地说是一场舞会）的终了。

《星期天》先用《史记》“列传”方式，分头写抗战胜利后不久，上海一间莫名其妙的私立中学里，有几个各怀绝技、各有意趣的教员。有一天，“生活得蛮‘写意’”、做事“漂亮”、很讲“朋友”的校长，三十五岁的单身汉赵宗浚，趁星期天空闲，为新结交的女友王小姐办一场舞会，特邀免费寄宿在该校的神秘莫测的电影演员郝连都（没人知道他演过什么）教大家跳舞。此前写校长、教员、教员们的“不三不四”的校外朋友（尤其两位自命不凡的围棋国手），都丰满逼真，摇曳生姿，不必细述。单表那天舞会前不久，郝连都见义勇为，经过一场激烈的 boxing，从四个美国大兵手里成功解救了一名少女，自己被人架着回学校，却并不耽搁，略事梳洗，依旧那么英俊潇洒，挨个陪女孩们跳舞。他最后跟王小姐跳了一曲《Lapaloma》（西班牙语“鸽子”），令“大家都看得痴了”。结尾的第一段这样写道：

> 音乐结束了，太短了！
> 美的东西总是那么短促！
> 但是似乎也够了。

接着是在场者的反应。先是形貌丑陋、喜欢夸耀年轻时的艳遇的历史教员“史先生”由衷地赞叹：“这才叫跳舞！”至于舞会的主人、校长赵宗浚则另有一番怅触：

> 他发现她在沉重的生活负担下仍然完好的抒情气质，端庄的仪表下面隐藏着的对诗意的、浪漫主义的幸福的热情的、甚至有些野性的向往。他明明白白知道：他的追求是无望的。他第一次苦涩地感觉到：什么是庸俗。他本来可以是另外一种人，过另外一种生活，但是太晚了！

这好像汉乐府《陌上桑》的笔法，多角度烘染同一幅美景，同一个美人。但还没完，下面才是真正出人意料的收官之笔，也是关于郝连都的：

> 谢霈（体育教员）把两位国手送出铁门。
>
> 国手之一意味深长地对国手之二说：
>
> “这位郝连都先生，他会不会是共产党？”
>
> 国手之二回答：
>
> “难讲的。”

这两个在舞会举行的过程中始终没下舞池却一直旁观着舞会的围棋“国手”的对话，较之“史先生”的由衷赞叹，赵宗俊的惘然若失，就显得尤其险恶卑鄙。虽是不经意的耳语，却压得住所有喧哗与骚动。比《八月骄阳》由三位老者讨论老舍之死，手段高多了。

3. 江海腾涌，尾闾泄之

借鄙俗的悠悠世人之口“解构”精心结撰的美好与崇高，结束一段似乎难以结束的故事，所谓江海腾涌，尾闾泻之，将这种手法运用得最纯熟的，是鲁迅。

《故事新编》的《出关》《采薇》《铸剑》，一写老子在函谷关被迫开讲座，留下《道德经》后骑牛“出关”，一写伯夷、叔齐“义不食周黍”，饿死首阳山下，一写两个复仇者与暴君同归于尽。对这三个与中国文化有绝大关系的传说故事，鲁迅不加主观评判，而是旁敲侧击，牵出不相干的小人物来，轻轻发落，以结束全篇。

《道德经》微言大义震撼人心若何？鲁迅避开这个话题，却让函谷关账房先生用鲁迅最不喜欢的苏州话（带一点北方方言）来发表高见：

> “来笃话啥西，俺实直头听弗懂！”

这和《理水》中“禹太太”对治水英雄大禹一顿臭骂，有异曲同工之妙，都是借凡人之口来消解英雄圣贤头顶的光环。

至于被历代儒家推崇备至的伯夷、叔齐之死，则先是由原为商的臣僚如今一变而成为周的顺民的“小丙君”痛斥他们“都是混蛋”，再由小丙君府上丫头“阿金姐”编出故事，说老天爷好心降下神鹿，让他们每天喝奶，不想他们竟起贪心，要杀了鹿来吃肉，惹得老天爷生气，叫母鹿从此不再来，这才饿死。听到这故事的人，“即使有时还会想到伯夷、叔齐来，但惶惶忽忽，好像看见他们蹲在石壁下，正张开白胡子的大口，拼命的吃鹿肉。”这是取消伯夷、叔齐圣贤的光环，还是谴责流言家舌底伤人？或许兼而有之罢。

《铸剑》一路写来，波澜壮阔。最后写到三个头颅在沸水的鼎中鏖战，恐怕中外古今文学上再没有比这更酷烈的场景了。但惊天地泣鬼神的侠义之举非但没有唤醒民众，国王的“大出丧”反倒激起了他们的“忠愤”：

> 百姓都跪下去，祭桌便一列一列地在人丛中出现。几个义民很忠愤，咽着泪，怕那两个大逆不道的逆贼的魂灵，此时也和国王一同享受祭礼，然而也无法可施。

孔乙己之死，除了咸亨酒店老板和正在讲故事的身为酒店学徒的“我”，没人关心。如此收尾之笔，写尽世态炎凉，力透纸背：

> 自此以后，又长久没有看见孔乙己。到了年关，掌柜取下粉板说，“孔乙己还欠十九个钱呢！”到第二年的端午，又说“孔乙己还欠十九个钱呢！”到中秋可是没有说，再到年关也没有看见他。
>
> 我到现在终于没有见——大约孔乙己的确死了。

同样可怜又可笑的阿Q之死，更是淡淡写来，别有一番况味：

> 至于当时的影响，最大的倒反在举人老爷，因为终于没有追赃，他全家都号咷了。其次是赵府，非特赵秀才因为上城，被不好的革命党剪了辫子，而且又破费二十千的赏钱，所以全家也号咷了。从这一天以来，他们便渐渐的都发生了遗老的气味。
>
> 至于舆论，在未庄是无异议，自然都说阿Q坏，被枪毙便是他的坏的证据；不坏何至于被枪毙呢？而城里的舆论却不佳，他们多半不满足，以为枪毙并无杀头好看；而且那是怎样的一个可笑的死囚呵，游了那么久的街，竟没有唱一句戏：他们白跟一趟了。

再看《祝福》中祥林嫂的死所引起的议论。一是“四叔”的权威性说法：“不早不迟，偏偏要在这时候，——这就可见是一个谬种！”一是四叔家短工回答“我”的询问：

> “怎么死的？——还不是穷死的？”他淡然的回答，仍然没有抬头向我看，出去了。

叙述人“我”的议论，沉郁苍凉，但也高明不到哪里去：

> 这百无聊赖的祥林嫂，被人们弃在尘芥堆中的，看得厌倦了的陈旧的玩物，先前还将形骸露在尘芥里，从活得有趣的人们看来，恐怕要怪讶她何以还要存在，现在总算被无常打扫得干干净净了。灵魂的有无，我不知道；然而在现世，则无聊生者不生，即使厌见者不见，为人为己，也还都不错。

《祝福》是嵌套式结构，“我”在年底还乡的故事套着祥林嫂故事，而祥林嫂故事就终结于四叔、短工和“我”的议论，此后再无交代。作者把“我”写进小说，成为书中人物，“我”的话顶多只是“我”那样身份的读书人的愤激之辞，作者本人对祥林嫂之死的正面评说，仍付阙如，而这恰恰是整篇小说所要启迪读者的根本问题。可能作者觉得自己也说不清，只好任由悠悠世人之口来评说了罢？这固然是无奈之举，但好处在于作者不必大发议论，而可以从世人的议论来看清他们各自的嘴脸。

《孤独者》中，“我”赶去参加魏连殳的大殓，没一个认识的，只好跟房东老妇闲谈。

> 她谈得高兴了，说话滔滔地泉流似的涌出，说到他的病状，说到他生时的情景，也带些关于他的批评。

这里作者也三缄其口，让鄙俗的老妇妄加批评。老妇的角色犹如“演说宁国府”的冷子兴和插科打诨的刘姥姥，在这种场合都是不可或缺的。《孤独者》或许就该结束于老妇的絮叨，而“我”最后那段历来好评如潮的突然振起的抒情，则颇有点没话找话的“新文艺腔”了。

鲁迅说，在中国没有上帝，唯有“礼”所代表的世俗之见君临一切。既然如此，那么在小说结尾处，作者索性让渡自己的终极裁判权，将一切全交给类似《阿Q正传》结尾那种“无主名”的“舆论”，或者如《孤独者》，听凭荒谬老妇对不幸的主人公“上下议论于其间”。这种结尾的办法，暗含了太多无可奈何的悲哀和“看她竟这么说”的愤激。

4. 托尔斯泰不让世人妄议安娜

基督教说人死乃是蒙主恩召，歇了地上的劳苦，归回天家。圣保罗甚至提前为自己盖棺论定：“那美好的战我已经打过了，当跑的路我已经跑尽了，所信的道我已经守住了”（《提摩太后书》）。这自然是圣灵感动说出的话，平常说不出。在另一个场合，保罗就承认，“我被你们论断，或被别人论断，我都以为极小的事，连我自己也不论断自己。我虽不觉得自己有错，却也不能因此得以称义；但判断我的乃是主。所以，时候未到，什么都不要论断，只等主来，他要照出暗中的隐情，显明人心的意念”（《哥林多前书》）。

明白此理，就知道托尔斯泰何以在安娜卧轨之后，就好像把她给忘了，又用几十页篇幅描写列文的哥哥谢尔盖·伊万诺维奇如何就俄国出兵土耳其与人论战，全俄国上下如何为俄土之战癫狂，列文如何走出精神危机。这都与安娜无关。只在一处，当谢尔盖·伊万诺维奇在火车上遇见安娜的情人沃伦斯基母亲时，才让这位伯爵夫人倾吐她的愤恨，算是给安娜之死一个总交代：

> 她的下场，正是那种女人应有的下场。连她挑选的死法都是卑鄙下贱的——不，不论怎么说，她都是个坏女人。这种不顾一切的热情有什么意思！只不过证明她有些特别罢了。嗯，她真的就这样证明了。她毁了她自己和两个好人——她丈夫和我不幸的儿子——不论怎么说，连她的死都是一个没有宗教信仰的可恶女人的死法。上帝饶恕我，但是我一看见我儿子毁了，一想起她来我就不由得不痛恨！

伯爵夫人忘了，一开始她是多么欣赏安娜。但站在她的立场，悲剧发生之后她又能说什么别的呢？她这样唾弃安娜是不公平的，但她无法超越自己的感情，只好一面请上帝饶恕，一面向谢尔盖·伊万诺维奇一吐心中积郁。

谢尔盖·伊万诺维奇的劝解也苍白无力，但揆以他们共同接受的基督教教义，可谓中规中矩。虽是套话，却足以抵消伯爵夫人的愤恨的合理性，剩下的只是对这种愤恨的超乎教义的世俗的同情，以及贵族之间起码的礼貌：

> “判断这事的不是我们，伯爵夫人，”谢尔盖·伊万诺维奇叹了口气说。“但是我了解，这对于您有多么痛苦。”

不能说，托尔斯泰对安娜之死保持沉默，是出于和伯爵夫人一样的冷酷。他要说的，通过安娜自杀前实际生活画面的描绘，已经充分暗示了。

但即使托尔斯泰本人也不能将如此丰富的暗示明确说出来。或许托尔斯泰觉得安娜死后，自己保持沉默，其他人物一言不发，太对不起关心安娜的读者了吧。聊胜于无，还是特地安排了谢尔盖·伊万诺维奇和沃伦斯基母亲的这场对话。

类似这样的谈论在莫斯科和圣彼得堡肯定多极了。安娜生前就是贵族沙龙最好的谈资，何况她的惊天动地的死？但除了让沃伦斯基母亲一泄心头之恨，托尔斯泰硬是堵住了悠悠世人之口。

这本身就显明了托尔斯泰的态度。

5. 福楼拜向悠悠世人之口宣战

福楼拜就不同，他写“包法利夫人”爱玛之死，毫不吝啬笔墨。且看教士怎样为弥留之际的爱玛涂油：

> 先是眼睛，曾经贪恋人世种种浮华；其次是鼻孔，喜好温和的微风与动情的香味；再次是嘴，曾经张开了说谎，由于骄傲而呻吟，在淫欲之中喊叫；再次是手，爱接触华润东西；最后是脚底，从前为了满足欲望，跑起来那么快，如今行走不动了。

一连串的排比，不算盖棺论定，但比起托尔斯泰写安娜之死，已经太过“郑重”了。

但福楼拜并未就此收手。接下来，他又写了爱玛的丈夫查理如何无法承受痛失娇妻的打击而抑郁以终，写了标榜科学追求实利的药剂师郝麦与教士之间无休止的辩论，双方在漠视死者和生者的情感这一点上殊途同归。福楼拜还写了查理和母亲因爱玛之死断绝来往，写了小女孩很快适应了失去母亲、卢欧老爹也很快适应了失去爱女的事实，写了永镇居民（包括爱玛先后两个情人）如何议论爱玛。巨细无遗，没完没了。

周作人纪念徐志摩时说过，文学无力写出人类在生死问题上的感受。许多作家大概正因此就自己退出，让书中人物姑且代为发言。

福楼拜不满这种回避法，但他的正面强攻也并非真要一探生死之究竟，而只是想把世人对待生死的自以为是的态度刻画到极致罢了。换言之，福楼拜是要摆出堂堂正正之师，向悠悠世人之口宣战，指出他们在谈论生死时的愚蠢和罪过。

至于他内心深处，可能就像约伯，非要越过悠悠世人之口，固执地叩问上帝的本意不可罢。

面对人与事的结局，大师们总是仰仗不相干的世人来发表意见，最终又把这些意见一笔勾销。

悠悠人口，终归沉寂，大师们耳听世人听不到的别处，眼看世人看不见的远方。也许只有在这时候，读者才能听到大师们的心脏最强烈的跳动。

场面描写：行将失传的艺术？

1. 经典长篇小说离不开成功的场面描写

在小说（尤其注重写实的长篇小说）中，经常能看到各种场面的描写。这是人物塑造和情节推进的必要环节，可算是相对独立的一门综合艺术。

小说家可以借场面描写来展示其深厚的生活积累、精准深刻的观察力、自由无羁的想象力、指挥若定的结构组织力、随物赋形的语言表现力，直至表达其根本的价值关怀。

有些场面十分宏大，需要不止一章一节来完成。中国古代长篇小说最擅长场面描写的莫过于《红楼梦》。林黛玉和刘姥姥初进荣国府，宁国府为秦可卿办丧事，大观园试才题匾额，贾元春省亲，抄检大观园，包括后四十回的贾府被查抄以及黛死钗嫁，这些著名的场面描写，中国读者都很熟悉。这里再举三部“世界名著”为例。

托尔斯泰《战争与和平》开头几节，写圣彼得堡贵族的沙龙，还有几次写法、俄两大军事集团的对垒，以及俄军统帅库图佐夫检阅三军，都属于经典的场面描写。

同样著名的还有福楼拜《包法利夫人》对农业展览会巨细无遗的描绘，雨果《九三年》开头写逃亡英伦的贵族兰德纳克侯爵秘密潜回法国去召集叛军。侯爵乘坐的英国舰船出发不久，便发生了两件大事，一是风浪太大，引起舰船剧烈摇晃，底舱一门大炮挣脱用来固定它的铁链，如脱缰的野马，横冲直撞，如果不是官兵们付出巨大代价的奋力抢救，差点舰毁人亡。其次是在大雾弥漫的英吉利海峡巧遇巡逻的法兰西共和国舰队，经过一番紧张的隐蔽、警戒、躲闪，才没被对方发现。

上述三部经典小说的场面描写，不仅有具体的时间、地点，还涉及许多专门知识，而且出场人物众多，彼此关系复杂，多条线索交叉并行，各个部分必须配合得当，方可有条不紊。

托尔斯泰借沙龙女主人巴甫洛夫娃的长袖善舞，让参加沙龙的圣彼得堡上流社会各色人等都按作者赋予的内涵充分表演自己。一部大书描绘的整个世界，就从沙龙来客看似无聊的闲谈打趣中缓缓揭幕。现代作家茅盾的名著《子夜》，开头写“吴老太爷”从乡下避难来上海，第一天就戏剧性地惊厥而亡。接着写吴家办丧事，也用了类似托尔斯泰的手法，让各色人物粉墨登场，并顺势埋下众多伏线。

福楼拜一边写“永镇”喧嚣热闹的农业展览会，一边写女主人公爱玛的偷情，犹如音乐中的和弦，配合得天衣无缝，巧妙地显示了现代工业社会和科学发展带来的一知半解装模作样的社会文化精神，如何跟爱玛式的原始盲目的激情互为表里。

在雨果笔下，那个潜回法国策动反革命暴乱的侯爵临危不乱，镇定自若地一一报出望远镜中敌方舰艇的吨位、服役时间、武器配备、海上作战特点——它们不久前还是侯爵本人统辖的波旁王朝海军王牌主力——这样的场景不仅让读者看到法兰西共和国的敌人、坚定的保皇党统帅的冷静悍勇，也对当时英吉利海峡两岸政治形势进行了一番气势宏伟的鸟瞰。

这些场面描写，很像是用小说的方式写戏剧，在相对固定的戏剧化舞台场景中，安排各路人马竞相登场，展开各种矛盾冲突，表演各自的性格特点，故事情节由此承先启后，有序展开，并源源不断地释放大量与之相关的生活信息。

围绕有重大影响力的历史人物展开场面描写，尤其具有强烈的舞台戏剧效果。《战争与和平》写法、俄、普三国皇帝的历史性会面，写俄军统帅库图佐夫以出人意料的草率慵懒检阅三军，写拿破仑冒着大火巡视被法军占领的莫斯科，都是重大历史场景的艺术写照。现代作家路翎《财主底儿女们》写汪精卫在南京保卫战前夕检阅停泊在扬子江上的中国海军舰艇编队那一幕，也有类似效果。

2. 短篇小说也有场面描写

不言而喻，宏大的场面描写通常需要足够的篇幅，一般不宜在短篇小说中展开。但恰恰有些短篇小说，整个就是为了在高潮中突出某个类似特写性的场面，如乔伊斯《都柏林人》写两个情人约好在码头相会，一同远走他乡，但人头攒动的送别场面突然给小伙子一个灵感，临时决定不告而别，而把心爱的姑娘留在故乡。先前所有的讲述，都是为这个令人心碎的场面作铺垫。

村上春树《第七个人的故事》写一个人给大家讲述他小时候亲眼看到被海浪卷走的小伙伴重新被送上浪尖的一刹那，这不仅是整部小说的高潮，也是整个故事的结束。其他几个人物都好像亲眼目睹了讲述者当年看到的咫尺之遥生死相隔的悲剧场景，目瞪口呆，头脑一片空白。小说到此戛然而止，也就再合适不过了。

契诃夫《带哈巴狗的女人》写登徒子古罗夫和情人安娜之前在法国南部海滨相逢相爱，回到俄国后又在S城和莫斯科之间的某个小镇旅馆幽会。这些都行在暗处。当小说写到一半时，古罗夫从莫斯科赶到安娜全家所在的S城，冒着被情人的丈夫撞见的危险直闯剧院，就好像从暗处来到聚光灯下，是整个婚外情故事唯一有暴露可能的一场戏，格外显得惊心动魄。上述这些场面都是在短篇小说的高潮出现，篇幅不大的作品因此显得跌宕起伏，让读者回味无穷。

当然，无论长篇还是中、短篇，都可以用极俭省的笔墨概括地描写一些穿插性小场面（也许称为场景更合适），比如《九三年》写未来的叛军司令兰德纳克侯爵避开法兰西共和国巡逻舰队之后，在大雾中改乘前来接应的小舢板，而操纵小舢板的“游击队员”碰巧知道这个老爷正是刚刚下令杀害他哥哥的那一位，他早就想借机报复，而兰德纳克竟然仅凭“语言的力量”，就一对一地说服了年轻人放弃复仇的冲动，归顺自己。茫茫大海，一叶扁舟，两个生死对峙的男人在语言的较量中慢慢和解，这个场景比起刚刚过去的英法舰艇突然遭遇的扣人心弦的那一幕，固然不够宏大，但也绝非波澜不惊，所以雨果还是花了几乎整整一节来加以描绘。

有些短篇小说因为在一个封闭的空间展开，自始至终整个作品就像是一个场景描写。比如美国作家约翰·厄普代克的短篇小说《大西洋-太平洋食品商场》，翻来覆去写少年萨米在一家食品商场打工，如何欣赏三个走进商场买东西的泳装少女的顾盼生姿，以及顾客和同事如何关注这几个少女，直到老板伦盖尔走进商场，故事才出现逆转，发生了伦盖尔和少女们的争论，以及萨米因不满伦盖尔指斥少女们不该穿泳装进商场而愤然辞职。作者运笔非常缓慢，写萨米目不转睛看着三个泳装少女依次穿过食品商场十个柜台，竟然真的把十个柜台的名字逐个交代出来。商场内部另外许多细节描写也不厌其烦，这就逼真地显示了精力旺盛感觉精细的少年人特有的环境意识，恐怕也正是作者有意追求的一种效果吧。

空间意识相对封闭的场面描写在中国古代小说中并不鲜见。新文学史上的始作俑者，自然要推《孔乙己》对咸亨酒店、《药》对华老栓茶店、《在酒楼上》对S城“一石居酒楼”的经典描绘。读者不仅由此见识了各色人物，对人物活动的场景也留下深刻印象，以至于茶馆、酒店成了后来的小说家们描写场面的最佳空间选择，比如李劼人《死水微澜》、沙汀《在其香居茶馆里》。沙汀的“其香居”，差不多就是咸亨酒店的一种放大。场面描写必须让读者在理解人物塑造的同时，也能感受到构成场面的其他因素——尤其空间环境——细节的丰富与真实。这就要求作者对他所描写的场面可能涉及的所有生活内容都非常熟悉，以搏虎之力，驯于笔端，容不得丝毫差错，否则就不能令读者有身临其境的感受。

也有的短篇，简直是一个接一个的场面描写的连缀，如布宁《旧金山来的先生》对有钱人乘豪华游轮环球旅行的描写。这很切合主题，因为花钱旅行的阔人们追求的就是一个接一个奢华、刺激、享受的场面，而作为这种得意忘形、寻欢作乐的必然（也是作者预设的）结果，则是一连串“意外”的不悦、阢陧、生病、死亡接踵而至。有人读了这篇天才的小说，再也无心夸耀自己的豪华旅行，有人甚至干脆取消了环球旅行的计划，可见布宁的场面描写的震撼力之大。

场面描写往往涉及各种专门的知识和学问，有时又称作专题式描写，如文化习俗、节庆、工艺制作、烹调、服饰、杂技、音乐、舞蹈、各种艺术表演乃至特殊的技术。麦家对无线电密码制作与解码技术的描写，使这门本来已经过时的技术在文学上发生了起死回生的奇迹，而聚斯金德对巴黎香水市场的历史还原，也吸引了许多作家竞相效法，纷纷去捕捉自己国家和地区某项有名的工艺制造。当代文学中，汪曾祺《异秉》对“王二”熏烧手艺、“保全堂”中药铺相公（伙计）生活的描写，张炜《古船》对老隋家粉丝作坊和老赵家药膳的描写、王蒙《活动变人形》对寡妇姜静珍晨起妆扮和奇特的“骂誓”的描写，都十分出色。

贵族宴会，如《红楼梦》中贾府数不清的家宴，自然是场面描写必须捕捉的最佳对象，但寒素之家偶尔大摆筵席，也能见出人世悲欢。左拉《小酒店》和陀思妥耶夫斯基《卡拉马佐夫兄弟》对穷人家宴的描写可谓登峰造极，在我接触的世界文学史范围内，无出其右。左拉从自然主义文学观念出发，竭力证明穷人之所以受穷，必然有一种近乎遗传的本能在起作用，比如专门做屋顶的工人古波和洗衣女绮尔维丝夫妇，就因为丈夫酗酒，妻子讲究吃喝，无可挽救地从小康很快堕入赤贫。写绮尔维丝小有积蓄就大肆请客那一节，真可谓无所不用其极。同样写穷人竭尽所有治备一桌酒席，陀思妥耶夫斯基就完全不同，他一点没有左拉那种对穷人之所以受穷的研究兴趣，而是为了以此写出穷人在招待客人时常感不足的自卑和总希望客人满意的一点自尊。不管自尊还是自卑，最终显示的都是穷人内心的美好与善良。这种美好与善良压在贫穷拮据的愁云惨雾之下，就特别能激发读者一洒同情之泪。

场面描写，起码须有清楚的时间和空间交代，往往有多人参加，涉及大量专题性知识，但又不能完全凝滞，须有介入情节的流动性，如此则不妨荡开一笔，放缓速度，进行工笔画式细腻描绘，体现戏剧场景的流动性和静止性的矛盾统一。

3. 场面和场景中的“看”与“被看”

既称“场面”，必为众人所瞩目，因此小说所特有的“看”与“被看”的相互补充，也是场面描写的关键因素。

场面描写，必然涉及任何场面都会有的两类人——当局者与旁观者，也必然要写到场面中各色人等互相的“看”与“被看”。作者的手段，就表现在如何顺理成章地编织各个人物的视线，令这种视线的编织（包括居于其上的作者视线）发挥更好的统摄与穿透各种场面的作用。视线是场面描写各部分能够统合为整体的关键，也是作者交给读者破译热闹的场面描写的密码。

人物相互观看的视角有时和读者的阅读视角重合，这是作者有意让读者分享场面中某些关键人物的思想感受，读者会不知不觉进入那些正在观看的人物的心态，而失去自己应该具有的更客观更公正更冷静的观看。用这种手法，作者可以限制读者理论上应该无处不在的阅读视角。也有时，作者希望读者超越那些正在观看的人物的视角，自己去“看”，包括“看”场面中的人物的“看”，即不仅看到书中人物所看到（或并未看到）的世界，也反过来审视提供这种视角的人物自身，看他们为什么会这么看，由此进入更加内在的人物关系的结构。

场面描写的这种看和被看的视角设置，是小说和戏剧的根本区别。戏剧是表演艺术，诉诸舞台直观，剧中人物一言一行全部暴露在观众眼中，剧中人物相互之间如果说也有“看”与“被看”的关系，那也是完全统一于观众的“看”。小说是叙事艺术，总有一部分人物要被作者利用来作为叙事的视角，书中人物相互之间因此就有了更多的看与被看的差异，而读者未必像戏剧观众那样，享受更高权威的纵览全局的“看”。这是欣赏小说的场面描写时需要留心的一点。尤其像《红楼梦》那样的长篇，读者不知不觉会跟着不同人物的眼睛来观看小说的实感世界，这就更需要留心作者在视角变换中寄寓的深意。

约翰·厄普代克《大西洋-太平洋食品商场》的一个重要技巧，就是大量采取视角借用和反衬手法，来描写几个逛商场的少女。视角借用，就是通过描写主人公（19 岁的商场小伙计萨米）看到顾客和同事对少女们的好奇、赞叹、喜爱，以显示她们的美好无瑕。这就不必直接写少女如何清纯漂亮（这样的文字当然也有）；所谓反衬，是通过描写萨米眼中顾客和同事如何粗俗不堪，衬托少女们的靓丽脱俗。读者看小说中描写的那几个穿泳装逛商场的少女，同时也看书中人物对少女们不同心态的观看，这就有可能一边体会书中人物的心态，一边发挥自己的主观想象，一边思考作者的用心，入乎其中，又出乎其外。

《阿 Q 正传》没有选择哪个人物做叙述视角，所有场面都在读者视野之中，他可以自由观看，自由地进入任何场景之中。但正是这种自由对读者提出了挑战：他必须竭力避免因为拥有这种自由而轻易评价书中人事的那种狂妄自大。许多嘲笑阿 Q 的人迟早会倒吸一口凉气，发现自己实在并没有资格嘲笑这个可怜的农民。在阿 Q 的眼里，其他人物一概都可以归入“未庄的那些鸟男女们”的范畴。这是阿 Q 非常情绪化的一个说法，读者当然不能完全认同。“假洋鬼子”一向为阿 Q 所深恶痛绝，但事实上作者是否对“假洋鬼子”完全采取一种否定的态度？恐怕未必。明白这一点，读者对于“不准革命”那一场戏中“假洋鬼子”所扮演的角色，也会有另一种理解。

《孔乙己》就不同了，那个在曲尺形柜台后面负责卖酒的少年学徒“我”既是书中人物，也是作者选定的叙述人，他的视角一定程度上牵制着读者的视角。读者在观看“我”所看到的孔乙己及其周围世界时，也会时时反省“我”的视角、“我”的好恶评价的局限性。这也正是孔乙己周围人们看孔乙己时的局限性。鲁迅这样设计《孔乙己》的叙述视角，表明他既对落魄迂腐的“科场鬼”孔乙己的命运嗟叹不已，也对孔乙己周围的人们冷漠残酷的国民性保持批判态度，所以视角的限制反而给读者进入场面描写提供了一条更具反思性的通道。

王蒙《哦，穆罕默德·阿麦德》（《在伊犁》系列第一篇）借鉴了《孔乙己》的场面描写方式，第一人称叙述者“老王”酷似酒店学徒“我”，一开始故意把自己混同于周围人群，跟着大家一起取笑不幸的穆罕默德·阿麦德。但作者后来又跳出当年“老王”的视角，以 1981 年从北京重返伊犁的著名作家的身份，重新观看变化了的穆罕默德·阿麦德，为当年包括自己在内的许多人对穆罕默德·阿麦德的误解“平反”。这时候，读者也就必须和作者一道，从当年“老王”的观看转换为如今故地重游的“我”的再看，不仅在此之前所描写的场面因此被赋予了新的内涵，读者也可以转换视角，前后对照，检验过去顺着“老王”的观看是否合理。

4. 场面描写行将失传?

就偏于写实的长篇小说而言，没有成功的场面描写，就像一个将军只能组织小战役而不敢指挥千军万马的大决战，一座高楼没有几根必要的柱石，一桌酒席没有几道像样的主菜，一场交响乐，只有几把提琴的嘶鸣，至多加上木管组的几根短笛，而缺乏铜管组的圆号、长号、大号以及全套打击乐器的配合。经典现实主义长篇小说都有精彩的场面描写作为支柱，但越到后来，这门文字描写的艺术似乎就越有式微的趋势。20 世纪 90 年代以后风行“小长篇”，为整部作品增光添彩的生动饱满的场面描写，在中国作家中也很少看到了。一些夸张失实、粗制滥造、虚张声势的廉价的场面描写正好趁虚而入，大行其道，这就严重损害了中国文学的声誉，降低了中国文学的质量。

最近我刚刚读完王蒙的《这边风景》，感到真是久违了，场面描写的艺术！深受 19 世纪经典现实主义（尤其俄苏文学）影响的王蒙创作《这边风景》时，非但不畏惧场面描写，反而似乎酷爱大场面，追求大场景，一写到大场面大场景就格外来劲，比如穆萨的翻江倒海吸瓜而非吃瓜法、麦素木和古海丽巴依夫妇为拉拢大队长库图库扎尔而设计的成龙配套的宴席与“恶之花”的弹唱、穆萨和库图库扎尔深夜举行啤酒烤肉宴、阿卜都热合曼老爹与妖龙般的吸满尘土的毡子搏斗、米琪儿婉与雪林姑丽合作打馕、“四清工作队”从乌鲁木齐到伊犁的旅行、亚森宣礼员应库图库扎尔之请主持人神对接的乃孜尔仪式、险些挑起维汉冲突的“猪仔事件”——无不写得众声喧哗、有条不紊、波澜壮阔、纤微毕露。有时同一章节接连就有两次盛大的场面描写，比如第 10 章刚写了牛皮穆萨与“翻翻子”乌甫尔的大战，马上又是乌甫尔和里希提两人默不作声挥动“钐镰”的强劳动场面。《这边风景》许多场面描写有的经过修改移入了《在伊犁》，但生活和艺术的巨大体量远未用罄。这是一个作家创作实力的突出表现。

王蒙本人对乌甫尔和里希提两人默不作声挥动“钐镰”的强劳

动场面情有独钟，这是有理由的，因为这种集体的农业劳动的场面，只有在1950年代至1970年代的中国农村才能看到，它是作家对这一历史阶段中国农民集体化劳作方式的艺术再现，此前和此后的中国作家如果再想写这样的场面，就不可能依靠亲身经历与亲眼所见，而只能借助于间接材料了。

类似令人神往的集体劳动场面，还可以举1950年代末柳青创作的《创业史》第一部，梁生宝带领他的互助组走进秦岭深处砍竹子那一节。这个场面，作家曾以《深山一家人》为题，单独在杂志上发表过，说明在作者心目中，中国农民这种集体化劳动场面巨大的历史创造性是可以浓墨重彩予以重点描绘的。

客观生活不断上演的一些典型场景，是作家进行场面描写的依据。随着王蒙、柳青所处理的集体化劳作场面的消失，小说中类似的场面描写是否也会消失呢？不仅如此，场面描写这门小说艺术本身，是否也会成为过去？

当代小说发展的六个阶段

1.“先锋”之后的矫枉过正

小说两大忌：或写实而过于琐细，或超拔而过于悬空。

写实过于琐细，是 20 世纪 90 年代以来小说常见的弊端。

这在最初，乃是“先锋实验小说”衰歇后出现的一个反动。“先锋”们离开庸常现实太久，几乎成为空中看不见的风筝。老子曰，“大则逝，逝则远，远则反”，“反者道之动”，不满先锋的另一拨小说家们就有了亲吻地面的冲动。

然而矫枉过正，又成了极端琐细的写实。

2. 可贵的学习与模仿

“先锋实验小说”为了摆脱以往过度关切政治意识形态主导的现实的观念和现实的图景（很长一段时间“社会主义现实主义”及其变相继承者们追求的目标），试图从“伤痕”“知青”“反思”“改革”“寻根”之类文学主流中挣脱（有人恰当地形容为“逃逸”）出来，策略性地祭起“怎么写比写什么更重要”的旗号，“实验”了许多外国新小说的形式技巧（不限于法国“新小说派”），拼命往技巧方面靠，一时间出现了许多中国版的卡夫卡、马尔克斯、米兰·昆德拉、福克纳、罗布·格里耶、博尔赫斯、索尔·贝娄、纳博科夫、塞林格，“先锋实验小说”在整体上也被人称之为用汉语写作的“某种外国文学”。

虚心的模仿和学习丰富了原先过于单一的小说类型和叙事技巧。

不要小看技巧上的学习和模仿，这也需要天才。20 世纪 80 年代中后期涌现的一大批“先锋实验小说家”，有的至今还保持“高产”，但其中许多人真正辉煌的岁月或者说巅峰期，现在看来其实还是模仿和学习阶段的那几部“成名作”。当上“名家”“大家”之后的名篇巨制，往往已属强弩之末，无非因为某种文坛和商场的微妙的惯性，天机不能说破罢了。在单纯技巧方面，中国作家（不仅先锋）需要学习的还太多。

如果说现在中国作家的技巧经过“先锋”之后已过剩或饱和，那绝对是误判。

3.“软着陆”之第一式：童年记忆

但技巧之外，先锋们的内容究竟如何？

许多“先锋小说家”学习和模仿各种外国新小说形式技巧的同时，也迷上了外国作家技巧背后的实感世界。他们不仅学习外国作家“怎么写”，不知不觉也跟着人家学习“写什么”了。他们用外国作家的技巧所写的内容也是想象中的外国小说的人与事，包括心思意念，讲话的口吻姿态、情感逻辑甚至小说的场景布置。如此一来，先锋作家脚下的中国现实就彻底“异域化”了。某些“先锋实验小说”从内容到形式都成了“某种外国小说”，久而久之，先锋作家给人的感觉就好像优秀的配音演员，在真实生活中也拿腔作调，学着外国人说话。

这当然会引起不满。实际上，当少数极端的先锋实验小说家沉湎于“某种外国小说”而被读者冷落和遗忘的时候，另一部分比较机敏的则悄悄改弦易辙，开始留意身边琐事和记忆中的往昔，向着一度逃离的中国经验实行软着陆。

情况无非有三种，一是儿童记忆的大爆发，一是20世纪90年代中国社会的喧哗与骚动，一是各种向历史传说寻找资源。

儿童记忆是先锋小说家们最喜欢发掘的宝藏。

他们用童年视觉一下子颠覆了父辈和祖父辈政治意识形态叙事所展现的“文革”，火中取栗一般，将一代人的童年记忆从千篇一律的文革叙事中解救出来。

于是中国的“顽童”们在20世纪六七十年代文化政治荒原纵情放肆的戏耍奇观，就横空出世了。顽童戏耍的奇观几乎无例外地被放大，成为小说的目的本身，似乎不承担任何社会历史宏大叙事的责任，最适宜于“实验”那些模仿来的外国小说的形式技巧。

余华《在细雨中呼喊》、苏童《刺青年代》、《城北地带》，可谓中外文学经验在儿童记忆的舞台上蜜月期的狂欢！王朔《动物凶猛》后出，将童年叙事与时代记忆重新焊接，情况又有所改变。

时至今日，先锋作家的儿童叙事都有所拓展，触及“顽童世界”边缘的大人们的生活。苏童《蛇为什么会飞》写到昔日顽童长大之后在20世纪90年代和新世纪的失落，与“后知青小说”（比如韩少功近作《日夜书》《修改过程》）构成有趣的对话。余华继《活着》《许三关卖血记》推出的《兄弟》（上、下）就明确将以往背景模糊的童年叙事放在“文革”和“文革后”社会环境中铺开。

饶是如此，“顽童”的影子仍然挥之不去。

其实“顽童”心理并不可悲，敢于深入挖掘，也能发现人性的金子来。怕就怕“顽童”长大之后冒充大人，丢失了一派天真。

这就为韩东的出场预留了空间。《扎根》《我和你》《小城好汉之因特迈往》《知青变形记》证明韩东才是后来居上，保留“顽童”心理和经验最持久，“着陆”当下城市生活最成功的“先锋变后卫”的成熟作家。

4.“先锋”何以写史

中国没有希腊神话的长篇巨制，神话的渺茫难寻导致传说的破碎化和任意改写与复制的可能。进入“正史”时代之后，“隔代修史”制度更为后人留下世界上任何国家都不能望其项背的丰富的历史素材。

初期先锋小说家为了回避主流叙事着力开发的当代政治生活，在转入童年叙事的同时，就已经开始瞄准神话传说和历史故事。在历史故事和传说方面，苏童《我的帝王生涯》《武则天》、李冯《孔子》、刘震云《故乡相处流传》早就写得有声有色。2007—2009 年，由于国际出版机构介入，苏童以《碧奴》、叶兆言以《后羿》、李锐、蒋韵夫妇以《人间——重述白蛇传》、阿来以《格萨尔王》参与“重述神话”的国际写作活动，一时成为文坛的重头好戏。

相对于古史神话，近现代历史也是先锋们取材的好材料。就长篇来说，李洱的《花腔》是最初的一个收获。后来莫言又有《檀香刑》，王安忆又有《天香》，皆跳出一度盛行的“怀旧”（准确地说是跟在张爱玲后面“怀民国之旧”）的潮流，一写晚清，一写明代，一残酷，一温柔，也算是极一时之盛。

但广义的“历史小说”早有鲁迅、郭沫若、茅盾、施蛰存、师陀、姚雪垠等一大批现当代作家作品“导夫先路”，当代先锋们除了不断翻新叙事技巧，究竟提供了什么新货色，还是令人困惑。真要写历史，最熟悉、最应该写的“文革”又不得不回避，或蜻蜓点水，轻描淡写，倒是轻易为民国史做翻案文章的小说层出不穷。

这无疑是历史小说领域最大的遗憾，也是考验先锋在内的全体中国作家最大的悬念。

5. 回归现实：失败的“硬着陆”

20 世纪 90 年代现实生活，先锋小说家总是很难进入，好像比进入民国史或“文革”还要困难。偶尔一试，似乎都是失败的“硬着陆”，撞得鼻青脸肿，给人“武功全废”的印象。

先锋作家切入当下现实时有一种先天的虚症，这大概就是余华《第七天》、叶兆言《一号命令》以及之前李洱《石榴树上结樱桃》、格非“江南三部曲”（《人面桃花》《山河入梦》《春尽江南》）、马原复出之后的《牛鬼蛇神》共同的尴尬吧？他们把最好的写作状态献给了各种“非现实”，成名之后更被高悬于现实之上，或远离现实之外，无法和当下中国的现实保持同步写作。这种虚症既然是“先天”（创作之初）养成的，想彻底治愈，非有壮士断腕的意志不可。

这就给中国文学留下一个朝向当下现实的巨大阙口，在日益疲敝的先锋之外，呼唤着其他各路英豪了。

6.“零度”与“热烈”

率先亮相的是一上来就从身边琐事写起的“新写实主义”。

“新写实主义”和“先锋”有过一段交集，都有所谓“情感零度”的特点，即故作镇静地叙说各种人间的悲欢离合，将现代作家毫不掩饰的情感控制在最小范围。这是先锋和新写实起初的共同点。

但二者很快就分道扬镳，因为“情感零度”看似很“哲学”，其实很技巧。一个大活人怎能始终保持“情感零度”？鲁迅当年从果戈理学习“含泪的微笑”，从安特列耶夫学习“阴冷”，但始终内涵着现代作家谁也无法相比的“热烈”。否则，冷到彻底，就不是鲁迅了。况且90年代的现实也不允许一直端着的“情感零度写作”，它需要作家拿出感情的温度或通常所说的“倾向性”，以取代“先锋”的价值延宕，包括“先锋”之前主体性缺失的意识形态写作。

无论刘震云《一地鸡毛》还是池莉《烦恼人生》，虽然成为一时风尚，仿效者接踵而至，但大多还是流于琐细的表象和小情感与小哲学的旋起旋灭。所谓“新写实”，相对于主流意识形态被涂饰被扭曲的现实图景，以及“先锋实验”被抽空被压扁的顽童世界，固然多了一些更具“抓地性”的现实感，但作家们投向现实的目光和由此带出的情感色彩过于暧昧，也是一种巨大的缺失。所以“新写实”渐渐了无新意，读者希望从“写实”的洪流中看到的不是表面上与现实同步的新的生活表象，也包括作家们把握、分析、评判新的海量信息的非凡的能力。

7. “类型小说”不过如此

首先回应这种需求的，是对“新写实”之“实”做进一步分类的所谓“类型化小说”，比如暴贫暴富、家庭伦理、老龄（银发）现象、婚外情、同性恋、商战、官场、反贪反腐、群体性事件、农民工进城（打工文学）、“海外新移民”、“宗教崛起”、“穿越”、“悬疑”、“盗墓”以及70、80、90后各自的青春成长以及“漂流一族”

“屌丝一族”的生活。

分类的好处是把笼统的“当下”看得更分明，但也带来另一结果，就是“原来如此”、“不过如此”。稍微做一点文学史回顾，基本都可归入“五四”以来的“问题小说”类型，只不过略微增加了网络时代几个新品种（如“悬疑”“穿越”）而已。

这就像一潭浑水，初看莫测高深，稍一沉淀就露出底细来了。

分类只是第一步，接下来要看的是各种粗略的类型的实在内容究竟如何。谁也不会天真地以为，把陀思妥耶夫斯基的《罪与罚》归入“侦探小说”的类型，就完事大吉了。

并非肉眼没有看得够多，而是心眼没有看得够深，甚至根本就没有敞开心灵，讲一点属于自己的真心话。在众多可以分类的写实小说中，来自作家主体方面的电波始终很微弱。

8. 令人肃然起敬的女作家们

在“新写实小说”及其后继者们掀起的滚滚红尘中，从林白、陈染、海男到卫慧、棉棉的“女性写作”“个人写作”“身体写作”异军突起。

她们基本延续了上世纪20年代丁玲和40年代张爱玲的套路，把“咸与写实”的目光收回来，而反顾个人的心灵和肉体。丁玲、张爱玲实在是这一类高扬“个人”“身体”“性别”旗帜的女作家们的老祖母，但由于我们的作家普遍崇洋媚外，贵今贱古，也由于批评家们历史意识的淡漠，两位老祖母的面目一旦离开学术圈，结合当下女性写作，还是比较模糊，以至于我们不晓得当下女性写作究竟在丁、张之外提供了什么新东西。

也许，她们在“大胆”上跟丁、张二位有得一拼，却未必抵达她们两位的真诚。张爱玲的真诚包裹在繁重的外衣里，锥处囊中，具有一种意外刺人的危险。谈到大胆，后来者也未必真就超过了她们两位。张爱玲写高龄破落户“女结婚员”在暴发户那里受尽屈辱而又竭力保持可怜的矜持，写公寓里的“姘居”，都是在“革命文学”“抗战文学”的“高压”下盛开的“恶之花”，而丁玲在鲁迅借子君之口喊出“我是我自己的”之后不久便借莎菲之口喊出“我的生命是我自己的玩品”！《莎菲女士的日记》超出《伤逝》的藩篱，成为“封建礼教”依然盛行的时代女版《狂人日记》《狂女人日记》或《女狂人日记》。在 20 世纪 90 年代乱局中趁机豁出去暴露一下身体和心理，比起丁、张当初的胆识，还是逊色许多。

所幸这一路写作并没有因为炒作、禁书反弹以及男性变态窥视欲而让读者一叶障目，许多女性作家如林白、陈染、盛可以、魏微、金仁顺、葛水平、潘向黎、乔叶、鲁敏等后来还是转向平淡，努力体察俗常的人情物理。

但中国读者总是习惯于观看奇观和做戏，习惯于捧杀或棒杀虚张声势的女性尖叫，而不太能欣赏平静的女性诉说。简·奥斯汀若生在当代中国，接受起来恐怕很困难吧。

9.“神实主义”或“政治寓言”

不满于琐细的叙事，不屑于女性的张扬或日常，从偏于一隅的残酷写实进到气吞万象的超现实（“神实主义”）写作的，是阎连科。

早期“耙耧系列”将鲁迅批判的“吃人”文化包含的“方技之术”“民间医学”（比如“人血馒头”）接手过来，写出《耙耧天歌》那样惨酷的小说，使经典小说产生新的陌生化效果。《耙耧天歌》中的“吃人”并非控诉对象，而是无望的乡野细民可以取自本身的唯一救赎的资源。鲁迅所谓“中国人的生命圈”（活命机会）进一步压缩为孤立无援的血肉之躯了。《耙耧天歌》《年月日》《日光流年》《坚硬如水》之后，阎连科不满足于酷烈的身体控诉，而把目光投向身体和“耙耧山”外，于是有了《受活》《风雅颂》《四书》《炸裂志》，以混乱写混乱，以“炸裂”写“炸裂”，以“出离愤怒”写“出离愤怒”，以一隅写出整个中国。这种笔法超出了作者所能驾驭的范围，现出一切“政治寓言小说”难免的粗糙空疏。

“寓言”基于“写实”。从有限的“写实”如何跳到无限的“寓言”的高度而不至于落入空虚杂乱，确实很难。《狂人日记》是鲁迅唯一的寓言小说，尽管相当成功，但他本人始终不甚满意，认为它局促，草率。老舍《猫城记》，奥威尔《1984》，卡夫卡《地洞》，都毁誉参半。寓言小说（尤其政治寓言）经常遇到的困难在于，你所指向的政治生活大家都耳熟能详，等于你要别人猜谜，却一开始就暴露了谜底；又好比说相声，走上来就抖开“包袱”。留给优秀寓言小说家唯一的解救之道，是看他如何曲尽其妙地展示抵达公开的谜底和包袱的过程。《狂人日记》的过程是模仿狂人的语言、心理和不断蹦出的惊世骇俗的格言警句。没这功夫，谁会有耐心把它看完？读《地洞》，我们固然欣赏作者构思之奇与把握存在荒诞之深，但那无限重复和延展的过程实在太让人吃不消。也许是因为中文翻译难以传达卡夫卡式的德语的奥妙吧？

杰姆逊说第三世界小说都可以当“民族寓言”看，这对中国现当代小说而言固然太简单了，但对于粗陈梗概只求形似的“政治寓言小说”还是适用的。针对某些画家不注意培养工笔画功夫，一味写意，郑板桥说，“殊不知‘写意’二字，误多少事，欺人瞒自己，再不求进，皆坐此病。必极工而后能写意，非不工而遂能写意也。”郑板桥的这段话如果移过来分析粗糙的政治寓言小说也很合适——恐怕比杰姆逊讲得更到位。

10. 无法抵达的现实

上世纪80年代中期以来，从中国式的现实主义整天呼唤预先被规定好了的现实，到先锋小说厌烦地掉过头去超越现实（或写外国式的中国生活，或写童年记忆，或取材古史神话与民国历史），从“新写实”不满先锋的悬空而回归芜杂的现实，到“类型小说”分门别类地处理现实，从个人写作试图通过个体而突入当下，到寓言小说希望隐括总体现实，这六个阶段，都不能避免过于琐细或过于超拔，迄今为止，仍然未能产生真正击中现实要害并具有深厚文化蕴含的力作。

中国作家一刻也没有忘怀现实，只是因为种种客观牵制和自身软弱，始终难以抵达现实洪流中的个体心灵，也始终难以抵达被个体心灵充分过滤的无论怎样的现实。

如此而已，岂有他哉。

先锋作家的童年记忆

——重读余华《在细雨中呼喊》

1.“写什么”也很重要

1980年代后期，继“右派作家”（“重放的鲜花”、“解放牌”）和“知青作家”（包括一部分“回乡知青”或“在乡知青”）之后，中国文坛又涌现了一大批“60后青年作家”，比如苏童、余华、叶兆言、格非、孙甘露等。他们丰神俊朗，才华横溢，迥异于当时的文坛主流，令人刮目相看。

通常称这批文学新生代为“先锋作家”。当时使用“先锋”一词，主要着眼于他们令人眼花缭乱的小说叙述方式和语言形式。这些都明显不同于传统现实主义或浪漫主义小说，也是当时青年读者喜爱他们的理由之一。都说他们带来了小说叙事和语言的“革命”。稳健一点的批评家则说他们完成了一场前无古人的“先锋形式的探索”。从他们的小说中，人们可以读出卡夫卡的恐惧与颤栗，可以读出美国作家福克纳、索尔·贝娄、雷蒙德·卡佛的神采，可以读出法国“新小说派”作家罗布·格里耶等的影子，还可以读出马尔克斯、博尔赫斯、略萨等拉美作家的气味——总之，他们和外国文学新潮息息相通，还有人干脆说他们的作品就是用汉语书写“某种外国文学”。

“先锋小说家”最初的冲击波确实来自横空出世的叙事方式和语言形式，但今天回过头来再去读他们的作品，尤其当我们对新形式和新语言的“探索”已有一定经验之后，你就会发现单纯形式上的研究已经非常不够。必须提出这样的问题：“先锋作家”除了探索新的叙事方式和语言形式之外，在小说内容方面可曾提供哪些新的因素？这些新因素究竟新在何处，是完全的创新，还是和中国文学的某种传统仍然保持着千丝万缕的联系？

余华 1991 年创作的长篇处女作《在细雨中呼喊》无疑是“先锋小说”的经典之作。今天我们应该更加关注的并非这部小说在语言形式和叙述方式上的先锋性，即所谓“怎么写”，而是“写什么”，即这部小说实际的内容，相对于比如上述“解放牌”和“知青作家”，究竟有何新意。正是这一点，当时曾被忽略，至今也还没有获得足够的关注。

其实像《在细雨中呼喊》这样的先锋小说，“怎么写”固然很关键，但“写什么”也值得关注，甚至比“怎么写”更重要。

2. 1970 年代少年人的“性”与“友情”

读《在细雨中呼喊》，当代小说中我们熟悉的那些人和事，仿佛突然都不见了。比如，余华就很少写到“右派作家”王蒙、张贤亮、鲁彦周等的小说中常见的知识分子和老干部受迫害时的痛苦与幻灭，或重返工作岗位后新的困惑。你也很少看到“知青小说”反思的“知识青年上山下乡”的问题。像“在/回乡知青”路遥《人生》中农村青年“高加林”式的苦闷，《平凡的世界》中草根青年的困苦与挣扎，也不是余华的兴趣所在。“新时期文学”所谓“伤痕”、“反思”、“改革”等文学潮流的代表作品，比如古华《芙蓉镇》、高晓声《陈奂生上城》、贾平凹《浮躁》、张炜《古船》、张洁《沉重的翅膀》等等，那种几乎一致的对于重大社会历史问题的关切，在余华这部作品中也很少看到。

撇开这一切，我们究竟还能看到什么呢？

不管别人怎样，我首先看到的，是那个叫作孙光林的第一人称叙述者“我”，透过时间的隧道，在回忆里重新看到一大群儿时伙伴。他们的年纪从五六岁到十五六岁不等，要么是小孩，混沌初开，刚学会走路说话，要么是懵懂少年，正朝着未知的将来快速成长。他们有时愚蠢可笑，顽劣可叹，有时又脑洞大开，非常敏锐。所有这些搅成一团，呈现出孩童和少年世界真实可感的一幅幅人生图画。

当然你也能看到，这群少年人所处的 1960 年代后期与整个 1970 年代。但余华并不像“右派”或“知青”作家那样，从中年人的立场审视那个年代的方方面面，而是用顽童心态和顽童视角，来回忆那个年代与他们自己有关的一些故事。在这样的回忆中，那个时代的城镇和乡村一律显得贫穷、寂寞、荒凉而又怪诞。余华笔下的这一群“顽童”正是嬉戏、游荡于这样的一片废墟上。似乎那个时代的主角并非各种各样进步的或反动的、掌权的或失势的、幸运的或倒霉的大人们，而是那一群成天在历史的荒野上尽情嬉戏和盲目游荡的稀里糊涂的小屁孩。他们的生活倒是丰富多彩，有痛苦，也有欢乐，而他们的痛苦似乎也可以转换成欢乐。有善良，也有太多的恶作剧，以至于你没法分清这些小孩子究竟是善良的还是恶毒的。

这群在荒原和废墟上嬉戏和游荡的“顽童”，一个最大的特点，就是和大人的世界严重脱节。他们始终和父母们保持一段距离，歪着脑袋、斜着眼睛旁观父母们扭曲的世界。他们对父母们的痛痒显得漠不关心，讲起父母们的故事时，总是无法避免那种冷漠旁观而又带着几分滑稽可笑的口气。张炜《秋天的思索》《秋天的愤怒》中整天陷入对乡村政治纠葛严肃而痛苦的思考的少年与他们无缘。他们也迥异于路遥《平凡的世界》写孙少平、孙少安、孙兰香兄妹跟“乡党”、同学和父母们的世界息息相通，跟所有的亲人都始终保持着无比亲近的血缘关系。当然他们更不是在阿城“三王”（《棋王》《树王》《孩子王》）或王安忆《小鲍庄》中被“知青”们居高临下观察研究的对象。他们既是他们自己的故事的主人，也是他们自己的故事的讲述者。他们更多关心同代人的小天地，自成一体，独来独往，

可想而知，由这样一群在历史废墟上嬉戏流荡的“顽童”讲述他们跨越 1960 年代后期和整个 1970 年代的童年和少年的生活，必然跟“新时期文学”主流作家们关于那个年代的集体记忆极不吻合，在内容和色调上相差太远。但这又毕竟属于余华他们那一代人真实的生活。他们关于童年和少年生活自叙传式的回顾对“新时期文学”的集体记忆来说，未必不是一个有趣的补充。

比如我们可以看到，小说中大量描写了少年人对友谊的珍惜。那时候成年人最怕政治迫害、经济拮据、文化生活匮乏。少年人不计较这些。令他们兴奋的是友谊，令他们伤悲的则是友谊的破碎。那时候，尽管父母们都忙着自己的事，无暇顾及子女，但中小学生还没有出现什么“宅男”“宅女”。他们最关心的是能否在外面交上几个好朋友。他们那么重视友谊，甚至经常吃醋，嫉妒——我和你

好，你就不能再和他好；至少你和他好，不能超过你和我好。

但转瞬之间，就是对友谊的背叛。比如小说写“苏家兄弟”跟随父母，从城里下放到农村，农村少年孙光林对他们充满了好奇、羡慕与向往。孙光林好不容易成了他们的朋友，不久便插进来别的孩子，发生了友谊的破裂与彼此伤害。上中学之后，孙光林与高年级同学之间又重演了几乎同样的悲喜剧。

其次，小说也如实描写了少年人（主要是男孩）对“性”的无知、好奇和惊心动魄的“探索”，包括“探索”过后因为自我谴责和害怕惩罚而产生的恐惧。余华这方面的描写非常大胆乃至出格。但他并未沉溺于此。随着成长的继续，这一阶段自然也就过去了。

如果说《在细雨中呼喊》围绕“友谊”和“性”两个主题发生那么多喜剧、闹剧和悲剧，都可以归结为当时中小学教育的落后，都可以视为物质生活和精神生活极端匮乏的年代一些低版本的可怜的小破事，不值得津津乐道，这当然也不错。但是在那个匮乏年代，大人们因为自顾不暇，不像今天的父母密切关注子女教育，恨不得看住子女们的一举一动，而整个社会更谈不上如今“完善”到令人窒息的中小学教育体系。因此那时候，所谓“顽童”或“野孩子”“坏孩子”似乎特别多。比起今天的同龄人，他们可以说一无所有，但他们因此反而能够在大人们管不了的天地里自由自在，胡作非为。这样的自由自在、胡作非为、毫无约束的嬉戏与流荡，恐怕也无法复制了，因为那个年代已经一去不复返。

3.“亲情”的丧失与扭曲

在少年人的友情和性意识之外，余华还透过少年人的敏感心灵，折射出那个年代家庭成员之间“亲情”的丧失与扭曲。读《在细雨中呼喊》，也要注意这一点。

小说的重点，是第一人称叙述者（也是主人公）“孙光林”在两个家庭之间抛来抛去的窘境。因为贫穷，孙光林六岁就被迫告别故乡和生身父母，由养父带去另一个小镇，在那里一住五六年。好不容易跟养父养母建立起亲密关系，却因为养父自杀、养母回娘家，一切归零。从此直到考上大学，整个初、高中阶段，孙光林回到全然陌生的亲生父母家，其地位无异于一个局外人。整部小说就是从孙光林这个家庭中的局外人独特的心灵感受出发，写出以父亲孙光才为中心的一家三代严重扭曲的亲情关系。

在孙光林眼中，父亲孙广才无疑是个十足的恶棍和无赖。他上有老，下有小，但他对三个儿子很少流露爱心，对父亲孙有元也很少有孝心。小说不厌其烦地描写孙广才怎样动不动发脾气，打骂三个儿子，又怎样变着法子虐待因为腰伤而失去劳动力的父亲。孙广才对妻子更是缺乏基本的忠诚与尊重，长年与本村一个寡妇通奸。他做这一切都理直气壮，明火执仗。在他眼里，儿子、父亲、妻子都是累赘，都是危害他生命的仇敌，他们的价值远在他所豢养的家禽家畜之下。

受孙广才影响，孙光林的哥哥、弟弟也参与了对祖父的虐待。但孙光林冷眼看去，他的祖父孙有元也并非善茬：他因为腰伤失去劳动力，固然在儿子孙广才面前是个弱者，但他的狡猾超过儿子孙广才。比如他利用小孙子的年幼无知，跟一家之主孙广才斗智斗勇，常常令孙广才哭笑不得，甘拜下风。

小说中像孙广才这样的家庭比比皆是。孙家只是那个年代无数家庭的一个缩影。那个年代中国家庭亲情的丧失与扭曲极其普遍。小说中一个有趣的细节，就是家庭成员之间不知道如何表达美好的情感，不仅语言粗暴、粗野、粗俗，而且中国家庭绵延几千年的固定称谓语也荡然无存，彼此之间经常毫不客气，毫无礼貌，清一色地直呼其名。

1980年代中期，中国小说界突然刮起一股强劲的“审父”“弑父”之风，《在细雨中呼喊》无疑也属于“审父”“弑父”之作。寻其源头，始作俑者可能还是王蒙的《活动变人形》以儿子“倪藻”的口吻审视、批判父亲“倪吾诚”。但王蒙既是激情充沛的作家，又极其富于理智，他在小说中对“倪吾诚”之所以成为“倪吾诚”，作了方方面面的分析，总之将这个人物清楚地放在家庭、社会、时代乃至东西文化清晰的坐标系中予以把握，而并非简单地任凭儿子“倪藻”倾泻对父亲的鄙薄、仇怨和嘲弄。

更重要的是，《活动变人形》的故事主体发生于民国时期。王蒙对倪吾诚的剖析，是清算和告别自己和家族的过去。他的“审父”与“弑父”跟1949年之后并无实质性联系，尽管小说也写到“倪吾诚”在1949年以后一如既往的可悲与可笑，但那只是说明倪吾诚没有赶上时代、没有在新社会获得成功改造而已，对倪吾诚所有的“审”和“弑”的激情都是针对那个过去的时代。

从上述这两点就可以看出，同为“审父”和“弑父”之作的《在细雨中呼喊》与《活动变人形》还是有根本的不同。这是问题的关键，至于两位作家具体的写法，包括语言上各自的特点，倒还在其次。

4. 并非“残酷”的作家

但是，余华不仅暴露了那个年代中国家庭亲情的丧失和扭曲，他还让我们看到，人类与生俱来的亲情关系仍然以这样或那样的方式继续存在着，犹如灰烬中的余火，给人意想不到的温暖。必须看到这一点，否则余华就成了只知道展览“残酷”的残酷作家了。当时确实有不少评论家总喜欢围绕“残酷”这个概念来诠释以《现实一种》等为中心的余华早期作品的意义，所谓先锋小说家喜欢进行“情感零度”的叙事的说法，也往往拿余华作为最佳例证。现在看来，这种说法不能不说是带有相当片面性的。

比如小说中的“我”弟弟舍己救人，溺水而亡，“我”父亲和“我”哥哥竟然非常高兴，逢人便说，弟弟的死将会给孙家带来有关部门的褒奖与补偿。这当然令人齿冷。但不要忘了，在此之前，余华也写到“我”父亲和“我”哥哥曾经竭力挽救弟弟的生命。他们把弟弟从水里捞起来，轮流倒背着，拼命狂奔，希望用这个办法救活弟弟。这个场面充分显示了兄弟之爱和父子之情。问题是他们实在穷怕了，穷疯了，在得知弟弟的生命已经无法挽救之后，对美好生活的幻想就迅速压倒了失去亲人的悲哀。

再比如，尽管父亲与寡妇通奸，把妻子抛在脑后，但妻子死后，他还是偷偷跑到妻子的坟头，发出令全村人毛骨悚然的痛哭。

还比如，晚年的祖父与父亲成了冤家对头。但祖父死后，父亲也曾流露出真诚的痛苦与忏悔，痛骂自己在祖父活着的时候没能尽孝。而祖父也很有意思，他最后坚持绝食，只求速死，目的竟然是为了给长期与他作对的儿子减轻生活的负担。

在孙家之外，余华还写了许多类似的家庭成员之间爱与恨的痛苦纠葛。

比如孙光林有个同学叫国庆，母亲死后，父亲要跟别的女人重组家庭。国庆害怕因此失去父爱，竟然无师自通，给母亲的兄弟姐妹挨个写信，让他们出面，干预父亲的生活。他还以恶作剧式的破坏与捣乱来表达自己对父亲的眷恋。

无独有偶，小说最后还写到一个七八岁的小男孩鲁鲁，鲁鲁与单身妈妈相依为命。妈妈沦落到社会最底层，靠做粗活甚至卖淫生活，心态和性情自然不会好，经常狠命地打骂鲁鲁。鲁鲁非但不恨母亲，反而越是被打被骂，就越离不开母亲，越懂得疼爱母亲。最后母亲被抓去劳改，鲁鲁竟然逃出学校，千辛万苦找到劳改队，坚决要求跟母亲住在一起。这当然不被允许，于是他就像乞丐一样硬住在劳改队附近，只希望有时能看到自己的母亲一眼。

国庆和鲁鲁，也属于余华笔下“顽童”或“野孩子”系列，但他们两个是多么凄惨，多么无助，多么渴望爱人和被爱。

在余华另外的长篇如《活着》《许三观卖血记》《兄弟》和《第七天》中，这样的“顽童”和“野孩子”比比皆是。余华实在是一个写“顽童”和“野孩子”的高手，他经常犹如一个冷静的医生，用寒光闪闪的解剖刀，先剥去中国家庭外表上温情脉脉的那一层面纱，露出底下彼此仇恨的关系，然后又继续剥去这层彼此仇恨的关系，露出尚未完全折断而只是隐藏更深的亲情的纽带。

所以在“先锋实验”和“成长小说”的外衣下，《在细雨中呼喊》主要关心的还是中国社会和中国家庭的感情维系。作者固然无情地暴露了人类感情遭破坏、被扭曲的悲剧，但也努力挖掘人类修复固有的爱的联系的希望所在。

“走出去”·“走进来”·“送出去”·“留下来”

1.“中国三书”走进来

由于莫言等中国/中文作家获诺贝尔文学奖的刺激，也由于“走出去”的文化战略的鼓励，关于中国文学“走出去”的谈论突然多了起来。

但我此时想到的还是“走进来”，因为在我们尚未谈起“走出去”时，人家早已经“走进来”了。我不是说那些走进中国的世界文学名著，而是指近年来许多外国作者写中国的作品翻译成中文，纷纷走进了中国。

不妨举何伟“中国三书”为例。何伟（Peter Hessler）1969 年生于美国密苏里州，在普林斯顿大学主修英文和写作，获牛津大学英语文学硕士学位，1996 年至 1998 年参加 Peace Corps（和平队），在四川涪陵师专（现更名为“长江师范学院”）教英语，1998 年底回美国后，仅用四个月时间就完成了记叙他两年涪陵生活的非虚构长篇处女作《江城：扬子江边的两年》（River Town：Two Years on the Yangtze)。20世纪90年代末，欧美各国需要重新认识崛起的中国，传统汉学也正经历着向"新汉学"转型，《江城》适逢其会，其丰满直观的文学画面令许多学究式的"中国研究"瞠目结舌。何伟一夜之间成了新科的"中国通"，这使他有机会以《纽约客》杂志驻京记者和《国家地理》杂志特邀撰稿人身份于1999年春再度来中国生活、采访和写作。从涪陵出发的美国文学新星的创作道路，在中国大地上继续延伸。

2006年，何伟以"新月诗人"、甲骨文暨青铜器专家陈梦家生平和现代中国考古发现为主轴，穿插中国历史地理沿革、高节奏的经济社会发展、周边外交骤显紧张——诸如此类的丰富信息，完成了第二本关于中国的纪实力作《甲骨文：在中国的过去和当下穿行》(Oracle Bones：A Journey between China's Past and Present)。该书继《江城》之后获得了更大的成功。2010年，他又推出第三本非虚构小说《寻路中国》 (Country Driving：A Journry through China from Farm to Factory)，以自驾车旅行中国全境的经历为基础，广泛整合了他对21世纪第一个十年中国社会各方面的认识。和《江城》、《甲骨文》一样，《寻路中国》也很快雄踞中美各大图书排行榜之首，进一步确立了作者作为英语世界首屈一指的直击当下中国的严肃/畅销两栖作家的稳固地位。

由于这三本书一致的非虚构性，有些西方读者更乐意将何伟视作新一代汉学家代表。但我觉得，如果把他放在赛珍珠和现代作家邵洵美的外籍夫人、《宋氏三姐妹传》作者项美丽（Emily Hahn）之后描写当下中国的美国作家序列，或许更加恰当。《甲骨文》暂时只有台湾繁体字版（国内一些机场和外文书店偶有英文原版出售），《寻路中国》和《江城》则由上海译文出版社分别于2011和2012年推出简体字版。两本书英文原著的写作和出版顺序，在我们这里弄颠倒了。

何伟其人其书，网上早有介绍，中文译者李雪顺（何伟涪陵师专同事）的评论也不难找到。何伟还专门为《江城》写了中译本序，为《寻路中国》写了后记式的致辞，中国读者借此可以更深入地了解其创作经历和意图。我现在再来发表评说，颇感滞后，况且他又写得浅显透明，实在无需额外的评论。

非要说点什么，一句话足矣：何伟“中国三书”为中国历史文化以及20世纪90年代末至今的经济社会做了一次全方位CT扫描，普通外国读者可以从中获得不少有趣的知识，而其力求精准的田野调查，精心布局、顺藤摸瓜、随物赋形的巧妙结构，贯穿始终的外国作者的视角、感受与评论，对中国读者也大有启发——这自然也包括如何看待几乎闭着眼睛也能想象得到的他作为外国作者的与生俱来的关于中国的偏见和误解。

此外再说什么，就多余了。但这里不妨以何伟为由头，讲点题外话。

2. 仍然未能“走出去”

中国出版界和读书界向来有两种熟视无睹的怪现象，一是某些人在国外走马观花转了一圈，回来后就连篇累牍发表观感，说得有鼻子有眼，不愁没有一哄而上的粉丝，不愁掀不起或大或小的波澜。其次是许多在国外生活多年的中国（华文）作家既不能全面深入地观察所在国居民的生活，也不能体贴当地华人的酸甜苦辣。兴许也曾写过一点人家的皮毛，但很快就义无反顾地落入回忆的深渊，不厌其烦地叙说自己过去在中国的一律传奇化的生活，要不就是祖宗八代的辉煌往昔。等而下之，是向外国人"痛说"歪曲得一塌糊涂的"家史""国史"。后一类所谓"告洋状"的作品，已经太多，太滥了。

一些"海外华人作家"，即使进化到改用英语写作，也还是继续倒腾自家的事，很少伸出头去，一探别人家里的究竟。不久前碰到一位用英文写作而据说"斩获"颇多的旅美华人作家，向他提出这个问题，回答竟然是："我用英文写，是给英语世界的读者看的，他们自然希望我写中国的事；中国读者想了解外国，应该请教用中文写作的作家啊"。我想这是推卸责任。英文欠佳的"海外华人作家"不写外国而专门贩卖"中国记忆"，当然很片面，但像裘小龙、哈金、张戎、张翎等懂英语的作家不写英语世界，反而指望严歌苓、陈谦、贝拉、卫慧、李翊云等身体出国而语言基本留在国内的作家去写外国，难道公平吗？

何以至此？据我推测，中国人和外国人不同的交往方式也许是值得注意的一个原因。中国人碰到外国人，尤其"老美"，总喜欢"竹筒倒豆子"，就跟遇到亲人似的，而外国人遇到中国人，通常就不这样，一阵寒暄过后，彼此就该懂得如何"keep your distance"了。所以外国人看中国人易，中国人看外国人难。

但话说回来，现代中国留学生和"访问学者"也不全这样。创造社王独清的自传体纪实小说《我在欧洲的生活》写了多少欧洲人！同时创造社的郁达夫、滕固、陶晶孙都写过关于日本人的小说，更不用说鲁迅的《藤野先生》了。

尽管如此，现代作家笔下的外国人形象还是寥若晨星！拿日本人来说吧，跟我们的关系不可谓不深，但写来写去，至今还就只有"藤野先生"比较能立得起来。去过外国的作家很少写外国人，等到外国人打上门来（如 1931 年以后的侵华日军），我们几乎也没好好写过（孙犁“抗日小说”几乎没有正面写过一个日本人）；或送上门来，如“改革开放”以来日益增多的长期住在中国的日本人、韩国人、西方人，也没见哪个中国作家认真描写过。现在大家都在谴责抗日电影“手撕鬼子”之类“横店名菜”，这当然很对，但既然作家没有认真写过“鬼子”，电影人当然也就“巧妇难为无米之炊”了。

出国而只写国内，或只写狭窄的华人圈，再把这样的小说发回来赚国内读者的钱，现代文学史上首开此例者，可能是当时旅居英国的老舍。再往前推，就是 1916 年平江不肖生（向恺然）的《留东外史》。那时国内文坛刚起步，国人全球化意识不强，又适逢爱国主义和民族主义勃兴，所以老舍先生的做法完全可以理解。现在不同了，去往世界各国的“华人新移民”与日俱增，“访问学者”如过江之鲫，“海外华人文学”蔚为大观，再一味“出口转内销”乃至“自产自销”，势必给人一种印象：中国（华文）作家没出息，横竖走不出中国，走不出汉语圈。

当然不是说，可以不必再琢磨怎么写自己，而都去琢磨如何写外国人。这里仅谈一个历史遗留问题。也绝不是说，关在家里写自己，我们的成绩已经很好，所以需要在小说题材上冲出国门，走向世界了。这只要将并非没有瑕疵的何伟的几本写中国的书和中国作家同样号称“非虚构”的关于本国历史或现实的“名作”略加比较，高下立判。

3. 还是“被描写”的时代

我们既不能主动深入地“描写”别人，也不会清醒深入地“描写”自己，只是满足于躺在各种装神弄鬼的垃圾化写作狂潮中自娱自乐，只等“被描写”的光荣不断降临：

> 我们要觉悟着被描写，还要觉悟着被描写的光荣还要多起来，还要觉悟着将来会有人以有这样的事为有趣（鲁迅《未来的光荣》）。

还处在“被描写”时代的中国文学当然没有资格说“走出去”。现在闹得很凶的“走出去”，其实是自己花钱一厢情愿地“送出去”，虽然客观上看，似乎也就等于光荣地“走出去”，可以大大地满足一把了。

而且最近一些关于“走出去”的议论，逻辑顺序跟向来也有不同。过去一直说“越是民族的，越是世界的”，中国文学首先必须赢得中国读者，然后才能赢得世界读者。不能越过中国读者，一开始就想到走进“世界文学”大家庭。中国是世界的一部分，一部作品在中国被接受，就是在世界的一部分（一个多么巨大的部分！）被接受了。中国读者都不喜欢，即使被外国读者接受了，又能说明什么？历来（“五四”以来）关注重心是中国文学首先能否满足中国读者阅读需求。现在有点变了，首先关注的是中国文学能否被外国读者认可。至于是否为中国读者喜闻乐见，反而退居其次了。这也是急于走出去的必然结果吧？

4. 标准问题很难解决

撇开“送出去”不谈，真诚地希望“走出去”的中国文学，是否必须符合世界文学某个普遍标准？能够“走出去”的中国作家是否就相当于世界一流的文学大师？早在20世纪三四十年代，中国文坛就不断有人提出类似问题：为什么中国产生不了托尔斯泰那样的伟大作家？这以后同样的问题改头换面，仍然顽强地留在中国文学爱好者头脑里，成为至今难以解答的跨世纪悬念。

你当然可以说，这根本就是伪问题。中国作家伟大与否，为何非要用托尔斯泰、陀思妥耶夫斯基或别的俄国、西方、拉美、日本、印度等国伟大作家作标准？每个文化国度的文学都应有自己的评价标准。巴尔扎克、福楼拜必须首先是优秀的法国作家，不必一开始考虑他们是否法国的托尔斯泰或法国的陀思妥耶夫斯基。托尔斯泰、陀思妥耶夫斯基必须首先是俄国优秀作家，不必一开始就追问他们是否俄国的巴尔扎克、俄国的福楼拜。巴尔扎克、福楼拜、托尔斯泰、陀思妥耶夫斯基首先必须符合了各自国度的优秀作家的标准，然后才能发生世界影响，成为世界一流的文学大师。在这意义上，我们依旧可以说，“越是民族的，越是世界的”。很难想象，如果大多数俄国读者不承认托尔斯泰、陀思妥耶夫斯基，大多数法国读者不喜欢巴尔扎克、福楼拜，他们四位还会不会越过国境，发挥世界影响。

但各自国度的文学标准又是什么？“大多数俄国读者”“大多数法国读者”其实是很模糊很危险的概念。也许“大多数俄国读者”并不一定真正理解和欣赏托尔斯泰、陀思妥耶夫斯基，“大多数法国读者”也不一定真正理解和欣赏巴尔扎克、福楼拜。也许他们真正理解和欣赏的是中国读者根本不知道的某个在当时十分流行的三四流的俄国作家或法国作家，只不过由于某种更加有效的来自法国和俄国国内的文学评价标准的规训，对托尔斯泰和福楼拜等人，俄国和法国读者的“大多数”才逐渐首肯，最后靡然从风。

各自国度的文学标准所以有效，因为它不仅适合于各个国度内部，还具有普世性，在世界范围同样有效。而且这也不是碰巧，乃是经过相当长一段历史时期国内外读者的反复检验。否则就会产生这种现象：某法国作家（比如让·科克多），法国国内很流行，却硬是不能走出法国；某法国作家（比如德哥派拉），在法国之外一度走红，但法国国内读者硬是不承认。必须获得国内外双重认可，才能说这是一个不仅为本国读者所喜爱也为世界读者所认可的世界一流作家。

5. 首先要"留下来"

还有一种情况。比如莎士比亚，19 世纪中期以后逐渐获得普世赞誉，但托尔斯泰硬是不承认，直到生命的终点，仍然冒天下之大不韪，公然否认莎士比亚，认为莎士比亚为世界所赞誉乃是天大的误会。很少有人怀疑莎士比亚，但也很少有人怀疑托尔斯泰的鉴赏力和真诚性。同样，鲁迅一生激赏弱小民族文学，对英美许多文学大师，包括莎士比亚，都不曾明白表示过崇敬。怎么办？在这种情况下，恐怕只能"从众"，牺牲托尔斯泰和鲁迅针对莎士比亚的独特的评价标准了。

"普适性标准"也有其相对性。某些作家被"公认"为世界一流，也是一定历史时期、一定世界文学读者圈的现象。超出一定历史时期、一定世界文学读者圈，就难说了。拿 19 世纪俄国批判现实主义大师们来说，也只是在 19 世纪俄国批判现实主义文学冲击波实际波及的世界文学范围内和时段内获得公认。超出这个范围和时段，譬如对今天的年轻读者们来说，托尔斯泰、陀思妥耶夫斯基的知名度不早就大打折扣了吗？

产生世界级文学大师还要有一个条件，就是通过文学翻译和文学交流所完成的世界文学影响圈的建构，最好和大师们生活的时代同步，由此产生最大限度的文学共振，而不是相反，让大师们度过太长的不为人知的冷冻期，过多地耗散他们可发挥影响的潜力。比如，曹雪芹写了《红楼梦》，直到 20 世纪 20 年代才为更多的中国读者所知晓，《红楼梦》的外文翻译则滞后了更长时间。等到曹雪芹文学成就被中国读者普遍认可，等到一部分外国读者通过翻译也见识了曹雪芹，这时距曹雪芹生活的时代已经有好几个世纪了，世界文学范围内大多数读者就不会像对待同时代某个中国作家那样对待曹雪芹了。曹雪芹如此，鲁迅、老舍、沈从文、张爱玲等也如此，更不用说屈原、李白、杜甫等古代大师们了。

既然承认“双重认可”的相对性和有限性，就不难想象，此外还会有“单向认可”。事实上，中国文学无论发展到何种程度，大部分作品还是会满足于“单项认可”，还是要“留下来”，供中国读者自己消费。

许多作家未能获得国际、国内“双重认可”，并非因为他们成就不高，而是因为在世界文学范围之内，已有的“双重认可”评价体系不够完备，不能马上发现他们的普适性文学价值，于是墙里开花墙外香或墙外开花墙里香，都不足为怪了。

兼容并包的“世界文学”的建构，需要及时有效的文学翻译，更需要及时有效的普适性文学鉴赏标准的培养，二者又取决于人类在文学欣赏领域能否真正冲破民族文化和语言的隔阂，能否真正实现世界文化大融合，世界文学读者的心灵能否真正发生沟通。现有条件下，不承认“单向认可”，那么“双重认可”不仅会成为空中楼阁，还可能走向蛮横和专断。

“走进来”（“请进来”）已成事实，“走出去”（“请过去”而非“送出去”）很难，“留下来”则绝对必要。对住在国内而用中文写作的作家来说，“留下来”是第一步，也最重要。不能“留下来”，却希望在国外造势，再被八抬大轿“请进来”，或者不管国内读者反应，而渴望先译成外文，获得“走出去”的殊荣，这，恐怕都不是中国文学的坦途与正路。

“中心”和“边地”

——现当代中国小说空间意识的急剧转换

1. 人与空间一同诞生

人生在世，必有居住和活动的一定空间，眼耳鼻舌身可接触而起感觉，心灵可想象思索而生知识情感。基本空间如居室、道路、河流、山海、村落、城市、大地、天空之类，既是物理的，也是心理的，或毋宁说，是身体和心灵的放大与外化。

小说不写人则已，写人就必定要写到人所居住和活动的空间，除非作者要他的人物活在真空。

写人，若不想到人所归属的空间，这人的形象就立不起来。成熟的小说皆有成熟的空间意识。现代中国小说是随着作家们的现代空间意识一同诞生的。

2. 屋与家

最早呈现的是《狂人日记》的“家”，那半禁闭的“狂人”的小屋：

> 屋里面全是黑沉沉的。横梁和椽子都在头顶上发抖；抖了一会，就大起来，堆在我身上。万分沉重，动弹不得；他的意思是要我死。

《长明灯》的"狂人"最后干脆被关在"只有一个小方窗，粗木直栅的，决计挖不开"的小屋里，完全禁闭起来。

抚慰着又牢笼着清代狂人贾宝玉的"花柳繁华地，温柔富贵乡"，在鲁迅这里蜕变成"万难破毁"又必须"破毁"的"铁屋子"。这是此后中国文学写"家"的起头。扩大起来，成为象征，就是巴金的《家》。

3. 园的荒废

"家"以外，还有不许"闷得慌"的"狂人"去逛的"园"。"狂人"被剥夺了逛"园"的权利，冲出"铁屋子"的鲁迅本人却在回忆性散文《从百草园到三味书屋》中表达了他对"园"的无限深情。"侨寓文学"（"新青年"主导的"乡土文学"）发达起来之后，"父亲的花园"在记忆里也突然变得美好。

在巴金的《家》里，高家的那个大得惊人的后花园，觉慧、觉民、觉新兄弟和他们的青年朋友与亲戚们曾经在那里面划船、放烟火、张灯，充满了和"家"完全相反的青春朝气，几乎是《红楼梦》大观园的缩小版。

但是到了 20 世纪 40 年代的《憩园》《财主底儿女们》，"园"已经成了巴金和路翎所描写的专门收留失意之人的荒废所在，彻底没落了。

除了移向海外的白先勇的《游园惊梦》，此后中国作者似乎再也没有充满温情地描写“父亲的花园”。这大概因为，尽管各地的园林还是很重要的旅游目的地，但毕竟不再是中国人的日常生活空间。

4. 现代空间的全面唤醒

“家”“园”之外，鲁迅还展开了“鲁镇”“未庄”的“故乡”风俗画卷。其中最显目的“咸亨酒店”和“一石居酒楼”，就是许多情节的聚散地。古典小说经常写到的茶楼酒肆，经过鲁迅的示范性改造，为许多现代小说家所偏爱，如李劼人的《死水微澜》、沙汀的《在其香居茶馆里》。

《祝福》里鲁四老爷（还有《肥皂》中四铭）的书房，《伤逝》中住在“会馆”的单身男子的破屋以及青年同居者租赁的“公寓”，《孤独者》中魏连殳借住的房东出租房，《离婚》中慰老爷家议事的“客厅”，阿Q托身的“土谷祠”，《弟兄》中的“公益局”以及《孤独者》中阴沉晦气的中学教员办公室，读者熟悉的这些空间，也出现在郁达夫《春风沉醉的晚上》、丁玲《莎菲女士的日记》、茅盾《子夜》、柔石《二月》、老舍《离婚》、吴组缃《一千八百担》、巴金《寒夜》以及张爱玲的短篇小说之中。

鲁迅《在酒楼上》的主要场景是“一石居酒楼”，而从远处回乡的旅人暂时栖身的那个“洛思旅馆”只一笔带过。最早真正把“旅馆”写活了的新文学家是郁达夫，他的小说（比如《迷羊》等）的主人公，就经常拖着贴满旅行标记的行李箱，辗转于各地旅馆，浑身散发着“零余者”的哀愁。

5. 漂流的故乡

鲁迅几乎唤醒了现代小说所有的空间意识。但鲁迅营造的空间基本是封闭静态的，人物在不同空间即使偶有流动，也被省略，比如阿Q的离乡、上城和回乡，“航船七斤”几乎每天往返乡村与城镇，都没有加以具体描写。鲁迅小说的空间散布于乡村与城镇，基本是平面铺开，彼此缺乏结构性的关联。

只有一个例外，就是《故乡》中“我”的还乡和离乡，在小说开头和结尾，都被大加渲染，成为现代小说打破传统空间意识的经典模式，预告现代人的活动将愈趋快速，活动范围将愈趋扩大，传统中国彼此隔绝的孤立空间终将打通，形成具有整体联系的关系结构。相比之下，《在酒楼上》的吕纬甫尽管也曾像只苍蝇那样飞了一大圈，但他在故乡之外的足迹都是虚写的，并无多少实际的笔墨。

对《故乡》来说，没有“我”的还乡与离乡，所有空间便只能在“我”的“故乡”和记忆中闰土描述的“海边”切换。有了“我”从外面返回故乡，又告别故乡，这一“辛苦辗转”的长途旅行，故乡的封闭静态就被打破了。此后，“故乡”就犹如一条船，在“潺潺的”流水声中驶入波涛汹涌的“世界”。这个镜头从此以后也成为小说乃至电影的经典场景。

6. 广阔天地

郁达夫《迷羊》《她是一个弱女子》，茅盾《蚀》三部曲，经常写到人物在不同地区的迁徙，由此展开了鲁迅虽已开启但并未详写的空间转换。

郁达夫、茅盾笔下人物的迁徙写得还比较简略。萧红的《马伯乐》是抗战初期描写人民流离失所的一部重要长篇，通过“马伯乐”从东北到青岛到上海再到武汉的一路奔窜，真正凸显了迁徙的过程与细节。

郁达夫、茅盾、萧红的人物在不同空间的迁徙身不由己，显出爱情无常，人生如戏，社会革命与民族战争的变幻莫测。到了20世纪40年代的《围城》，迁徙也是身不由己，但大背景被隐去，各人学会了更精细的打算，也体验到无论如何精打细算最后总是徒然和惘然。迁徙中的激情消磨、目标缺失的耗废性生活，被钱钟书写到了极致。“现代流浪汉体小说”更富质感的空间转换，也由此走向成熟。

7. 中央地带尚未成熟

从鲁迅和巴金的“家”走出来的青年男女，失去旧日的生活中心，被命运播弄着，欲望牵引着，理想催促着，迷失于中心缺失的狼奔豕突。这个似乎永无止境的过程，很快就终结于同样描写四处迁徙的流浪汉体小说《财主底儿女们》。当年只有二十来岁的路翎完成的这部惊世之作，被胡风称为“青春底诗”，因为它展现了年轻主人公们既留恋沉沦的故家老宅那个往昔生活的中心，又狂热地追求新的未知的中心，好像把屈原的《哀郢》和《离骚》叠加起来，一则是三步一回头的不停反顾，一则是虽九死其犹未悔的上下求索。

这就不同于郁达夫、茅盾、萧红、钱锺书的主人公那种单纯依靠感觉的波动或命运的播迁而散漫无归的耗废性人生轨迹。《财主底儿女们》描写不断探寻新的生活中心的激情如何充塞青年男女的心，迫使他们经历着奔向中心的精神烧灼之苦，虽然外表上也是痉挛着迷茫着的狼奔豕突，但始终有一种对于新的中心的巨大渴望。原来松散的碎片化空间由此团聚在一个中心的周围，被来自这个中心的光所照亮。

这种情形，很快就被同一时期的青年诗人穆旦在他的《玫瑰之歌》中吟唱出来：

我长大在古诗词的山水里，我们的太阳也是太古老了，
没有气流的激变，没有山海的倒转，人在单调疲倦中死去。
突进！因为我看见一片新绿从大地的旧根里熊熊燃烧，
我要赶到车站搭一九四〇年的车开向最炽热的熔炉里。

虽然我还没有为饥寒，残酷，绝望，鞭打出过信仰来，
没有热烈地喊过同志，没有流过同情泪，没有闻过血腥，
然而我有过多的无法表现的情感，一颗充满着熔岩的心，
期待深沉明晰的固定，一颗冬日的种子期待着新生。

1940 年穆旦看到了那辆满载“充满熔岩的心”和“旧根里熊熊燃烧”的“新绿”的列车，可惜并没有“开向最炽热的熔炉”。路翎笔下蒋家少爷蒋纯祖从苏州乡下、南京、上海、长江沿线、武汉、重庆直到重庆乡下，一路求索，也没有成功抵达他所渴望的时代和生命的核心。

这没有别的原因，只因为那时候距离他的导师胡风撰写《时间开始了》还差十年，中国生活的新的中心，小说的中央地带的新空间，还远远没有成熟。

8. 乡土中央

一批青年作家在执著地探寻着“中心”和“中央地带”，与此同

时（或在此前后），沈从文的《边城》，艾芜的《南行记》，来自边区政府管辖地的赵树理的乡土小说，无名氏的《北极风情画》，则悄悄宣告文学的“边地”的崛起。但这些“边地”的声音还很细弱，被求索中心的集体的呐喊掩盖着。

20 世纪 50 到 80 年代，中国小说的空间大幅收缩，40 年代四处扩张、上下求索的空间意识被阻断了，剩下来的乡野几乎成为唯一合法的文学描写领地。

《创业史》中接受社会主义教育的青年农民梁生宝对新农村的未来信心满满、十分笃定的神情，与试图通过招工进入城市和工厂的女友徐改霞的犹豫自责，形成鲜明对比。从 50 年代到 80 年代，远在后来的农民工大规模进城之前，城市就曾经吸纳过无数农民，但文学上并没有同步描写中国内部这种巨大的移民现象。《创业史》第一部七十年代末修改版表明，刘少奇代表的向苏联学习的工业化道路与毛泽东代表的坚持农业立国的道路在政治上较量的失败，使得文学空间一边倒，完全倾向乡土。“农村题材小说”一超独霸，几乎成了中国文学的代名词。

“解放”四十多年，小说空间的中央在乡村，虽然社会政治和文化生活的实际并不如此。个别作家的兴趣一开始显然并不在乡村，比如《青春万岁》那帮中学生意识里的中央空间，肯定就在伟大首都，至少是在青年团组织的“夏令营”。

乡村中央图景并非文学反映论的结果，却符合人们想象中的空间建构。长期以来，中国文学艺术家们坚信，社会主义新天新地首先将在乡村建立。对于聚精会神描摹乡土中国的虔诚作家如柳青、周立波、赵树理这三大“圣手”来说，城市生活简直可以视同无物。

这种巨大的意识形态惯性甚至使读者看不到某些乡土作家在乡

土之外的大量作品。比如，善于描写城市、学校、艺术团体和塞外农场的汪曾祺“复出”之后的文学影响力，始终限于他为数不多的几篇乡土小说。但是，翻开《汪曾祺文集》，你就会惊讶地发现，这位大多数中国读者印象中如假包换的乡土作家竟然还写了《寂寞和温暖》《天鹅之死》《七里茶坊》《鸡毛》《徙》《钓人的孩子》《鉴赏家》《八千岁》《王四海的黄昏》《云致秋行状》《晚饭后的故事》《星期天》《八月骄阳》等大量非乡土小说，数量绝对超过人们耳熟能详的那几篇以故乡高邮为背景的乡土小说。

汪曾祺有数的几篇乡土小说建构的空间想象，始终压抑着他更多的非乡土小说的生活空间，这一现象最能说明四十多年来乡土文学的惯性力量之大。

当然也不完全是思维定式所致。汪老的几篇乡土小说确实“复活”了中国乡土的传统情味，描绘乡村（镇）“五行八作”的生活习俗和心理命运的作家没有比汪曾祺更出色的了。他不仅在废名、沈从文的文脉上后来居上，也改写了赵树理、柳青、周立波建构的意识形态笼罩下的乡土，使之转换为习俗人情浸淫下的一片葱茏热土。

80 年代中期以后的“寻根文学”和 90 年代的“新乡土小说”推波助澜，不断为意识形态日益淡化的裸露的乡土空间填充新内容：人性复归、历史重写、家族记忆、地方志建构和灵性赞歌。在汪曾祺矮小飘逸的身影背后，因为省去了“最后一个士大夫”赏鉴品味的功夫，路遥、贾平凹、张炜、韩少功、陈忠实、莫言、铁凝、阎连科们所开拓的乡土空间显得更加丰满而恣肆。曾几何时，这些作家就代表着中国文学的主流，似乎可以一直这样写下去，似乎乡土空间的文学魅力将会永不枯竭。

9. 吞噬一切的都市

但20世纪90年代以后，情况突变。随着城市崛起，许多人不再有恒定的乡土经验和乡土记忆，意识形态导向也无情地从忠于土地的梁生宝滑向忠于以“北、上、广”为核心的新时代的徐改霞们。被冷落四十余年的都市似乎一下子撞入人们的眼帘，反射出夺目的光辉，千娇百媚地诱惑着年轻人：“这里就是罗陀斯，就在这里跳舞吧!”都市化进程催生出自己的写手，写手们反过来也以无限感激之情赋予都市以更加迷人的生活激情和审美光环。

90年代初，中国文学的读者被崛起的都市风熏得烂醉如泥，浑然不顾在这股浑浊粗鄙的都市风吹拂之下，究竟产生了怎样的文化。“新的就是好的”依然是无比强劲的逻辑。

都市是“后新时期”至今中国小说空间的中心，但生活在这个中心的“人”缺乏基本的稳定性，始终保持快速刷新的状态：去势的“小资”（朱文、韩东），另类的“女性”（陈染、林白），颓废的艺术家或城市青年（王朔、邱华栋），崇洋媚外的“宝贝”（王安忆、卫慧），闲来逛街的70后80后逃学小皇帝（西飏），暴发户（何顿、池莉），俱往矣。忍受着“一地鸡毛”的“烦恼人生”的更广大的公务员和小白领很快也被“小时代”的“屌丝一族”（郭敬明、甫跃辉）和怒气冲冲的农民工（朱山坡等）所取代。

新世纪文化弄潮儿一波又一波涌入都市，却无有例外地好像涌入萧天佐的“天门阵”，有去无回。都市是中心，进入中心的人们并不能立刻使自身成为中心的灵魂。都市成了新的“围城”，它虚怀若谷，海纳百川，却又吞噬一切，毁灭一切。它的火热和冷漠一如当年浮躁的乡土。都市尚在建构，都市人却已老去，甚至迅速消逝，恰如闹哄哄你方唱罢我登场的"都市作家"平均的文学寿命。张欣、张梅、林白、陈染、池莉、刘震云、邱华栋、唐颖、卫慧、棉棉、西飏、朱文——多少神奇之笔，多少矫健的身影，而今安在？

10."边地"崛起

作为一种反弹，几乎在都市睡美人醒来的同时，新的文学"边地"异军突起。

这或者起于对熟稔生活的厌倦和逃逸，如早就传入内地的流浪的三毛和去国不返的诗人顾城。或者起于内部放逐与疗伤的期待，如高行健的《灵山》。或者起于好奇和炫耀，如马原的《冈底斯的诱惑》和马建的早期作品，但也并不排斥对熟悉的边地生活的叙说，如扎西达瓦、阿来、"西北八骏"、刘亮程、李娟、马金莲和次仁罗布。

这一路的"边地"作品如果往前回溯，似乎更早应该起于感谢和回忆的"还债的文学"，如早期知青小说、王蒙的《在伊犁》，以及韩少功、何顿、潘婧、韩东、陈行之的"后知青小说"。

此外，朝圣者和皈依者的脚步声也近了。张承志的《九座宫殿》《残月》《西省暗杀考》《心灵史》《金牧场》用超文学笔墨勾勒出另一幅边地风景。但惟其超文学，与史学和神学难以拆分，在"当代小说"谱系上也就难以为继。

代之而起的，是肯定要令张承志、王蒙、阿来等惊讶莫名的"转山者"的写作，如安妮宝贝《莲花》，宁肯《天·藏》、徐兆寿《荒原问道》、李蕾《藏地情人》。这些小说，或为了标榜时尚，或希望在都市中心之外获得疗伤、净化、落定、提升和类似信仰体验的皈依与安息。比如徐兆寿《荒原问道》这样写主人公“夏忠”落难时对于荒原的体悟：

> 放了几年羊以后，他彻底地爱上了荒原。他觉得真正的荒原是这世道，而戈壁荒原才是他丰盈的家园。只有那荒原认可他的一切，只有那荒原不需要他来隐姓埋名。有时候，他看着茫茫戈壁，就觉得踏实。仿佛那里有真的东西，仿佛那里有他的灵魂。他喜欢一句话，放上十年羊，给个皇帝也不当。他在荒原上奔跑了数年之后，便再也没有回北京的想法了。
>
> 钟老汉告诉他，这片荒原并不大，大概要走几天才能走出去。走出去又能怎样？走出去就是人，而有人的地方就有灾难。现在，他觉得荒原对他一如亲人。

但所有的边地空间并未和都市中央隔绝。现代交通工具很容易把边地和中央连成一片。以不同方式走向边地的作家们几乎不约而同牵连着他们留在都市尘俗的思绪。他们绝非完全隔绝中心的自甘陆沉的古之隐者和“逸民”。徐兆寿塑造的夏忠后来还是像张贤亮笔下的牧马人那样，回到兰州这样的次文化中心，仅仅将业已告别的实际的荒原保留在记忆里。红柯的短篇代表作《大漠人家》《额尔齐斯河波浪》以及长篇《西去的骑手》《乌尔禾》更是动情地抒写了人在边地对于遥远的文化中心的眺望。

也有逃向边地的作家渴望在边地另立中心，比如《天·藏》中从法国来的马丁格，从内陆来的王摩诘，希望在世界屋脊触碰失传已久的人类精神的另一个高度，以缓解他们在东西现代文化中心地带日益严重的灭顶之虞。不过，这种心态仍然牵连着在心理上其实只有咫尺之遥的世俗文化中心。

至于“三体”小说（刘慈欣）和其他一些“新科幻小说”，更爱探索地球之外的外空或地表以下的幽暗之所。这属于另一种“边地”，但同样也并未借助“科幻”之刀，斩断其与都市中心的脐带，恰似全球滋生的“华语文学”（又一“边地”?），总是和意欲“离去”的“中心”继续保持暧昧的对话联系。

冲出“铁屋子”之后，经过一个世纪的冲撞、奔突、迟滞、沉沦、迷失、挣扎，至少在小说的空间意识上，中国文学的精神探索还并未完全麻木。凭着人类对空间的本能的敏感，它将一如既往，上下四方，寻寻觅觅。

中国小说的“奇正相生”

1. 小说的“小”和“大”

汉语中“小说”一词，最早见于《庄子》“饰小说以干县令”这句话。庄子原意，是指那些无关道术的琐屑之言。孔、墨、杨各家，庄子都不予认可，统归于“小说”。按庄子的逻辑，其他各家，当然也可以反过来说庄子的书是“小说”。总之这是一句骂人的话，即批评别人的“说”（理论学说）不够正大，与后世作为文学体裁之一的“小说”并无直接的关系，但又并非毫无相通之处。“小说”在历代，不是也被目为残丛小语而无关大道吗？

“县令”者，高名美誉也。今天，小说家们尽管都喜欢打着“真实”“真理”“真善美”“人性”“历史规律”“存在奥秘”等崇高的招牌，但现实中的“高名美誉”大概也是要的吧？因此，尽管庄子的话并非讨论后来才成熟起来的“小说”这门具体的文学形式，却无意中触及了这门文学形式的价值定位问题，也就是触及了小说在人们心目中的价值究竟是“大”还是“小”这个根本问题，所以历来讲小说的人总是念念不忘。

比较起来，班固《汉书·艺文志》所言，已经较为接近后来的“小说”概念：

> 小说家者流，盖出于稗官，街谈巷语，道听途说者之所造也。孔子曰：“虽小道，必有可观者焉，致远恐泥，是以君子弗为也。”然亦弗灭也。闾里小知者之所及，亦使缀而不忘。如或一言可采，此亦刍荛狂夫之议也。

班固删节刘向刘歆父子纂集的大型图书《七略》为《艺文志》，“小说”十五家附《诸子略》之后。他怕别人不懂其用心，讲了上面一段话，算是替“小说”正名吧。“孔子曰”一句，查《论语》，是子夏说的。或谓班固引了另一版本的《论语》，而即便出于子夏之口，估计也是接闻于孔子。不管是孔子还是子夏，他们所讲的也都与后来的小说无关。班固主要是取了这句话的下半截，认为小说或有可观，但也不必太看重，因为毕竟只是“刍荛狂夫之议”。“刍荛”是什么意思呢？《诗经·大雅·板》：“先民有言，询于刍荛”，有人说“刍荛”本来是做柴火的野草，引申为像野草那样的贱民，或砍野草做柴火的贱民。总之是贱民。“先民”（古之圣贤）垂诫：这些贱民中间的“狂夫之议”，执政者也要听听！

班固从《论语》跳到《诗经》，来头更大了，给小说的定位也更清晰：无论谁，做小说时已自居于“刍荛”的地位，目的是想让在上者倾听其肺腑之言。

有人说“稗官”之于“小说”，相当于周代的“行人”之于“采诗”传统。学者们研究古时候“稗官”究竟属于怎样一种行政级别，具体分管哪些事情，“小说”的收集与“稗官”到底有没有关系。这类文章已经不少[1]。但鲁迅怀疑是否真有“稗官”采集“小说”这回事，他认为上古“神话”与“传说”慢慢演进，“则正事归为史；逸史即变为小说了”[2]。在鲁迅看来，小说和历史都起源于神话传说，只不过历史学家将神话传说中他们认为属于“正事”的部分拿去做了历史材料，小说家则拣了历史学家看不上眼的“逸史”部分，做了小说的材料。小说本是历史的孪生兄弟，所以它虽然“小”，却又往往不安其位，拼命要“大”起来。

因为是“干县令”的玩意儿（“干”的意思是“博取”“追求”），是“街谈巷语，道听途说之所造”，是“闾里小知者之所及”，是“君子弗为”的“刍荛狂夫之议”，是为“正史”所排斥的“逸史”，故汉代以后，小说名目虽确立，地位始终十分卑下。读书人写了小说，绝大多数不敢署真名实姓，害怕堕为“刍荛”。近代学西洋，小说地位骤升，“五四”以后更加兴旺，甚至如鲁迅所言，“弄得像不看小说就不是人似的”。于是一哄而上，大家都来写小说，而且唯恐别人不知是谁写的。两千多年位卑身贱的历史，几乎忘得一干二净。但主观上忘记，不等于客观上不存在，“干县令”甚而至于“干”到“县令”的小说家们有时确实也能风光一阵，但结果往往照例还是弄得灰头土脸。

因此即使在小说流行开来之后，即使是小说超过诗歌和文章，成了文学正宗的现代，它也并没有完全摆脱“小”的地位，真正地“大”起来。

---

〔1〕参看陈广宏《小说家出于稗官说新考》，收入陈广宏著《文学史的文化叙事》页19—38，复旦大学出版社2012年12月第1版。

〔2〕本文所引鲁迅论古小说之语，皆出自《中国小说史略》，为关心小说者所熟知，恕不一一注明，以省篇幅。

2. 小说家“数奇”而“好奇”

汉武帝告诫大将军卫青，“李广老，数奇，毋令当单于”，意思是李广老了，命相不好，别让他率部正面迎战匈奴的主力。这就是“李广难封”的原因。小说家也像“数奇（ji）”的李广，命相不好，不堪重用。但他们不甘心，用庄子的话说，老想“干县令”，这就势必要将小说装饰一番，而且务必要“饰”得好看。结果好看是好看了，却带来总也改不了的特点，就是“奇”（qi）。

两千多年来，小说家们都“尚奇”“好奇”，都知道要想好，必须奇。奇怪、奇异、奇特、奇崛、奇幻、奇妙，几乎是小说家们的终极关怀。在这方面，小说家颇像周游列国希图说动人主的游士，《鬼谷子》说吃这碗饭的人，“正不如奇，奇流而不止者也。故说人主者必与之言奇”。人主面前，人才济济，各种良法美意，不知听了多少，如果开口不能先声夺人，出奇制胜，那也确实难以挤到谋士说客的圈子里去。小说家们不也这样吗？看了一两页，还没有奇峰突起之笔，谁高兴再看下去？你必须时时刻刻给读者一点新奇的东西来刺激他们的胃口，但你也必须时刻准备着为此付出代价，因为一味好奇，固然抓住了读者，却很可能偏离大家伙心目中的那个正道，最终得不偿失。

“数奇”的小说家专门写“好奇”的小说，这是讲中国小说时不能忽略的一个事实。

3.“奇”“正”共生与转换

班固著录汉以前小说一千三百八十篇，全部散佚，可以不论。与后世小说关系紧密者，按鲁迅《中国小说史略》顺序，有魏晋

“志怪”和“志人”，唐“传奇”，宋元“话本”和“拟话本”，明的“讲史演义”（《三国演义》《水浒传》）、“神魔小说”（《西游记》《封神榜》）、“人情小说”（《金瓶梅》），清的“拟晋唐小说”（蒲松龄、纪晓岚）、“讽刺小说”（《儒林外史》）、“人情小说”（《红楼梦》）、“以小说见才学者”（《镜花缘》），以至“狭邪”（《海上花列传》）、“侠义”（《七侠五义》）和“谴责”（《官场现形记》）——代有嬗变，然而终于不脱怪怪奇奇，终于还是“尚奇”和“好奇”。

即使被鲁迅誉为“传统的思想和写法都打破了”的《红楼梦》，也要“空空道人”抄去，“问世传奇”。从魏晋以迄“现当代”，小说史上“奇人奇事”不绝如缕。鲁迅俨乎其然要给阿Q作“正”传，但谁都知道这是作者掉弄枪花，他其实是要给阿Q作“传奇”的。张爱玲将她的第一部小说集取名为《传奇》，跟这个传统也可谓一脉相承。

这在“守正”的人看来，当然不足为训。据陈寅恪先生考证，唐代古文运动与小说关系颇深，古文大家韩愈、柳宗元都有小说行世。但一般做文章的人还是习惯地轻视小说，贬为“传奇”。韩愈偶尔技痒写了几篇，他的学生张籍就急忙来信，提醒他不要乱来：“比见执事多尚驳杂无实之说，使人陈之于前以为欢，此有以累于令德”，害得韩愈只好以孔子也爱开玩笑，而《诗经·卫风·淇奥》又说“善戏谑兮，不为虐矣”来自辩。但张籍并不让步，再次来信，劝韩愈收手：“是扰气害性，不得其正矣。苟正直不得，曷所不至焉？”张籍认为“驳杂无实”的小说有害“气”“性”，“不得其正”，而失掉了“正”，还有什么坏结果不会发生呢？果然，《旧唐书·韩愈传》就说韩愈《毛颖传》之类小说，“讥戏不近人情，此文章之甚纰缪者。”[1]在这种风气下，裴铏大胆地名其书曰《传奇》，就有点以示抗议的味道。他也确实由此道出了小说的特点就在于传写奇人奇事。

但起初的“奇”，倒并非刻意“幻设”。比如“志怪小说”，后人固然看到了鲁迅所谓的“张皇鬼神，称道灵异”的特点，但六朝人本来是信以为真的。吴均《续齐谐记》中那个著名的“阳羡书生笼鹅记”，就没有人以为是假的。鲁迅说六朝的作者把怪人怪事收集起来，“大抵一如今日之记新闻”。照此说来，被网友称为“新闻串烧”的余华最新长篇小说《第七天》，也就是当今的“志怪”了。

“志怪”，是鲁迅为方便现代读者的理解，而吸取明代胡应麟《少室山房笔丛》的分类法，给六朝这一路小说所起的名字，但鲁迅提醒我们，这些“志怪”当时却是“纪实”。《旧唐书·艺文志》把“志怪”归入历史传记，直到欧阳修才放在小说类，即此一点，也可以见出历代文人对于“志怪小说”的看法。直接地说，是很把它当真的。至于“志人”杰作《世说新语》，就更是“一部名士的教科书”(鲁迅语)。要做名士非看不可，何怪之有？

在正统诗文作者眼里，小说家的特点是“尚奇”，小说的特点是“传奇”，而小说家却以为这才是人生的实相，也就是“正”。相反，别人以为“正”的，他们倒觉得不算什么，甚至属于另一种“奇”了。

《狂人日记》有言：“从来如此，便对么?”小说家对“从来如此”不感兴趣，他们要写“从来如此”的中断和突变，也就是与平常相对的反常，因此落了个“好奇”的名声。但为了把“反常”写

[1] 陈寅恪《韩愈与唐代小说》，《陈寅恪集·讲义及杂稿》页440—444，生活·读书·新知三联书店2002年5月第1版；

得出色，也不能完全丢开“平常”，也就是不能完全丢开众人眼里的那个“正”，甚至必须与众人眼里的那个“正”和平共处，或暗地里较量一番，证明自己写出来的“奇”在价值上或许还超过了众人眼里的那个“正”。

这就有了“正”与“奇”两大元素的杂糅共生与相互转换。

比如《肉蒲团》《九尾龟》《痴婆子传》之类，明明“奇淫无比”，末后总要归之于“正”，发一通善恶因果的教训，让人弄不清作者是讲正经话，还是开玩笑。《西游记》明明异想天开，滑稽透顶，就连鲁迅和胡适也一致认为它的特点在于“好玩”，但偏有人追问其微言大义，或说它是“成佛要道”，是“学道”的指南。所以这中间就有奇与正彼此的对垒和角力，也有奇与正相互渗透和转换的情况。

4.《三国演义》《西游记》《金瓶梅》《红楼梦》的奇与正

看中国古代小说，就像坐跷跷板，一端是“奇”，一端是“正”，颠个没完。不会看的浑身酸痛，会看的却很舒服，一边颠着，一边就解开了许多纠结。

比如《三国演义》，七分忠实于《三国志》等史书，是“正”；三分添油加醋，是“奇”。实多虚少，“正”过于“奇”，读者在一些细节上就容易被误导，往往连虚构的也信以为真。清初文坛盟主王渔洋就闹了笑话，写过“落凤坡吊庞士元”的诗。“落凤坡”是《三国演义》里的虚构，王大诗人被闹昏了头，分不清虚实奇正。这就很好玩。

《西游记》写那么多妖精干嘛？鲁迅说，它的好处在于“神魔皆有人情，精魅亦通世故”。“神魔精魅”是“幻设”，谁也没见过，奇而又奇。可一旦“有人情”“通世故”，就返之于正，不妨当正常人去看了，或者不妨看作正常人带了妖精的面具在演戏。

再如《水浒》英雄，大多写得豪气干云，武功盖世，一看就不真实，属于“奇”。但也有打虎将李忠，做过九纹龙史进的师傅，武功平平，银钱上也极不爽气，为鲁智深所鄙视，但你想想看，这样写李忠，岂不更真实吗？《水浒》一百单八将，像李忠这样具有常人性格常人能耐的不少，但都被豪气干云武功盖世的俗套罩住了，轻易看不出。但如果仔细分析，在梁山英雄奇奇怪怪的心理言行背后，多少还是能看出常人的骨骼，从而知道作者虽然一味“好奇”，但也并非完全不能体察凡人的心。

《金瓶梅》属“四大奇书”之一，多数人以为其“奇”在“淫”。明朝就有个叫袁照的人指斥它“鄙秽百端，不堪入目”。著名文士沈德符甚至不敢怂恿书坊购刻，“一刻即家传户到，坏人心术，他日阎罗究诘始祸，何辞置对？”这种道德恐惧症险些埋没了《金瓶梅》。其实比较接近原著的词话本，明朝人看全的并不多。大力肯定该书的袁中道、袁宏道兄弟一开始也并没有看到全本。20 世纪 30 年代初，《金瓶梅词话》重见天日，当时被北平图书馆购得，马廉、胡适、鲁迅、郑振铎、赵万里、孙楷第、徐森玉等人捐资，以“北平古佚小说刊行会”的名义，在北平和东京两地各影印 104 和 300 本，如今已属世间珍品。当时限于翻刻技术，难称精良。该本现藏台湾故宫博物院。另两种类似版本则先后于 1941 和 1962 年发现于日本，其一为日光山轮王寺慈眼堂所藏“日光本”，另一为江户时代德山藩主毛利氏家传“毛利本”（近归日本周南市美术博物馆收藏）。天壤间仅存较近原著的这三部刻本，普通读者不易借阅。所幸三书先后皆被翻刻，虽各有瑕疵，但合而观之，大致还是能看到明朝许多读者不曾看到的较近原著的本子[1]，其所谓“奇淫无比”的恶谥也就可以卸去。

这倒并非说《金瓶梅》毫不写淫秽场面，但其一，淫秽场面并不多；其二，作者只按照描写人物叙述事件的必要适当铺排，并未节外生枝，为淫秽而淫秽，一天到晚写个没完；其三，也是最重要的，读者丝毫感觉不到作者有意的挑逗与夸张，相反倒不难体会到作者是带着悲悯心去描写世间男女所必有的性事（包括某些偶尔的变态行为)。说《金瓶梅》是“奇书”没错，但若说它的“奇”就只在其“淫”，这要么是未睹全豹而人云亦云，要么就是淫者见淫。

《金瓶梅》的“奇”与“淫”无关，也与书中道及的佛、道两教的神迹奇事无关。作者写佛、道两教，主要抨击其末流的诓骗钱财，此外也只写了李瓶儿病重时梦见过去的丈夫花子虚来纠缠，花子虚的鬼魂化作一团黑影惊吓西门庆，以及最后孝哥的收场。鲁迅说，“此类事状，固若玮奇，然亦第谓种业留遗，累世如一，出离之道，惟在‘明悟’而已。”《金瓶梅》作者并不相信这类神鬼之事，也不刻意铺张，它在这方面的兴趣恐怕还比不上有意模仿的贾平凹的《废都》。

《金瓶梅》之“奇”无关乎“淫”和“神鬼”，而在于它太真实。站在现实主义的立场来看，就是太“正”了。它将世人以为有价值的东西统统撕毁了给读者看，它对“酒色财气”的警戒，不是曲终奏雅，劝一讽百，而是一笔一画耐心并且精心地描摹出来，让你一读之下，觉得许多人视为命根子的“酒色财气”四字，原来竟然那么虚空！它的巨大的艺术感染力不在于空洞的说教，而在于由具体

[1] 关于这三种《金瓶梅词话》的版本优劣，参看黄霖的最新研究《关于〈金瓶梅〉词话本的几个问题》，《文学遗产》2015 年 5 期，页 15—30。

描写产生的巨大说服力。

袁中道写信告诉董其昌，《金瓶梅》“云霞满纸，胜于枚生《七发》多矣。”这是有道理的。枚乘《七发》就是空有说教而缺乏具体描写的感染力。看《金瓶梅》，不怕它有限的淫秽场面的描写，倒要怕在作者细致描写的包括淫秽场面在内的烈火烹油鲜花著锦的生活之后无法回避的比这一切更要真实也更难以躲避的真正的空虚。在中国文化史上，比起那些凭空叫人放下现世享乐的说教，比起那些鼓励人们拼命享受人生的同样空洞的另一种说教，《金瓶梅》都显得罕见的“奇”，也罕见的“正”。

鲁迅 1933 年才收到《金瓶梅词话》全书[1]，20 年代初讲中国小说史，所据只是清代以来的通行本，但他目光如炬，认为“作者之于世情，盖极洞达，凡所形容，或条畅，或曲折，或刻露而尽相，或幽伏而含讥，或一时并写两面，使之相形，变幻之情，随在显见，同时说部，无以上之。”至于峻急之言和淫秽描写，他的看法则是：“故就文辞与意象观《金瓶梅》，则不外描写世情，尽其情伪，又缘衰世，万事不纲，爰发苦言，每极峻急，然亦多涉隐曲，猥黩者多，后或略其他文，专注此点，因予恶谥，谓之‘淫书’；而在当时，实亦时尚。”对这本“奇书”，鲁迅的看法是多么的“正”！我们也因此可以想见这本“奇书”的奇正相生。

一部《红楼梦》，“大荒山”“无稽岩”“青埂峰”“太虚幻境”是“奇”，现实世界是“正”。大观园内外也有奇与正不共戴天的两个天

---

〔1〕1933 年 5 月 31 日鲁迅日记：“三十一日晴。上午收到北平古佚小说刊行会景印之《金瓶梅词话》一部二十本，又绘图一本，预约价三十元，去年付讫。”这是鲁迅首次获睹全本《金瓶梅词话》，当时由北平古佚小说刊行会影印，世称“古佚本”，其原本则是现存台湾故宫博物院的“台藏本”。

地，大观园之内奇与正的分野也很清楚。这是《红楼梦》错综复杂的“两个世界”。如果说跟宝玉思想性情接近的黛玉、晴雯是“奇”，那么跟宝钗接近的太太、小姐、丫鬟就是“正”。当然这是世俗眼光，作者心目中正要倒过来。至于《红楼梦》第二回关于古来人物“正邪二赋”之说，虽借小说人物贾雨村之口道出，也多少反映了作者的真实想法。所谓“正邪二赋”，和兵法及文论上所谓的“奇正”关系或许也有一些渊源吧。

这是思想基本混一的传统小说的大致情形。

5. 司马迁“爱奇”

我一直奇怪，鲁迅先生研究中国小说史，为何那么严格地取材于中国传统版本目录学明确标示的“小说”类作品，而置最发达的历史著作于不顾，另外放在《汉文学史纲要》中作为史传文学来处理。其实许多历史著作的小说味道也很浓厚，即使撇开“正史”的观念和史实的叙述，仅就叙述笔法而言，对后世小说的影响也非常深远。否则，明清两代小说评点就不会经常以《左传》《史记》《汉书》的笔法来比附小说家的技巧与用心了。

而且历史叙述也讲究奇正关系。《尚书》《左传》《国语》《战国策》和先秦诸子的叙事文字及寓言故事，俨乎其然之外，总有奇人异事醒人耳目。到了司马迁则明目张胆，更是大写特写。他还借司马相如之口说：

> 盖世必有非常之人，然后有非常之事；有非常之事，然后有非常之功。非常者，固常人之所异也。

这不啻他写人写事的准则。苏辙很欣赏这个，他称赞司马迁“其文疏荡，颇有奇气”。但班彪批评司马迁“其论述学，则崇黄老而薄《五经》；序货殖则轻仁义而羞贫贱，道游侠则贱守节而贵俗功：此其大敝伤道，所以遇极刑之咎也。”班固跟他老子一个鼻孔出气：“其是非颇缪于圣人，论大道而先黄老而后六经，序游侠则退处士而进奸雄，述货殖则崇势利而羞贱贫，此其所蔽也。”唐朝司马贞说：“然其人好奇而词省，故事覈而文微。”就连识见超群的刘勰也惋惜司马迁是“爱奇反经之尤”，贬《史记》而崇《汉书》。其实《汉书》受《史记》影响，并非一本正经到底，但比较《汉书》袭取《史记》的人物列传，《史记》原文确实比《汉书》多。这多出来的部分往往就专注于“非常之人”“非常之事”“非常之功”，又用当时白话，颇近于“小说”。鲁迅说司马迁“恨为弄臣，寄心楮墨，感身世之戮辱，传畸人于千秋，虽背《春秋》之义，固不失为史家之绝唱，无韵之《离骚》矣”，可谓独具只眼。后两句众所周知，其实“传畸人于千秋”也是点睛之笔。《史记》人物列传基本都是“传畸人于千秋”。“畸人”者，“非常之人”也，所以《史记》人物列传，多数可以当小说看，对后世短篇小说影响极大。

“畸人”原本都是常人，但司马迁“感身世之戮辱”，用特殊心态、眼光和手段悟到并写出常人的不凡，将无甚稀奇的常人写成“畸人”，但常人那一面仍保留下来。所以对司马迁公正的批评应是“守正尚奇”，或借用《文心雕龙·定势》的话，“旧炼之才，则执正以驭奇”，换言之，就是在常人的“正”的基础上，写出常人的被忽略的不凡，而这不凡恰恰是每个常人都可能具有的人性光辉，只不过平时难以显现罢了。

臻乎此境，就不是一味“尚奇”，而是在平凡中发现不凡，深得叙事艺术的三昧了。

6. 现当代小说中的奇正关系

新旧思潮激荡的“现当代”，奇正关系更多变化。

新文学家们喜欢塑造新派人物，1949 年以后鼓励写英雄，写风流人物。但在悠久传统背景下，新派、英雄、风流人物毕竟占少数，是“奇”，尽管作者们以为这些少数才代表“正”。这就如鲁迅笔下，在世人看来性情和观念都十分古怪的“狂人”“魏连殳”“吕纬甫”，在新文学内部却向来就被视为新派智识者的主流，认真说来，他们和 1949 年之后的“英雄人物”，都是“奇正相生”，如贾雨村所谓的“正邪二赋”，只不过奇正的内涵，因人而异。

阿 Q 也是。说他“奇”，因他滑稽可笑，超出自命正常的人不知多少倍。说他“正”，因他竟有那么多正宗思想。说他“奇正相生”，因他的“奇”恰恰在于汇集了许多“正”。奇正并非泾渭分明，而是彼此对垒又互相烘托、映照、渗透乃至转换。非正不显奇，非奇不显正。巴金《家》中，觉慧三兄弟与高老太爷、觉慧、觉民与大哥觉新，《创业史》中英雄人物梁生宝与落后人物梁山老汉，王蒙的《活动变人形》，韩少功的《怒目金刚》，都体现了奇正依存、缺一不可的辩证法。

不妨多说几句《创业史》中的梁生宝。他是作者竭力塑造的社会主义农村思想进步形象高大的正派青年农民，但这个“正”的人物身上又具有太多的“奇”。梁生宝并非梁三老汉亲生，而是老汉年轻时收留的乞讨流浪到本地的一个寡妇的儿子。作者为何不写这对父子具有血缘关系？不知道，反正有点“奇”。

其次，梁生宝的恋爱和婚姻相当曲折，也可说相当“忙碌”。他先是与梁三领来的童养媳结婚，但夫妻关系冷淡。作者并未刻意暗示他们只有夫妻之名而无夫妻之实，只不过强调梁生宝始终的冷淡。童养媳死后，他作为丈夫也不去上坟烧纸，而听任心地善良的梁三老汉的代庖。

第三，他虽然和远近闻名的贤惠又漂亮的姑娘徐改霞真诚相爱，却硬是一直没机会、也硬是一直不肯主动争取机会，向对方表白，或听取对方的表白。这一点，作者写得貌似巧妙，其实相当勉强，显然是有意为之。

第四，小说还穿插着村里的小媳妇素芳对梁生宝的暗恋，这在当时同类题材小说中也很罕见。

第五，到了柳青晚年修改的《创业史》第二部，梁生宝又碰上了另一个妇女，同样是积极分子，却是离过婚的，终于有机会彼此表白了，但味道与他和徐改霞之间完全不一样，仔细看起来，两人其实并无真实的感情基础，好像仅仅因为同属先进人物而已。而且，为什么偏偏又是一个离婚女子呢？不知道，反正还是有点“奇”。

第六，作者处处强调梁生宝对异性的兴趣不大，却毫不忌讳地写他和村里追求进步的已婚男性青年农民亲热地同床共枕，彻夜长谈。这在小说中叫作“拍夜”，就是古人所谓的“连床夜话”吧，作者还特地说明，梁生宝跟这些同性的青年积极分子之间的感情，远远超过了夫妻之间的情爱。这一点，不能不说是梁生宝形象塑造上的奇中之奇。

在同时期小说中，英雄人物异于常人的奇特之处固随处都有，但像严肃的现实主义作家柳青这样写梁生宝爱情、婚姻乃至性取向上这种种奇异之处，则绝无仅有。为什么？作家忠实于生活，非写不可吗？还是小说家“爱奇”的天性使然？都很难说。

7. 创作与批评皆须“执正驭奇”

所谓“奇”与“正”，取决于我们观察问题的立场，总是相对而言，不会一成不变。

前文提到六朝志怪，鲁迅说其特点是“张皇鬼神，称道灵异”，今天看来自然是“奇”了，然而当时的人们是信以为真。

一部中国小说史，道家和道教的思想几乎贯穿始终，充满了鲁迅所谓“中国的奇想”，但如果让信奉道家或道教的人看来，也没什么“奇”，他们反而觉得很“正”。

远的不多说了，就看“五四”以来，起初小说原本是鸳鸯蝴蝶派的天下，只因为有了鲁迅所开创的现代小说，算是在鸳蝴派小说世界撕开一道缺口。当时双方都以为自己是“正”，对方是“奇”。“五四”新小说因为吸收了西洋和世界的观念和写法，对整个中国小说传统来说应该是“奇”，但这个“奇”后来成了文坛主流，成了新的正统，“现代”时期的广大读者习惯的言情、公案、武侠、灵怪，到了 1949 年以后，倒反而成为“奇”了。

又比如“现实主义文学”被奉为正宗之后，反现实、非现实、魔幻现实主义的写法统统成了“奇”。20 世纪 80 年代中期崛起的“寻根”“先锋”，在现实主义文学传统中就是一个奇怪的异数。然而当时——甚至直到现在——由于大家实在领教了僵化的外在强制性的虚伪的现实主义是怎么回事，而真正的经典现实主义（特别是中国读者所喜爱的批判现实主义）又千呼万唤不出来，80—90 年代的中国文坛一度就曾经以“寻根”“先锋”为正统，像路遥《平凡的世界》恪守传统现实主义路子的写法，反而成了异类，尽管多种阅读排行榜上一直被置顶，但至今还很难在主流的文学史上获得应有的地位。

新世纪以来，经过现实主义、多少带点魔幻色彩的“寻根文学”、注重形式和语言实验的“先锋文学”的三重洗礼，小说的主流又进入了“新写实”时代，文学杂志上也确实比较多地看到回归琐碎现实、信息量密集、当下生活气息浓厚、混合着大量新鲜生猛的观念和语言的作品。但这类作品日益增多，渐渐也显得过于正统了，都跟一个模子套出来似的，差别只在时间、地点和人物身份的不同而已。于是新的“奇”招也纷纷出笼：仍然是写实，但巧合、寓言、传奇以及异想天开的所谓“思想”的成分不断加重，而这些因素加重到一定程度，自然又会走向“写实”的对立面。

伊恩·瓦特在其《小说的兴起》中认为，西方之所以在18世纪晚期将叙写真实的个人经验的作品定名为“小说”（Novel的原义是“新颖”“奇异”），就因为“个人经验总是独特的，因而也是新鲜的”，叙写这种个人经验的“小说”必然要“全面挑战”古典主义和文艺复兴时期“正统的文学观念”，而“给予了独特性，新颖性以前所未有的重视”[1]。伊恩·瓦特所谓的“小说”实际上是西方叙事文学史上的一个特殊阶段，而他所谓“小说”的特性在于挑战正统文学观念的“独特性，新颖性”，也主要立足于小说所反映的“个人经验”，因此是有其特定所指和特殊范围，不像中国的小说，延续数千年，都存在不一定基于“个人经验”的“正统”与“独特性，新颖性”相生相克的关系。考察“新世纪”中国小说，也正如考察所有时代的中国小说，“奇”与“正”相生相克的关系应该特别值得关注。

---

〔1〕高原、董红均译伊恩·瓦特《小说的兴起——笛福、理查逊、菲尔丁研究》，页2，页6，三联书店1992年6月第1版。

一味尚奇，全失正解，这类小说，境界自然不高。当然也有“奇过于正”，但仍然不失为“奇正相生”的，比如郁达夫钟情于虐恋而直叙胸臆，茅盾酷爱写乳峰而不忘民族工业的命运，老舍《猫城记》一味幻设，沈从文抬高乡野控诉城市，施蛰存盯住脐下三寸，张爱玲逃避革命专写“姘居”，奇则奇矣，却无不贴着基本人性来下笔。当代作家贾平凹、莫言、余华、残雪、李洱、格非、阎连科、韩东、朱文、毕飞宇、麦家、艾伟、朱山坡、乔叶、鲁敏、盛可以、周弋舟等，大写蛮性的蠢动、扭曲的人伦、精致的调皮、暴力的场景、极端的巧合、极度的意外，但大多还是各有一片天地，对应着众人心目中的“中国”与“当代”，不至于完全离谱。

中国本尚奇，被卡夫卡、马尔克斯、博尔赫斯、昆德拉之流稍一煽动，更容易深入“奇”途。这就需要节制，毋使其过。比如麦家把记忆力、数学和密电码写得奇而又奇，但只要始终瞄准历史、社会、制度、人心、人性之类永恒的问题，就还是奇中有正，跷跷板大体平衡。

鲁迅推崇果戈理“独特之处”在于“用平常事，平常话，深刻的显出当时地主的无聊生活”。他举《死魂灵》第四章为例说，“这些极平常的，或者简直近于没有事情的悲剧，正如无声的言语一样，非由诗人画出它的形象来，是很不容易觉察的。”但鲁迅本人其实也“尚奇”。《呐喊》《彷徨》《故事新编》都是写精神上的“畸人”“病人”“狂人”。祥林嫂平凡无奇，是普通意识里的“正”，但她竟担心“魂灵的有无”，而且因此抑郁而终，这就跟阿 Q 一样，也是“奇正相生”了。写法上，《阿 Q 正传》采用《儒林外史》白描、讽刺和“事与其来俱起，亦与其去俱讫”的路子，是大家熟悉的“正”，但阿 Q 临刑时突然想到四年前遇见的饿狼的眼睛，就令那时的读者感到“奇”了。

“几乎无事”说的是取材，但之所以感人，还需要作家们善于化“无事”为“有事”，从常人、常事、常言中努力开掘，显出不凡的新意。汪曾祺、陆文夫、路遥、高晓声、铁凝、范小青、刘庆邦、王祥夫等，都善于走这个路子。

奇正思想源远流长。老子说“以正治国，以奇用兵”。《孙子兵法》：“战势不过奇正——奇正相生，如循环之无端，孰能穷之?”《孙膑兵法》：“形以应形，正也；无形而制形，奇也。奇正无穷，分也。”《鬼谷子》：“正不如奇，奇流而不止者也。故说人主者必与之言奇。”刘勰借用“兵谋无方，而奇正有象”的兵法思想，阐明奇正相生如何体现于文学，他认为“执正驭奇”才是正路。

刘勰在《文心雕龙·定势》中提出“执正驭奇”的主张，又在《知音》中将“执正驭奇”确定为他的“六观”之一（“一观位体，二观置词，三观通变，四观奇正，五观事义，六观宫商”）。他根据“执正驭奇”的原则批评具体作家作品（比如司马迁《史记》）或有未当，但“执正驭奇”本身仍不失为可运用于中国古代诗文词曲小说等所有文学形式的一条普遍的批评原则，事实上刘勰之后，以“奇正”关系讨论文学的代有其人，直到晚清刘熙载还在他的《艺概》中将“奇正”作为一个重要的批评范畴来讨论〔1〕。

奇正这对“古代文论”的范畴对我们今天小说批评和小说研究也不无启发。比如，如今写小说，倘若全无奇气，一味守正，像某些“新历史小说”，不敢越“正史”雷池一步，或者本无创见，却一心翻案，这都是变相的历史教科书，味同嚼蜡。但如果毫没有平常

---

〔1〕参见李国新《刘熙载〈艺概〉“奇正”论》，《楚雄师范学院学报》2011 年 2 月第二十六卷第二期。

熟悉的“正”做底子，不在这条正路上努力开掘新意，只管一路奇下去，奇而又奇，则成谲怪。比如今天若再学六朝人大写“志怪”，学晋唐人大做“传奇”，就是腹中空空，故弄玄虚了。

一味守正，毫无生气，读者自然寥寥。一味尚奇，装神弄鬼，读者却颇易被蛊惑。时人不察，一见“悬疑”，一听“穿越”，一看“盗墓”，一睹“僵尸”，一遇刻意的搞怪、失控的夸张、做作的异端、卖弄的“先锋”，往往都会五体投地，匍匐在文化垃圾制造者脚下，怂恿得他们益发恣肆起来，最后一同堕入魔道。

救之之术，在奇正相生，使“正”得无聊的东西羞于出手，“奇”得离谱的货色无人理睬。

“各式各样的小说”

1. 历史梳理法与“类型学”研究之不足

“新时期”至今四十多年，再上溯“五四新文学”至今百余年，我们这个文学大国产生了无数小说和小说家，至少在小说的体量上，没有哪个国家可以跟我们比拼。仅此一点，尚足以令人欣慰。

对这个现象，普通读者或许并不觉得有什么问题。他们阅读小说，遇到什么就是什么，很少有精心的计划，也不承担甄别、挑选和评价的责任。但小说的持续“高产”忙坏了批评家和文学史家。他们一边抱怨“高产可畏”，一边还是不得不勉为其难，为高产的小说进行历史叙事、类型划分与高下的判别。

小说的世界既如此丰富多彩，有没有简单易行的整体把握的方法？比如你遇到对中国文学一无所知的外国朋友，倘若他们问起中国（特别是现当代）小说都有哪些特点，该怎样回答才好呢？

关于这个问题，哪怕专业研究小说的人也未必能够马上给出合适的解答。当然，历来就有一种据说最可靠的方法，就是历史梳理法，按照中国小说历史变迁的轨迹，逐一分析介绍各阶段的特点。

但这种方法太过学术化，等于要讲述一部完整的小说史，普通读者哪里吃得消？

近年来，还出现了另一种从整体上把握中国小说的简单易行之法，即“类型学”小说研究，按题材、写法把中国小说划分、整理、抽象、归结成若干“类型”，比如“历史小说”“反腐小说”“官场小说”“言情小说”“孽恋（同志）小说”“盗墓小说”“宫斗小说”“谍战小说”“犯罪小说”“侦探小说”“穿越小说”“玄幻小说”“科幻小说”“修真小说”等，类似于以往“农村题材小说”“工业题材小说”“都市小说”“军旅小说”“打工小说”“武侠小说”“史诗性小说”“流浪汉体小说”“成长小说”“励志小说”“商战小说”等。

“类型学”的划分并非毫无根据，一部小说，特别是长篇，分析起来，总有一些特征跟别的小说相似。把这些相似的特征归结起来，就是某一种似乎可以超越具体作品的“类型”了。问题在于，所谓“类型”，都是从具体作品中抽象出来的一些特征，好比人身上都有水分，但其他的动物身上也有水分，我们可以说人和动物都是有水分的活物，但不能因为都有水分，就说人和动物是同一个“类型”。比如，陀思妥耶夫斯基《罪与罚》写到一个侦探破案，锲而不舍，最后终于将杀人犯大学生拉斯柯尔尼科夫绳之以法，如果我们因此就说《罪与罚》是“犯罪小说”或“侦探小说”，这当然也没错，却丝毫也无助于了解《罪与罚》区别于一般“犯罪小说”“侦探小说”的地方。

再比如，为了更精准地把握“科幻小说”的“类型学”特征，学术界又有“软科幻”与“硬科幻”之分。但这依旧无法穷尽所有“科幻小说”相互之间丰富的差异性。大概也是这个缘故吧，对于某些极具个性的科幻小说，人们干脆不用“科幻”这个统称，而赋予它们更为具体的名称——比如就用刘慈欣本人的书名直接称他的“地球往事三部曲”为“三体小说”。

如果某部作品仅仅按照某一种类型创作出来，这部作品肯定没有阅读的价值。如果某部作品是数种“类型”的融合，那么融合之后的具体作品就不再属于任何类型，任何现成的“类型学”也都不能恰好套在这具体作品之上。

所以，为了纯粹学术的目的，作为一种初步的把握方式，不妨对小说进行“类型学”研究。但是反过来，用“类型学”方法研究具体作品，甚至用“类型学”方法从整体上把握中国小说，就很不可取。

2. “各式各样的小说”与“本色”

历史叙述的方法太学术化，“类型学”方法的局限又太明显，那么是否根本就不存在从整体上把握中国小说的简单易行的方法？

并非如此。我觉得这样的方式，还是有的。

这里不妨提到 20 世纪 80 年代中期作家李陀的一篇引起过轰动的文章《“各式各样的小说”》。标题加了引号，因为这不是李陀的发明，他是借用了中国现代天才女作家萧红的名言。萧红本人的小说独标一格，她回忆鲁迅的那篇著名长文在众多鲁迅回忆录中也鹤立鸡群。但萧红有关小说的论述则甚为朴素。正是这种朴素的提法，才是对变化多端、不主故常的小说世界最贴切的描绘。

有一则故事，说某大户人家新建一座种满竹子的庭园，请一位饱学之士题名。这位满口答应，回家才发现，要取一个既贴切又创新的名字实在太难。苦思冥索数月，终于觉得可以交差了。主人一看，初则愕然，继则释然、欣然：他的庭园终于有了一个最不俗气的名字：“竹园”。

周作人很爱讲这个故事，他认为这是对何谓“本色”文章最好的阐释。

萧红关于小说的说法，也当得起“本色”二字。数来数去，也只有“各式各样”四字，最能帮助读者用包容的心态来理解这一百多年或近四十余年的中国小说，也只有这四字最能帮助我们的作家推开条条框框，听从生活的召唤，忠于自己的生命，进行天马行空的创造。

3.“真正好的小说，既是小说，也是别的什么”

系列短篇小说《在伊犁》为王蒙赢得许多作家同行的赞赏，但直到 1984 年底，当王蒙将这八篇写伊犁的故事编辑成册准备出版时，他还在“后记”里抱怨说，早就有读者反映，他的作品“愈来愈像作家写的东西了”。这让他失眠，“一再自问而至今”，因为这“提醒我注意一种危险，职业化小说家的小说即使写得再圆熟，然而，它仅仅是小说而已。而真正好的小说，既是小说，也是别的什么——”和萧红一样，这也是关于小说的一种很智慧、很值得注意的表述。

好小说既是小说，又须是“别的什么”。换言之，好小说不能太像小说，必须偏离乃至打破现有关于小说的认识和期待；好小说应该包含小说之外的“别的什么”。正是这种自我警示，驱使着王蒙永不满足地进行小说写法上的创新。

饶是如此，完成《在伊犁》的王蒙还是承认，他并没有做到这一点，“到后面两三篇——越写越像小说了”。

许多作家以为，小说就应该有小说的样子，必须遵循一定之规，否则就不像小说。按照这个思路，久而久之，小说的发展就会停滞，小说的样式就会变得千篇一律。这时候萧红提出“各式各样的小说”，就是思维方式上的一种解放。许多作家担心自己的东西不像小说，没有达到小说的某种基本和公认的标准，王蒙则担心他的小说“越写越像小说”。

萧红和王蒙的经验之谈，值得小说家和关心小说的读者去深思。

从“不像小说”到“像小说”，对许多作家来说是一条漫漫长路。有些人写了一辈子，硬是不像小说，硬是缺乏“小说味儿”。这不能不说是很悲哀的事。相反，有些作家一出手就写得像模像样，左看右看都是小说。但久而久之，或不久之后，他就开始自我怀疑，不满，厌烦，甚至厌倦起来，于是追求在“像小说”的前提下增加一些“不像小说”的因素，而这就意味着，他为了避免一种“危险”，却不得不去干另一桩“冒险”的事：谁能保证为了避免“太像小说”而努力引入某种“不像小说”的新因素，就一定能获得读者的首肯，还不至于令原来“像小说”的品质也一并丧失呢？

这确实够累人的。但如果没有这种自我怀疑，没有这种“冒险”，小说艺术也就逐渐凝固。大家写的都像小说，也就必然都近乎某一种或某几种类型固定的小说，而不是“各式各样”了。

4. 王蒙·汪曾祺·鲁迅

王蒙《在伊犁·后记》解释小说之外“别的什么”，“可以是人民的心声、时代的纪念、历史的见证、文化的荟萃、知识的探求、生活的百科全书。它可以是真诚的告白、衷心的问候、无垠的悠思”。这当然只是简单列举，但王蒙确实一直这么追求着，他为此甚至不惜刻意把小说写得不像小说，经常请求读者允许他偏离熟悉的套路，从好好的小说气氛中跳出来进行大段告白、回忆、抒情、描绘、议论、文字游戏和六神出窍的沉思与遐想，由此造成王蒙式的“博士买驴的文体”，通常被视为小说的大忌，而他始终乐此不疲。

2013 年《花城》第 1 期刊载了王蒙的新长篇《烦闷与激情》的片段《明年我将老去》，有网友评价说是“以汪洋肆虐、纵横捭阖、时空广大的信息与激情，向读者进行了劈头盖脸的词语的狂轰滥炸。基本放弃人物故事，不要细节，语言也随手拈来，率性而为，这样大胆自由地写小说，我以为是先锋的，超意识流的，更是大胆的。读年届八旬的老者王蒙的作品，我都不知自己到底多少年岁了，到底还能否写得动。作者的文本如此青春、鼓荡，而我竟不能当小说读，我是把它当散文读的。”这位显然也是写家，或者是专业的文学研究者。我个人感觉王蒙的“晚期风格”和许多作家到了晚年通常要走的路数（比如内敛、平淡、简约甚至枯槁）大异其趣，单以这部长篇的片段论，简直有点上海先锋作家孙甘露在其全盛时期的那股子劲儿。

汪曾祺 20 世纪 80 年代中期在美国讲演时提到，许多人说他的小说有诗化、散文化的特点，这些他都承认，但他略感不满的是竟然没人看到他小说还有一个显著特征，就是高度的绘画性。他说只有一个批评家看到这一点，就是他本人！把小说写得有画面感、立体感、色彩感，很不容易，也是许多作家想做而做不到的，怪不得很少有人注意这一点。汪老当时说自己就是唯一理解自己的批评家，大概既洋洋自得，又倍感孤独吧。

从绘画的角度看小说家，这在汪老之前，其实已经代不乏人。不是动辄就有“历史长卷”“风俗画”之类的美誉吗？但这些还只是比喻，最早以绘画来比拟现代小说的可能要数毛泽东——他认为鲁迅是中国现代最高超的画家！过去谈鲁迅小说，经常围绕鲁迅本人最得意的“白描”二字做文章，很少有人说鲁迅就是画家。毛泽东算是把这一层点破了。

但鲁迅小说（包括杂文和散文）除了绘画感很强之外，还有许多有待发掘的不像小说的“别的什么”。比如一直为人忽略的鲁迅本人的说法：他的小说只不过是“小说模样的文章”，重心不在“小说”，而在“文章”。从文章角度认识鲁迅小说，迄今还很少有人切实地尝试过，我觉得不妨一试。其实中国的小说从来就不是单独演进的，而总是和中国传统以及现代的各门其他的文艺形式一同进化。既然这样，小说就必然要受到其他各门文艺形式的影响，从而令小说不知不觉沾带一些不像小说的别的元素。“文章”就是其中的荦荦大端。

5.“读故事”与“读味道”

李杭育在《上海文学》2013 年 10—12 期连载的文学回忆录《我的 1984 年》中提到，当年他想让“葛川江”比福克纳的约客纳帕塔法更丰满，感到需要“在小说艺术之外学习和了解更多的东西”，于是醉心于民间故事传说、民谣、民俗。他本人因此专门加入了浙江民俗研究会，还敦促当时尚未出名的青年作家余华等文友为他收集浙江各地民俗资料（余华就是这样获得了创作《活着》的灵感和故事素材）。另外李杭育还购置了两百本古代笔记小说，从中汲取营养。

但这样一来，李杭育发现他的小说越来越不像小说了，“枝蔓横生，故事拖沓，可读性受损。不过话说回来，那时的我，在我看来还有不少别的小说家，譬如贾平凹，并不怎么在乎可读性不可读性的，有时甚至还刻意追求散文化的写法。那个时代的读者似乎不像今天的读者这么爱读故事，我感觉他们读小说的主要兴趣是读味道。”读到李杭育这段话，我不禁感慨系之。确实“那个时代”的读者懂得“读味道”，现在的读者却只“爱读故事”。李的概括很到位。

“味道”和“故事”并不冲突，所谓“津津有味”，不就往往来自精彩的“故事”吗？但如果仅仅“说故事”，不注意故事之外（和之内）还有“别的什么”，其结果不说挂一漏万，至少也是独沾一味。

一个小说家，如果心思只在故事，其作品对读者来说就很像是武侠书，读者被他（她）们编织的故事情节（一个又一个悬念）吸引，顺流而下，只有瞬息万变高度紧张的冲浪的刺激，无暇从容玩味沿路的风光，这就只剩下“故事”而没有“味道”了。

在作者本身，如果只知道经营故事，故事本身恐怕也说不好，要么只是粗陈梗概，略无余味，比如1990年代以来流行的大量“小长篇”，要么就是一味追求“奇观效应”，比如时下许多年轻作者（恕不一一指名）试图让小说和网络新闻、手机信息展开竞赛，把小说写成各种荤素杂糅的“段子”的集锦，像鲁迅当年批评的清末“谴责小说”那样，一味连缀“话柄”，即各种官场的“段子”，而不能撬开“话柄”的坚硬外壳，深入人物的内心和灵魂。要么就如阎连科，一味“尚奇”，以为只有把小说写得离奇古怪，才能反映稀奇古怪的“炸裂”般的现实。

6.“按生活本来的样子来描写”

有一句老生常谈，“按生活本来的样子来描写”，曾经被奉为“现实主义文学”的金科玉律。随着“现实主义”的升降沉浮，这句话的价值也忽高忽低。

小说作为客观化程度最高的一门叙事艺术，作家主观上希望展开更宽广的生活画面，人们也有权利要求小说呈现“生活本来的样子”。如果把“生活本来的样子”理解得宽泛一些，“按生活本来的样子来描写”何尝只是某一种文学流派必须遵循的规则。难道还有什么文学可以拒绝“按生活本来的样子来描写”吗？

但“生活本来的样子”就像浩瀚的大海，奔涌的江河，绵延的山岚，气象万千的高天，流转不息的四季，沉默不语又对每一个生活于其上的人饱含深情的苍茫大地——太丰富太复杂，太难定义了。对小说家来说，“按生活本来的样子去描写”，乍听起来，往往等于什么也没说。

然而，读者只要有一定的反思力，知道一点生活的道理和滋味，一听这话，还是会心有所悟：原来小说这么简单，不必按生活之外任何条条框框去写，谁也不能强迫别人怎样写，写什么。生活怎样，就应该怎样去描写，结果必然是五花八门，“各式各样”。

不同时代、不同国家地区、不同流派的小说家，会写出各式各样的小说，虽然他们所面对的生活，总体上说只是一个，“日光之下并无新事”。

比如跟当年的卫慧一样，上海的新晋作家甫跃辉也喜欢写外地进沪的屌丝一族，他们也经历了类似于卫慧笔下主人公的理想破灭、审父与弑父、怀乡惆怅、城市漂流的迷惘、生活挤压的愤懑、两性之间在这个大背景下灵与肉的纠葛，但甫跃辉写城市，不像卫慧那样强调其声色犬马、错乱颠倒的一面，也尽量回避情绪的张扬和夸张，反叛和自毁，所以显得更加低调平和，尽管内在紧张丝毫也未减少。再如陆文夫、范小青这两代苏州籍作家，陆矜持内敛，处处透出江南文人的忧思愤懑和生活情趣，范则基本放弃了知识分子居高临下的观看，大幅度收缩笔墨，干脆钻进日常语言的无意识的褶皱，从而挖掘出人们习焉不察的某些生活的奥秘。范小青的近作《天气预报》《名字游戏》《角色》等都是用淡到几乎无味的笔法，竭力体贴日常语言中早就存在的意识的跳动。范不仅懂得如何“按生活本来的样子去描写”，还懂得按照生活早就教给我们的样子来描写，也就是按日常语言已经敞开的脉络来把握生活。她的作品如苏州织锦，一针一线压得很紧密，柔软润滑，不含杂质。

同一个小说家笔下也会出现截然不同的生活风景。王蒙《组织部来了个年轻人》多么深情，沉静，但他从新疆归来，小说的语言、节奏、色彩、情绪以至人物、世界都变了，换了个人似的。《组织部》是王蒙的清唱，80 年代后的作品则好像配了各种曲调和响器。

王蒙是多变型作家的代表，汪曾祺则相反，熟悉《大淖记事》《异秉》《受戒》《故里三陈》的读者以为汪老已老僧入定，以不变应万变，始终情系故乡高邮，始终出以舒缓温柔的笔调。其实不然。且不说 20 世纪 40 年代作品有些就非常现代，非常“先锋”，“样板戏”作者的笔法更完全两样，就是 80 年代，他也写过了不起的《星期天》。盖住作者署名，你会以为《星期天》就是朱文、韩东的作品。更不用说，汪曾祺还有所谓的“衰年变法”。

不仅如此，同一作家同一部小说，也会出现完全不同的描写。都说卡夫卡描写存在的荒诞，又说《变形记》《地洞》《审判》是用写实手法描写荒诞，似乎矛盾，但常识意义上的真实和存在感上的荒诞都是卡夫卡亲眼所见、亲身经历，将两种风景写到一块，对他来说很自然，就像厨师随手把芝麻辣酱调和在一起。可惜，像卡夫卡那样将现实和荒诞揉面一样揉在一起的中国作家还不多见。

“按生活本来的样子”去写“各式各样的小说”，已经尝到创作甘苦的作家对这两句话自然会含笑首肯，因这不仅指示了努力的方向，还保证了最大的成功系数，彻底解放了手脚，让他们可以勇敢地去描写心灵的眼睛所看到的一切。

萧红眼里的中国渣男

——重读《马伯乐》

1. 不能只读《生死场》《呼兰河传》而不读《马伯乐》

谈到萧红“各式各样的小说”这个说法，就不妨再看看萧红自己的小说，究竟属于哪一种“式样”。

萧红在20世纪30年代中期和萧军一起，从东北经青岛，一路流亡到上海，很快和文坛盟主鲁迅结下深厚友谊，得到鲁迅慈父般的呵护和大力支持。

鲁迅帮助萧红出版了她的成名作、长篇小说《生死场》，并高度评价这部小说展示了东北沦陷区人民“对于生的坚强和死的挣扎”，显示了“女性作者的细致的观察和越轨的笔致”。鲁迅的评价一锤定音。著名作家茅盾与著名评论家胡风也迅速跟进，对萧红大加称赞。几乎一夜之间，萧红成了当时女作家群中仅次于丁玲的第二号人物。

这以后，因为和萧军闹矛盾，因为1936年鲁迅的逝世，更因为抗战形势急转直下，萧红又开始了痛苦的流亡生活，创作一度停顿。直到40年代初到香港，才安定下来，再度投入创作，很快就差不多同时发表了两部长篇《呼兰河传》与《马伯乐》。

具有自传色彩的长篇《呼兰河传》再次展示了萧红的才华，深受读者喜爱。至于《马伯乐》，许多人因为只看到上半部，又因为这部小说主要描写普通中国人在战争期间的流亡生活，调子比较低沉，整个色彩也比较灰暗，跟“抗战文艺”的主流不甚合拍，所以一直被冷落。

1990 年代中期，“萧红热”再度升温，人们经常谈论的还是《生死场》和《呼兰河传》。

《生死场》确实展现了萧红狂放不羁的才气，但毕竟是起步阶段的作品，谈不上精心的布局和老练的叙事，甚至也谈不上完整的人物塑造，因此鲁迅、茅盾、胡风在一致称赞的同时也都有所保留。鲁迅给《生死场》的序说，“这自然还不过是略图，叙事和写景，胜于人物的描写”。鲁迅后来给萧军、萧红写信，特地解释说，这“也并不是好话，也可以解作描写人物并不怎么好。因为做序文，也要顾及销路，所以只得说的弯曲一点。”

《呼兰河传》有意识地借鉴鲁迅国民性批判的思想来审视乡里乡亲，亦步亦趋，有许多模仿的痕迹，格局也不大。茅盾在给《呼兰河传》1946 年版所作序言中毫不客气地谈了很多“弱点”，尤其是“看不见封建剥削和压迫，也看不见日本帝国主义那种血腥的侵略”。茅盾还从萧红“蛰居”香港的生活环境和个人感情上的“一再受伤”，解释她何以“被自己的狭小的私生活的圈子”所束缚，无法摆脱“苦闷和寂寞”，由此投射在《呼兰河传》上的暗影，“不但见之于全书的情调，也见之于思想部分，这是可以惋惜的”。茅盾的分析未必公允，但鲁迅针对《生死场》所说的人物描写的不足，在《呼兰河传》中仍然未见明显的超越，这也是无可否认的。

比较起来，《马伯乐》更加成熟。萧红1939年在重庆时酝酿这部另类的长篇，1940年春执笔于香港，1941年出版了10万字的“上部”，但直到1980年代初，美国汉学家葛浩文才发现，原来“上部”之后，《马伯乐》还有8万字的篇幅，曾在香港的杂志上连载，只是因为1942年1月22日萧红病逝于香港而未能完篇。

现在我们把这后来才发现的8万字和之前的10万字合起来看，《马伯乐》的容量其实相当可观，它的整体成就很可能在《生死场》和《呼兰河传》之上。如果只读《生死场》《呼兰河传》而不读《马伯乐》，就会忽略萧红这最后的奋力一搏。

2. 失败论与逃跑主义的本质

小说《马伯乐》的主人公就叫马伯乐，他是青岛一户殷实人家的大少爷，没有一点实际生活能力，就知道向守财奴的父亲要钱，或偷偷变卖太太的首饰。他也曾说动父亲，资助他到上海开书店，结果才一个月，就血本无归，灰溜溜逃回青岛，被全家人瞧不起。于是他感到家里呆不下了，拼命想逃出去。

马伯乐虽然缺乏行动力，却富于想象力。可惜他的想象很简单，就是喜欢把事情一味地朝着最坏的方面去想。他真是一个无所作为的悲观主义者。他唯一的作为，就是到处宣传大事不妙，大祸将至，再就是无论遇到什么困难，首先就想到逃跑。

“九·一八事变”后，马伯乐找到借口，为全家将来的逃难打前站，从青岛只身来到上海。他发现上海人竟然歌舞升平，一点都不关心迫在眉睫的战争，甚至挤在商店门口抢购航空奖券，梦想发财。他感到匪夷所思，气不打一处来，就骂出他的口头禅：“真他妈的中国人！”好像他本人不属于中国人之列。

确实，马伯乐觉得他比普通中国人境界更高。他是一个先知，一个预言家。比如他在青岛海边看到日本人开了 80 多艘战舰来黄海搞“演习”，就断定中日必有一战，而且只要开战，中国必败，于是决定全家必须离开青岛，逃往内地。

有这样的预见性和忧患意识，按说也很不错，问题是马伯乐因此就不想好好生活，只想漫无目标地逃跑，而且仇恨跟他想法不同的所有人。

这种悲观主义、逃跑主义，他还美其名曰“国家意识”“民族意识”！但他压根儿就不知道什么叫国家和民族，什么叫积极备战，什么叫抵抗，什么叫战争期间的日常生活。

唯一能让他兴奋起来的就是“逃跑”。“逃跑”成了他的人生的唯一主题，其他一切只不过是在逃跑的间隙可有可无的一点零碎。

战争还未开始，马伯乐的心就消化了，就魂不附体，不战自败了。

3.“他爱自己甚于爱一切人”

按说马伯乐应该痛恨战争，痛恨挑起战争的日本人了。

但事实上大大出乎我们的意料之外，马伯乐并不痛恨战争，也并特别不痛恨挑起战争的日本人。首先他一贯崇洋媚外，凡事要怪就先怪“真他妈的中国人”。其次，他觉得战争的到来命中注定，没什么是非对错。更重要的是，他内心深处很感谢战争，因为战争的爆发让他确认了自己是一个先知和预言家。战争也给了他最好的借口，可以理直气壮地逃跑。不仅逃避战争，也趁机逃避他作为家庭的长子、女人的丈夫和三个孩子的父亲的责任。

另外战争，逃难，还给了他许多意想不到的好处。比如他只身来上海打前站的三个月，就很少刷牙洗脸。逃难嘛，干嘛讲究这些！比如一听到淞沪之战的炮声，他就去抢购大米，蛮横地把排队买米的妇女们挤到后面去，还自以为是地辩护说："这是什么时候，我还管得了你们女人不女人！"又比如他逃到武汉，竟然忙里偷闲，闹了场恋爱，可一旦听说大武汉也将不保，就立刻计划逃往重庆，至于新结识的恋人，早就被他抛到九霄云外了。

所以他不恨战争，反而渴望战争早日降临。日本人迟迟不动手，他甚至焦躁不安，因为战争打不起来，他就不能名副其实地充当全家人的逃难总指挥，就得不到全家人的尊敬，至少他太太就不会从青岛逃到上海，乖乖把私房钱带给他，让他来全权支配。

所以，马伯乐对大祸将至超人的预见性和警觉性，他的异乎寻常的忧患意识、"国家意识"和"民族意识"，都是为自己做打算的冠冕堂皇的借口。就像作者在小说里指出的，"他爱自己甚于爱一切人"。他的唉声叹气，自怨自艾，实际上是自怜自爱。

这个胆小怕事、自怜自爱、凡事一走了之的逃跑主义者，心理当然特别脆弱。他经常咬着手帕或枕头，嘤嘤地哭个不休，非要他太太像哄小孩一样哄个半天，才能缓过劲来。

4. 永远也长不大的巨婴

小说《马伯乐》没有引人入胜的故事情节，翻来覆去只写马伯乐怎样如惊弓之鸟，一边高喊"爱国主义"的口号，一边骂着"真他妈的中国人"，一边袖手旁观，无计可施，只知道一个劲儿从青岛逃到上海，从上海逃到南京，从南京逃到武汉，从武汉又准备逃往重庆。

萧红为何要在病中，倾尽全力，来写这么一个似乎根本就不值得去描写的小丑呢？

这正是萧红创作构思上的独特之处。她就是要塑造一个永远也长不大的中国巨婴的形象。如果说在阿 Q 身上，集中了鲁迅对中国人众多精神缺陷的总结，那么在马伯乐身上，就集中了萧红对中国男性众多负面因素的观察。

抗战期间，积极、乐观、鼓舞人心的作品总是最受欢迎。甚至标语口号式的“抗战文艺”也聊胜于无。但萧红特立独行，硬是将极不信任的目光投到马伯乐这样一个乏善可陈的中国男人身上，极尽讽刺挖苦之能事。这在当时就很容易被看作是悲观、灰暗、泄气之作。但公平地说，“抗战文艺”也需要萧红这样实事求是的勇气。总不能抗战一来，就不再反思民族精神的阴暗面和某些致命的缺陷，就要求作家们完全放弃理性的反思和冷静的解剖，完全赞歌一片。如果那样，恐怕也不利于抗战主体的精神建设。

《马伯乐》创作于如火如荼的抗战大背景，但我们可以推而广之，把萧红对马伯乐式的中国男性的观察运用到别的时代，别的地方。如果这样，那么萧红为鲁迅所肯定的“女性作者的细致的观察和越轨的笔致”，就会益发显出其难能可贵之处。

5. 全面认识中国男性

在萧红眼里，中国男性就都像马伯乐那样不堪吗？也不尽然。

就在酝酿长篇《马伯乐》的同时（1939 年），萧红发表了《回忆鲁迅先生》，这部独创性极强的长篇散文，避开鲁迅作品，也避开一切理性分析和论断，完全采用跟《马伯乐》高度相似的散文笔法，琐琐碎碎地记录鲁迅在日常生活中的待人接物，一言一动，一颦一笑：

鲁迅先生的笑声是明朗的，是从心里的欢喜。若有人说了什么可笑的话，鲁迅先生笑得连烟卷都拿不住了，常常是笑得咳嗽起来。

鲁迅先生走路很轻捷，尤其使人记得清楚的，是他刚抓起帽子来往头上一扣，同时左腿就伸出去了，仿佛不顾一切地走去。

一上来就这样写鲁迅，可谓出人意料，石破天惊。不仅开头，萧红还将这种笔法一贯到底，通篇都是这样忠实记录鲁迅的日常生活，由此勾勒出她心目中的鲁迅形象。

真实的鲁迅和虚构的马伯乐站在截然对立的两极。萧红的目的，就是想要他的读者不看别的，单单着眼于日常生活，也能清楚地地看到中国之大，不仅有精神空虚、人格猥琐、软弱无骨的渣男巨婴如马伯乐，也有精神充实、人格高大、强劲伟岸的英雄豪杰如鲁迅。

把《马伯乐》跟《回忆鲁迅先生》放在一起，可以看出萧红对中国男性的全面认识。

“学者型作家”和“教授小说”

1. 鱼与熊掌不可得兼

近来不少教授、学者纷纷写小说，这个现象很有趣。但跟着产生的一些讲法，往往人云亦云，含糊混乱，值得加以辨析。

首先关于“学者型作家”。我不搞创作，但知道创作和教学研究，性质不同，颇难兼顾。都说现代文学史上很多作家也是学者，这固然是事实，但也要具体分析。许多现代作家，有学者的修养和训练，也有公认的学术成果，无疑是学者，可一旦从事创作，往往不得不搁下学术研究，甚至毅然放弃大学教职，专心写作，比如鲁迅。

有些则相反，曾经是作家，可一旦兴趣转到学术，就放弃创作，专心做学术研究，如朱自清、俞平伯、闻一多、陈梦家、冯至。郭沫若早年致力于新诗创作，流亡日本后一变而为甲骨文和古代社会史专家，新诗基本放弃了。他在 20 世纪 40 年代有过一段配合抗战宣传的戏剧创作，但基本身份已经不是作家，而是“作家型学者”了。

李健吾、杨绛都写过小说戏剧的，但后来主要贡献还是文学批评和外国文学翻译与研究。茅盾一直留意于神话研究、文学批评和文学理论，但主业是小说，基本身份是作家。

这些人，可以说是“学者型作家”或“作家型学者”，但不能说他们在同一个较长的时段里，既是作家，也是学者。

学者若有作家的生活积累和艺术修养，对他的学术研究或教学工作肯定大有助益，不仅锦上添花，还会根本上提高其学术品位。作家未必非要有学者的鸿篇巨制，但若能有学者的素养，关注学术思想动向，站得高，看得远，创作肯定也会更上层楼。

但这是理想的说法。毕竟术业有专攻，一心无二用。有作家素质的学者未必非要创作不可，有学者素质的作家也未必非要搞学术研究不可。若勉为其难，“双肩挑”，很可能变成“三脚猫”“四不像”，既非好作家，亦非好学者。鱼与熊掌，不可得兼，最后还是需要痛下决心，有所选择。除非偶一为之，那又另当别论，比如胡适、周作人、俞平伯、朱自清、成仿吾、冯乃超、苏雪林等一大批学者都写过诗歌、小说或散文，但他们的身份很清楚是学者，创作只是副业，所以不曾有过必须在鱼与熊掌之间做选择的苦恼。

王蒙 1982 年撰文《谈我国作家的非学者化》，呼吁作家努力提高文化素养，却并非叫他们都进大学，当学者，或鼓励学者们都写小说，当作家。王蒙的提法很有分寸，也符合实际。他后来还写过一篇《谈读书之累》，警告有志于做学者的作家不要掉进书本里出不来，更不要因为读书太多而离开了生活的源头活水。把这两篇文章放在一起读，很有滋味。

但不管怎样，“作家型学者”还是不少。一个水平线以上的作家，只要日积月累，遵循学术规范，凭他（她）作家的智商，有朝一日成为够格的学者，并不困难。但"学者型作家"或"教授小说家"就少得多了。现代文学史上，大概只有鲁迅、沈从文、施蛰存、钱钟书、冯至等有数的几位，能在短时间里既坚持教学研究又从事创作。即使这几位也并非一直"双肩挑"，最后还是只能顾到一头。

从作家转为学者容易，从教授再转为作家，就非常困难，因为"诗有别才，非关书也，诗有别趣，非关理也"。

正因为这个缘故，我对于现在许多坚持写小说的"双肩挑"的教授学者，一直非常佩服。如果他们的学术研究经得起学界推敲，小说又经得起文学界的检阅，那就更值得佩服了。但我知道这恐怕有难度。还是那个道理：术业有专攻，一心无二用。

当然有例外。像歌德、托尔斯泰，可说是作家，也可说是学者。但既是例外，就不必作为通例来要求一般的学者和作家。即使歌德、托尔斯泰，后世还是更看重他们的作家而非学者的身份。我们这里讨论的是教授而作家、作家而教授所谓"双肩挑"现象，至于在不同阶段一会儿是作家，一会儿是学者，那又另当别论。

2. 作者身份不等于作品好坏

何谓"教授小说"？有人说这是鲁迅的提法，其实不然。《故事新编》陆续发表时，有人讥笑说这是"教授小说"。鲁迅接过这话头，说即使"教授小说"，也并不容易写，比如他的《故事新编》，除了"只取一点因由，随意点染"之外，还要"博考文献，言必有据"，并且加以精心的组织。可见他所谓"教授小说"，是指"历史小说"的一种品质，即既充分合理地利用历史材料，又能发挥想象，融入当代活人的思想，并且精心组织，使古人和今人真正打成一片。

鲁迅那时候已经不是兼职教授，他也没拿自己是否教授身份来做文章。在小说面前，人人平等。关键要看小说写得怎样，不必在乎写小说的人是否教授。教授身份并不必然带给小说什么特别的好处，使“教授小说”可以凌驾于一般小说之上。如果“教授小说”是指教授身份的作者经常掉书袋，小说写得缺乏生活气息，却富于书卷气，甚至通篇生硬别扭的“新文艺腔”，那又有什么好呢？越是教授，进入写作时越要忘记教授的身份和教授的脾气，越要和一般小说家看齐，跟他们站在同一起跑线上。这样才可能把小说写好。

“新时期”以来许多学者、批评家都写过小说，有的坚持下来，但始终不见起色，绝大多数还是放弃了。这主要就是因为学者、批评家很难有效地“克服”他们作为学者、批评家的身份所带来的生活经验与艺术感兴上的限制，很难在创作时将自己复归为普通人和普通作家。就像孙悟空，变来变去，总藏不住尾巴。但许多人偏偏欣赏“教授小说”的书卷气，我觉得这跟欣赏孙悟空的尾巴很相似。岂不知那正是孙悟空的软档，不是他的长处啊！

“教授作家”和“工农兵作家”是两个极端。现在更多的倒是介乎这两个极端之间而具有相当学历和修养的作者（当然也有一些自以为可以“不学有术”的“文学天才”）。

实际上，有些教授作家的文化素养未必高过普通作家，而某些普通作家的文化修养也未必在教授学者平均水平线以下。既然如此，我们的关注重点就应该是作品本身，而非作家的身份是否教授学者，否则就会落入“美男作家”“美女作家”之类的俗套。只有那样的“炒作”，才专门拿（甚至制造）作者的某种身份和特征来说事。我想，这肯定也不是写小说的教授学者们希望大家谈论的重点。只要不发昏，他们也希望就小说论小说，而不会将不同于普通作家的教授身份拿来作卖点吧？

3.“以小说见才学”·“以才学助小说”·“以知识救小说之穷”

“学者型作家”“教授小说”常见的毛病，就是在小说中毫无节制地炫耀博学，以显示相对于“非学者型作家”以及“非教授小说”的优越性。

这种现象，其实也是古已有之。鲁迅《中国小说史略》提到清代大兴文字狱，作家们都不敢直接描写当下社会生活，于是出现了一种“以小说见才学”的特殊类型的小说写法，就是在小说中大肆贩卖学问，尤其是贩卖清代学者擅长的考据之学和文字音韵之学。

然而当时“以小说见才学”的作品很多，真正为鲁迅有条件地给予肯定的却只有李汝珍《镜花缘》为代表的不多的几部。

即使对《镜花缘》，鲁迅也多有批评，比如说它“盖以（小说）为学术之汇流，文艺之列肆，然亦与《万宝全书》为邻比矣”，“惟于小说又复论学说艺，数典谈经，连篇累牍而不能自已，则博识多通又害之”。对于这一类小说，鲁迅并没有运用某种专为它们量身定制的特别的标准来衡量，而是一视同仁，坚持用一般的小说标准来衡量。这一衡量的结果，就清楚地看出了“以小说见才学”的写法有害于小说的地方。

在“现代文学”时期，钱钟书的《围城》，某种程度上也有“以小说见才学”的倾向。

但《围城》和《镜花缘》很不相同。《围城》毕竟有作者“忧乱伤生”的寄托，毕竟有一条清晰的情节主线以及众多安排妥当的副线为之拱卫，毕竟有许多曲折生动的故事，毕竟有许多精彩的细节描写，毕竟有一系列成功的人物塑造。因此，作者随时牵入中外古今大量“比喻”乃至“博喻”（用一系列比喻的叠加来形容一件事物），尚不足以危害小说的本体，反而经常能于本体的成功之外，收锦上添花之效，故尤为文化程度较高的读者所欢迎。

不能因《围城》也取“以小说见才学”的写法，就无差别地将它和《镜花缘》之类一锅烩。考虑到《围城》与《镜花缘》这一点的差异，则《围城》固然有“以小说见才学”的地方，但它的本体毕竟是小说，而不是才学，所以如果说《围城》也探索了一种“以才学助小说”的写法，或许更为合适。

王蒙《在伊犁·后记》提到，小说除了讲故事，写人物，描风景之外，还可以是“文化的荟萃、知识的探求、生活的百科全书”，这也有点“以小说见才学”或“以才学助小说”的意思。但王蒙本人并没有在他某一篇或某一部小说中完全采取这种写法。

当代作家真正“以小说见才学”的，大概只有永远的先锋派李洱。

李洱受法国结构主义哲学、新历史主义思想以及博尔赫斯小说的影响，立志将他的小说写成一部主要由各种引文连缀而成的作品，比如他认为他的《花腔》，就“并非我一个人写的书。它是由众多引文组成的”(《花腔》卷首语)。

李洱按照这种方式，果然先后完成了《花腔》和《应物兄》两部长篇。似乎可以说，李洱是继李汝珍、钱钟书之后，第三位引起广泛注意的“以小说见才学”的中国作家。

但李洱和李汝珍、钱钟书又是多么的不同！李洱小说，尤其《花腔》《应物兄》这两部，既没有《围城》那样贯穿始终的引人入胜的主体故事，也没有在主体故事的展开中次第登场、彼此有真实交集、形象也渐趋丰满的人物及其生动可感的生活世界。所有的故事情节和人物的思想言行，都好像一张张独立的扑克牌，被叙述者以及叙述者所操纵的其他讲述人抓在手里，顺着他们的逻辑，而不是人物或故事本身的逻辑，不断地加以拼贴，组合，再拼贴，再组合。

李洱这两部长篇小说，唯一立得起来的线索，就是这些拼贴组合活动所依据的叙述者或其他讲述人彼此争辩、诘难、否定的各种假设、想象与推测的逻辑。这是凌驾于生活世界之上的逻辑，而非生活世界内部的逻辑。

这种逻辑既然为叙述者和讲述人所构造，而非故事和人物本身所拥有，因此它愈是强大而缜密，故事和人物的逻辑就愈是微弱而散乱。

最后，这些零碎的扑克牌终究不能拼贴组合成自成系统自具生命的一个完整的世界。在无数散乱的扑克牌之间，仍然只有叙述者和讲述人所赋予的那种假设性、推测性、想象性、暂时性因而很难为读者所把握的虚构的关系。

这样写当然也有它的理由，就是历史或现实并不具有通常所看到的那种结构和形态，都是被各种权威讲述出来的。既然如此，小说家就有权利打碎一切通常所见的历史与现实的内在结构与外在形态，重新洗牌，重新拼贴和组合。

按说这个想法并不错。古往今来一切小说家，不都是打碎了流俗的历史观和现实观，而“创造”了打上他自己鲜明印记的别样的历史和别样的现实吗？问题是那些成功的小说家们所打碎、所否定、所抛弃的，只是过去的历史观和现实观的某些实质性内容，而并不完全打碎、否定和抛弃公众视野中历史和现实的基本结构形态。李洱的做法则过于极端，他打碎了、否定了、抛弃了流俗所见的历史和现实的内容，同时也打碎了、否定了、抛弃了流俗所见的历史与现实的基本结构形态。接下来，他把打碎、否定、抛弃之后剩余的历史与现实的碎片，在《花腔》，是有关“葛任”的各种文本和口头的传说，在《应物兄》，是围绕济州大学从海外延聘儒学大师程济世来主持儒学院这一重大举措而展开的各种人文和科技学术以及相关人士的各种生活片段，作者将所有这些都完全投入自己的讲述。讲述者果真成了他的世界的上帝，高兴怎样讲就怎样讲，高兴选择哪一种可能性，就选择哪一种可能性。作者不仅走进了一个巨大的图书馆，还走进了“罗生门”式的一个故事多种讲法的无穷叠加的迷宫。

迷宫之所以是迷宫，就在于能够令进入者迷失其中，否则就不是迷宫了。都说图书馆是知识的海洋，但准确地说，图书馆其实只是储存和堆积僵死的知识的所在。你要想使这些知识重新活起来，就必须将你要看的书借出图书馆，在图书馆外面进行系统独立的研究。李洱所建造的迷宫式图书馆并不提供活的知识，更不呈现由无数活的知识、感受、记忆、思想、行动、交往所组成的生机勃勃的世界。

许多批评家喜欢将《花腔》的一个比喻看作李洱对《花腔》《应物兄》特殊写法的夫子自道：

> 在最美好的意义上，我把这种行为看作是对真实的渴望：即便所有的东西都是假的，至少这种渴望本身还是真的。

换言之，即便那些散乱的扑克牌都无意义，至少叙述者和讲述人拼贴组合它们的行为本身是有意义的。但是，究竟如何理解超乎

散乱的扑克牌之外的拼贴组合行为本身的意义？李洱通过小说中一个具体讲述人之口，进一步解释说，

> 本书中的每个人的讲述，其实都是历史的回声——洋葱的中心虽然是空的，但这并不影响它的味道，那层层包裹起来的葱片，都有着同样的辛辣。

这个洋葱的比喻其实是有问题的：我们肉眼固然看到了层层葱片包裹一个空洞的中心，但这仅仅是洋葱的结构之一。保证每一瓣葱片“都有着同样的辛辣”，不仅依靠这个外在结构，更重要的是除此之外，洋葱还存在另一种结构：众多葱片的无数植物神经和植物纤维在洋葱根部的复杂而牢固的联通。这才是一切意义（洋葱的“辛辣”气味）的根据所在。

《花腔》和《应物兄》过分依靠洋葱的前一种结构，忽略了洋葱的后一种更加重要的结构，因此它们的每一瓣葱片，未必都有“同样的辛辣”。

李洱灌注于这两颗巨大的文字洋葱每一瓣葱片的丰富才学，因为没有在生活的根部彼此联通，几乎都成了散落的珍珠，缺乏真正能够将它们串联起来的那根生活和生命的红线。因此，用“以小说见才学”或“以才学助小说”来解释李洱的小说探索，还很不到位。如果说李洱是“以才学救小说之穷”，或许更加合适一些吧。

当然这种写法也并非李洱独家发明。一般人望而却步的各种知识，由小说家的慧眼看去，都会有令人意想不到的可以从别样的角度想到生活本身的逻辑线索。并不好读的李洱的小说之所以还有人肯硬着头皮去读，大概就是这个缘故吧。

4. “教授小说”贵在有自知之明

真要抬出“教授小说”的招牌，倒应该对教授们的小说提出更高要求才对。

比如，“教授小说”在满足小说起码要求的前提下（否则就不是小说，更何来“教授小说”），语言应该更正确，更精准，至少不能用词不当，句法紊乱。

再比如，教授学者们创作时，应该更具有自我批评意识，随时校正可能的偏差。

这后一点尤其重要，因为“教授小说”的作者毕竟见多识广，自己就是批评家或具有批评家的素养的学者，因此在作品完成之后，他们自己应该更能以客观和专业的眼光来审视，而不必仰仗别的批评家来哄抬——除非请他们发表真诚的意见，帮助自己看到自己有可能还看不到的问题，以利进一步提高。

“教授作家”“教授小说”渐渐多起来，拿教授说事的文章也多起来了。我愿意就这个话题谈一点不同看法，希望能引起讨论或争论。

方鸿渐的男女关系

——“教授小说”的两重标准

1. 对“学者型作家”和“教授小说”最大的误解

前文说到“学者型作家”和“教授小说”，举了许多例子。其中，钱钟书先生可说是真正的“学者型作家”，他的作品可说是真正的“教授小说”。

钱钟书学术巨著《谈艺录》《管锥篇》享誉全球，不管“文化昆仑”的称号是否恰当，钱先生具有中国学者罕见的世界级影响，还是确凿无疑的。他的文学创作集中于1940年代，短篇小说集《人·兽·鬼》和随笔集《写在人生边上》融汇中西，贯穿古今，长篇小说《围城》尤其显示了他在文学创作上过人的才华。这不仅是一部一望可知的“教授小说”，更是一部思想深刻、感情充沛的“忧乱伤生”之作。

要说某人是“学者型作家”，某部作品是“教授小说”，我们至少可以用钱钟书和他的《围城》作参照，看看那些被称为或自称为“学者型作家”与“教授小说”的，是否合格。所谓“合格”，当然并非说是否写得跟《围城》一模一样，而是说，是否符合同样作为“教授小说”的《围城》所达到的某种水准。

这里不必谈《围城》作为“教授小说”的博学通识，重点倒想说一说通常认为比较次要的另一方面：《围城》除了“学者型作家”钱钟书第一流的人文修养，比如他不时抖落的取自多元文化背景的灵光闪闪的大量“比喻”，与此同时，它的主体故事，即方鸿渐和众多女性之间的男女关系，也写得精妙绝伦，值得读者反复吟味。

评价一部“教授小说”，不能只看作品中有没有类似《围城》那样的博学通识，同时也要看它是否真的“人情练达”，像《围城》那样写活了人物性格和人物关系。如果罔顾这后一点，只是津津乐道“教授小说”的书卷气，才学，知识面，那就不是谈“教授小说”，而是谈教授们撰写的别的什么著作了。谈“教授小说”，还得要坚持运用“小说”本身的标准来衡量其成败利钝。

钱钟书笔下的男女关系，和一般恋爱小说似乎并无二致，但你只要看进去了，就会发现其蕴含相当深厚。“教授小说”绝非如某些望文生义的人所想象的，只需一个劲儿地扬“学者型作家”之长，避“学者型作家”之短，也就是可以在知识趣味方面大展身手，而允许在人性、人情的挖掘方面有所欠缺。这样的望文生义，是对“学者型作家”和“教授小说”最大的误解。

《围城》主体故事还是写人，写人的人性与人情。作者所展示的博学通识，只是服务于主体故事的建构，起到锦上添花的辅助作用。当然《围城》极丰富的人文知识本身也极富趣味，值得欣赏——这也是“教授小说”一个值得注意的方面，是衡量“教授小说”是否够格的一项重要标准。但即使没有这些锦上添花的人文知识的展览，主体故事的蕴含也不会从根本上有所减损——这后一点，才是衡量

“教授小说”成败得失的更重要的标准。

“教授小说”毕竟还是小说，它不能回避一般小说的评判标准。

2.“忧乱伤生”之作为何取名“围城”?

《围城》故事的背景，有一半是“孤岛”前后的上海。1937 年全面抗战爆发后不久，日军便占领上海。当时日本还没有向英、法、美等国宣战，因此一片战火中，英、法、美在上海的租界得以维持，加上逃难过来的中国有钱人家越聚越多，上海租界这个弹丸之地居然益发显出一种畸形的繁华，恰似汪洋中的一座“孤岛”。1942 年太平洋战争爆发，日军占领租界，“孤岛”沦陷。

《围城》创作于钱钟书夫妇蛰居上海时期，具体时间是 1945 至 1946 年，所以钱钟书说他写《围城》的基本心态是“忧乱伤生”，即担忧战乱中的国家，悲叹战时人民的生活。但《围城》虽然不时提醒读者，故事发生在战争期间，实际上却并未正面描写抗战，只有几处侧面提到。小说基本上是绕开战争，描写战争期间各色人等，主要内容则是留学归国的方鸿渐一连串的“爱情”经历，直至最后的结婚。

既然钱钟书这么重视方鸿渐的恋爱与结婚，读《围城》，我们就不得不以此为重点。

当然这里有一个很方便的抓手，就是《围城》第三章方鸿渐的老同学苏文纨小姐提到的那个法国的比喻，说婚姻犹如被围困的城堡，城外人想冲进去，城里人想逃出来。这个比喻无非是说，没结过婚的人对婚姻充满幻想，想结婚，结了婚又失望，觉得还不如不结婚，或者干脆要离婚。

问题是，这跟钱钟书创作《围城》时“忧乱伤生”的心态有什么关系？钱钟书把这部小说命名为《围城》，究竟有怎样的寓意？

回答这个问题，就不能单单抓住这个法国的比喻，而必须具体分析方鸿渐恋爱与结婚的细节与过程，看看他是怎样将婚姻变成一座婚前想冲进去、婚后又想逃出来的“围城”。至于这跟作者“忧乱伤生”的心态有何关系，我们留到最后再讲。

3. 从“寒暑表”到“新出炉的烧饼”

方鸿渐的恋爱史有一个逐渐发展、变化的过程。

据方鸿渐的同学苏小姐介绍，大学时代的方鸿渐很害羞，老远看见女生就脸红，愈走近脸愈红，“脸色忽升忽降，表示出他跟女生距离的远近”，所以绰号“寒暑表”。也许正是这个缘故，而且一直读书，经济不独立，又有老派父亲方遯翁的严加管束，方鸿渐打光棍到 27 岁，中间一次恋爱都没谈过。

但就是这么一只“寒暑表”，从欧洲“学成归国”之后，突然放开手脚，一年之内马不停蹄谈了四次恋爱。当方鸿渐在苏小姐和唐小姐之间忙得不亦乐乎的时候，他那挂名的岳母周太太还为她夭折的女儿吃醋，说“瞧不出你这样一个人，倒是小娘们你抢我夺的一块好肥肉”。这大概因为方鸿渐年岁渐长，不急不行，而且经济勉强独立，方遯翁的管束也大不如从前，但此外还有一个原因，就是小说第七章三闾大学那位汪太太所说，“你们新回国的单身留学生，像新出炉的烧饼，有小姐的人家抢都抢不匀呢。”汪太太所言不虚，一定程度上反映了方鸿渐的某种优势：他是那个年代的“海归”，颇受未婚女性欢迎。

其实到了 20 世纪三四十年代，“海归”优势也今非昔比。方鸿渐两个弟媳妇就认为，他留学并没什么好处，还不如没留学的两个弟弟挣钱多。方鸿渐在恋爱上突然活跃，更主要的还是主观思想上的因素，比如上述年纪大了着急、经济勉强独立这两点，但苏小姐的批评还揭示了更值得注意的一点，“想不到外国去了一趟，学得这样厚皮老脸，也许混在鲍小姐那一类女朋友里训练出来的。”对此方鸿渐矢口否认也没用。不说别的，至少在回国的轮船上，他跟鲍小姐那种露水夫妻的关系，也只有同样留学欧洲的苏小姐能包涵，如果让方鸿渐父母或弟弟、弟媳妇们知道，岂不要昏厥过去？

总之，留学回国之后，仗着留学生的尚存的一点优势，和勉强独立的经济能力，又因为年纪大了，特别是观念更新了，方鸿渐在男女关系上终于一扫过去的“羞怯”，变得相当主动，相当开放，也相当实用。另外他还练就了三寸不烂之舌，迷倒不少女性。

4. 方鸿渐与鲍小姐、苏小姐、唐小姐情爱关系的不同侧面

首先我们看，方鸿渐和那位比他还要开放的混血女郎鲍小姐的关系，显然违背了无论中西新旧的道德规范，但方鸿渐本人对这件事的态度值得玩味。除了因为被鲍小姐玩弄而感到“吃亏”“丢脸”，方鸿渐其实并没有认错，更谈不上忏悔。他对待性关系的这种态度，虽然穿着“现代”的外衣，其实是不成熟、不纯洁、太随便了。他自己意识不到，后果却十分严重，他的爱情婚姻之路，一开始就危机四伏，坎坷不平。

当然他也有过真诚纯洁的恋爱，譬如他和唐小姐的关系。可惜这种恋爱来得突然，去得也突然，几乎转瞬即逝。方鸿渐和唐晓芙的恋爱失败，固然因为苏小姐的挑拨离间，但苏小姐之所以要挑拨，就因为方鸿渐认识唐小姐之前，已经跟苏小姐建立了一种不明不白

的关系，而且苏小姐的话又并非凭空捏造，难道方鸿渐能理直气壮地找唐小姐，说他在轮船上跟鲍小姐的关系是无懈可击的吗？

所以归根结蒂，方鸿渐未能够获得纯洁美好的爱，本身就是他和鲍小姐的苟且关系的恶果。这件事还滚雪球一样催生了新的恶果：因为和唐小姐恋爱不成功，方鸿渐索性否认了纯洁的爱情本身，这就导致他以后在男女关系上更加采取玩世不恭的态度。

方鸿渐在男女关系上的“随便”，不仅表现为性关系的不严肃，还表现为过于看中实际的物质利益。他维持和挂名的岳父、岳母的翁婿关系，在方遯翁看来或许是“诗礼之家”的体面做派，没有因为未婚妻夭折而人情淡漠，但方鸿渐本人未尝没有物质上的考虑。他刚刚回国，工作不好找，方家虽是地方望族，经济并不宽裕，“点金银行经理”周先生无疑是一个很不错的靠山，所以方鸿渐才甘愿寄人篱下，继续做人家挂名的女婿。一旦拿到三闾大学聘书，翅膀一硬，他就拂袖而去，全不念他跟那位没见过面的“亡妻”的情意了。

住在挂名岳父家期间，方鸿渐还到岳父的朋友、花旗洋行买办张先生家上门相过亲，看张先生独生女儿是否适合自己，结果因为打牌时太小气，被张先生全家瞧不起。相亲失败，岳母周太太还很可惜，方鸿渐却满不在乎，原来他奉行《三国演义》刘备的原则，“妻子如衣服”，他在张家打牌赢了钱，赶紧买下早就看中的那件高级皮外套，“损失个把老婆才不放在心上呢。”

再看方鸿渐跟苏小姐的关系。这确实非常棘手，对这件事的犹豫不决的态度，更加暴露了他在男女关系上的“随便”与“务实”。其实他一点都不爱苏小姐，但出于无聊，又明知山有虎，偏向虎山行，主动跑去拜访人家，还喜欢抖聪明，总是说一些暧昧含糊的话，让人家苏小姐的误会不断加深。这中间就不能排斥他看重苏小姐父亲是达官贵人，跟苏小姐保持良好的同学关系有益无害，因此在需要挑破那层窗户纸的时候，他总是不愿挑破。他固然不爱苏小姐，但某个时候，比如在和苏小姐单独赏月的晚上，刻意打扮一番的苏小姐的异性魅力还是打动了他，因此才稀里糊涂吻了人家，终于将双方的关系拉到极其尴尬的境地，最后才如梦初醒，落荒而逃，彻底把事情搞砸。

5. 孙柔嘉：全部过往的重演

总之，无论跟鲍小姐，跟没见过面的未婚妻周小姐，跟唐小姐，跟苏小姐，方鸿渐的态度都可以说是随便、苟且、模糊暧昧而又自作聪明。

最后在跟孙柔嘉的关系上，方鸿渐又故伎重演，这才终于尝到婚姻是围城的滋味。

首先他和孙柔嘉只是订婚，并未结婚，就轻率地同居，重演了他和鲍小姐之间的苟且之事，后果当然不仅被两个弟媳妇看不起，更可怕的是每次夫妻吵架，孙柔嘉都会揭起旧伤疤，把这当作方鸿渐并不真爱她而只是为了满足性欲的证据。婚前性行为似乎并没什么了不起，其实乃是破坏婚姻的一颗定时炸弹。

再比如，和唐小姐恋爱失败，始终是方鸿渐心头无法挥去的阴影，令他在感情上自暴自弃，不再相信爱情的纯洁与美好。一次夫妻吵架，孙柔嘉指责方鸿渐还想着唐小姐，方鸿渐因此被逼着说出了一段真心话；“现在想想结婚以前把恋爱看得那样郑重，真是幼稚。老实说，不管你跟谁结婚，结婚以后，你总发现你娶的不是原来的人，换了另外一个。早知这样，结婚以前那种追求，恋爱等等，全可以省掉。”他的意思是并不相信爱情，这就伤透了孙柔嘉的心，骂他“全无心肝”，当初要她，只是为满足性欲，一点不是因为爱。

说到这里，就无法回避有关《围城》的一个难题：方鸿渐为何要娶孙柔嘉为妻？有人（包括方鸿渐的“同情兄”赵辛楣）认为是孙柔嘉太厉害，假装无知少女，处心积虑布好圈套，引方鸿渐上钩。赵辛楣还说方鸿渐“太 weak”，太软弱，太被动，完全是撞到孙柔嘉枪口的一个可怜的猎物。

其实这样说对孙柔嘉并不公道。一个未婚女子有追求爱的权利，即便要点小手段小聪明，也情有可原，那才更足以证明她真爱这个男人。相反作为男人，方鸿渐如果一点都不爱孙柔嘉，尽可以干干脆脆告诉人家，而不能像他处理和苏文纨的关系时那样扭扭捏捏，不明不白，最后还可怜自己“weak”，把责任全部推给女方。

方鸿渐和孙柔嘉关系的这一层，某种程度上就重演了他当初和苏文纨的关系，区别在于他对孙柔嘉可能比对苏文纨更多了一些好感。至于实际或实惠的一面，似乎不太明显，但也不要忘了，在落后封闭的三闾大学，来自上海的姑娘孙柔嘉也算鹤立鸡群，方鸿渐要选择一个对象，实在非孙柔嘉莫属，——这其中就不能不包含一层实际和实惠的考虑。

6. 回到开头

现在大概可以回答本文开头的那个问题了：有意避开战争而专门写男女关系的一部小说，作者为何自称是“忧乱伤生”之书？而“忧乱伤生”之书又取名“围城”，专从爱情和婚姻的角度下笔？

不管是否出于钱钟书的本意，我们从方鸿渐的恋爱、婚姻中能看到，一个人在男女关系上有无忠心和爱心是多么重要。具体到方鸿渐这样一个男人，如果不能在恋爱、婚姻上取得成功，而是鸡飞蛋打，四面楚歌，又怎能“正心诚意，修齐治平”，挑起抗战建国的大任？

钱钟书写《围城》，确实是“忧乱伤生”。只不过令他忧伤的不只是国破家亡，也包括他笔下方鸿渐、赵辛楣等知识分子所面临的精神道德上的困境。当我们看到被孙柔嘉骂作“全无心肝”的方鸿渐最后“和衣倒在床上”的那副几乎要死掉的样子，我们担忧的就不止是这个归国不到一年的 28 岁青年的明天，也是无数个这样的青年所组成的国家民族的前途。

“像不看小说就不是人似的”

——论小说并非文学之全部

1. 小说一超独霸

不知始于何时，小说占据了中国文坛霸主地位，无可摇动。

尽管文学史大量证据反复提醒人们，诗歌、散文、戏剧、报告文学的重要性不容抹杀，尽管目前“网络文学”许多“类型”早已溢出传统文体（包括小说）范畴，但在近几十年形成的正统文学评价体系中，所有这些比起小说来，还是逊色许多，有时简直不足挂齿。

现在讲文学，基本就是小说。讲作家，基本就是小说家。文学=小说，作家=小说家，差不多成了中国文坛不争的事实。

创作如此，批评亦然。说谁是文学评论家或批评家，基本就是说他或她是围着小说与小说家打转的人。个别批评家或许有大量时间花在小说以外的其他文体上，个别场合人们或许会说谁谁除了批评家（小说批评家）的身份之外，还是一个诗评家。言下之意，他或她研究和评论小说，已完成作为文学批评家的分内任务，而研究和评论诗歌，则是搂草打兔子，捎带干了点正宗文学批评之外的“余事”。

至于散文、戏剧、报告文学、网络类型文学，甚至连这点附带的认可也谈不上。很少听说有谁专门评论戏曲、散文、报告文学、网络文学而成了著名批评家。批评家=小说批评家，差不多也成了既定事实。

2. 并非“从来如此”

小说和小说批评牢牢占据文学和文学批评的中心位置，这恐怕是仅属中国当代文坛某一阶段的特异现象。中外古今文学史和批评史皆无先例。

就拿世界批评史上和中国现当代文坛缘分最深、最为中国文学爱好者所歆羡的俄罗斯三大批评家别、车、杜来说，就都并非仅以小说批评见长。别林斯基始终以整个俄罗斯文学为其生命所寄，文学之外的社会历史和文化哲学无时不在他的思考范围。车尔尼雪夫斯基作为一个批评家，主要致力于文艺美学的理论建设。杜勃罗留波夫，翻开他的文集吧，小说、诗歌、戏剧及批评的批评四部分平分秋色。另外在中国现代文坛介绍较多的法国的狄德罗、丹纳、圣伯夫，英国的佩特、阿诺德，丹麦的勃兰兑斯，也都不限于小说批评。这种情形即便结构主义、叙事学、“新批评”勃兴之后，也并无根本改变。

中国文学史上，小说直到明清才蔚为大国，而且其地位仍不足以抗衡传统诗文。“小说评点”更不足以问鼎传统诗文评的霸主地位。“五四”以后小说更见发达，但也只是和诗歌、散文、戏剧四分天下有其一。这是现代文学史常识，不待烦言而解。

既如此，中国现代文学批评家们的眼界就从来不曾局限于小说。“创造社”首席批评家成仿吾不止评论过鲁迅小说，也评论过新诗和翻译，更挥其如椽大笔，从事文学观念和批评理论的建设。相比之下，小说批评倒并非他的长项和主要着力点。“创造社”中作家兼批评家的郭沫若、郁达夫以及后期“创造社”批评家冯乃超、朱镜我、李初梨，包括“太阳社”的钱杏邨，也是如此。

“文学研究会”方面，周作人在 1949 年前只写过《阿 Q 正传》《沉沦》和废名小说评论，其余则是关于文学观念、批评理论、中外文学史（尤其日本和希腊文学）、思想史、风俗史、学术史以及新旧散文（尤其“国语文”）的研究与批评。跟后一领域的“杂学”相比，他对同时代小说的批评简直不算什么。但谁敢说周作人不是中国现代第一流批评家？

新老“京派”批评家中，陈西滢、郑振铎、朱自清、朱光潜各有专攻，但对新起的小说都很少关注。闻一多以诗歌评论见长，梁实秋主要探讨文学理论、文学批评和文学翻译，苏雪林、叶公超是小说、诗歌、散文并重，梁宗岱主要关心诗歌，李长之研究鲁迅，思想、小说、杂文平均用力，此外感兴趣的主要是曹禺的戏剧和一般批评理论及文学理论的建设。钱钟书的随笔书评更逞其才辨，无所不谈。

再看聚集在《现代》杂志周围的主要批评家，施蛰存是翻译、理论、诗歌、小说并重而无所偏倚，其他如胡秋原、杜衡、韩侍桁也大抵如此。

左翼批评界，作为批评家的鲁迅的身影始终活跃于社会批评和文明批评的宽广天地，竭力反对用西方的“文学概论”画地为牢；瞿秋白倾心于文学语言的批评与建设，鼓吹“第二次文学革命”，此外便是鲁迅杂文的研究；胡风主要从事文艺理论、思潮流派及诗歌散文的研究与批评，较少顾及小说；冯雪峰、周扬、四十年代开始文学批评事业的何其芳和邵荃麟偶有小说评论，但主要工作还是文艺政策和文艺理论的建构。现代文学批评史上对小说用力最勤、影响最大的要数茅盾、沈从文和刘西渭（李健吾），但即使这三位的批评实践也并不局限于小说。

再看创作。远的不说，现代文学史上，“鲁郭茅巴老曹”，只有茅盾比较偏重小说，郭沫若以诗歌、话剧为主，巴金小说之外也有不少散文以及大量的翻译，晚年主要贡献则是《随想录》(孙犁情况相似)。曹禺只有戏剧，老舍现代时期小说、散文并重，四十年代以后偏向民间文学和戏剧。其他以小说名家的郁达夫、沈从文、张爱玲、钱钟书、汪曾祺等等皆不局限于小说。现代作家总体上都是兼擅众体。

3. 历史的惯性

“五四”文学革命期间，攻坚战是“白话诗”。相比之下，白话小说攻城略地，则比较顺利。诚如毛泽东后来所言，“用白话写诗，几十年来，迄无成功”，而鲁迅的白话小说一出手就“显示了‘文学革命’的实绩”。再加上晚清小说界革命的余波未平，“五四”一代人对西洋文学特别看重小说这一点又视为当然，故小说的实际影响力在“五四”以后悄悄跃升到诗歌、散文和戏剧之上，也是事实，但并没有发展到完全压倒诗歌、散文和戏剧的程度。

即便如此，鲁迅在 1932 年的一篇题为《帮忙文学与帮闲文学》的讲演中已经敏感地指出，当时情形，已经“弄得像不看小说就不是人似的”。这既是略带夸张的事实的描述，也包含了鲁迅本人对此现象并不以为然的态度。说这话的时候，他本人已经基本中断小说创作，而专写杂文了。

小说地位的根本提升，还是要到 1949 年建国以后直至当下。这六十多年，诗歌、散文、戏剧成绩一直不俗，但超稳定的现实主义文学信念和文学体制，赋予小说以形象地总结革命历史、及时地反映社会主义斗争与建设、积极地翼赞国民教育（犹如传统“诗教”）的崇高使命，其读者面和社会政治功能远远超过诗歌、散文和戏剧。梁启超 1902 年写《论小说与群治之关系》时所期待的小说盛况，至此才算真正实现。批评给予小说压倒性的关注，也就顺理成章。

由于历史的惯性，即使今天高度普及的电影、电视、互联网早就将文学（包括小说）边缘化，尽管“小说已死”的呼声听过也已经不下十年，但至少在主流文学界，小说和小说批评一超独霸的态势还是不会轻易改观。

4. 一超独霸的后果

小说和小说批评压倒一切，给中国文学造成了哪些影响？

简单地说，1、叙述方式发生了前所未有的变化，叙事技巧较之往昔有长足进步。但是，叙事能力和叙事伦理并非必然地随之进化，今日短篇小说并不必然优于“三言”“两拍”和现代优秀作家鲁迅、老舍、沈从文、丁玲、吴组缃、张爱玲的短篇，今日长篇小说（尤其“小长篇”）也并非必然优于明清两代及现代优秀作家的长篇。小说的叙事方式和技巧固然重要，但并非决定小说优劣高下的唯一因素。2、小说家专注于讲故事，诗歌、散文、戏剧的丰富表现手法在小说中难有用武之地，小说家们独沽一味，久而久之便缺乏变化，像茅盾所谓鲁迅短篇小说“几乎一篇一个样式”的创造力勃发现象，难得再见。过去有人说唐代传奇小说是"文备众体，可以见史才，诗笔，议论"，现代作家犹能继承这个传统。20 世纪 50、60 年代，特别是 80 年代以后，除了少数作家（比如王蒙）之外，多数作家的小说越写越像小说，越写越成为一种封闭的"小说体"。3、因为迷信文学的全部奥义乃是讲一个或一串曲折生动的故事，作家应有的开阔视野、精深思想、澎湃激情、人道情怀便容易萎缩，结果在小说家的小说中就只见讲故事的技巧，很难看到他全人格的呈现。小说家诞生，作家消失，这是结构主义口号"作者已死"极具特色的中国版。4、也因为专注于讲故事，由中国文学多种文体合力拱卫的汉语言文字的长河越来越狭窄干枯，曾经是无尽藏的中国文学语言被压缩为只有一种旋律一个音调的僵硬贫弱的小说语言，语言的神奇色泽在小说中逐渐归于黯淡。

5. "小说模样的文章"

现代小说的起头并不这样。

1917 或 1918 年的某日，《新青年》编者钱玄同又一次探访老友周树人，劝他不要躲在绍兴会馆抄古碑，给《新青年》"做点文章"。于是两人展开了一场著名的关于"铁屋子"的争论，虽然并未分出胜负，但周树人还是决定姑且加入《新青年》。按他四年后的说法，"终于答应他也做文章了，这便是最初的一篇《狂人日记》，从此以后，便一发而不可收，每写些小说模样的文章，以敷衍朋友们的嘱托——"

鲁迅称他的小说为"小说模样的文章"，或直接就叫"文章"，并非完全依着钱玄同"你可以做点文章"的说法而来，也并非简单沿袭中国古代以"文章"统领一切文学的传统（犹如他本人青年时代曾以“诗”来包举一切文学)，而是有很现实的考虑。

第一，鲁迅心目中的“文章”(广义的文学) 包括小说，但不限于小说。他与周作人在日本合作翻译并出版过《域外小说集》，是当时“提倡文艺运动”的一项重要成绩。1903 年他还“译著”过“小说模样”的《斯巴达之魂》，1912 年发表在《小说月报》的文言小说《怀旧》甚至被某些文学史家确立为现代文学真正的开端。1909 年回国到发表《狂人日记》之前，他还系统整理和研究了中国小说史，不久即发表讲稿，一跃成为海内外首屈一指的中国小说史研究大家。但所有这些与他后来的白话小说创作有关的工作，并没有使他在决定重返文坛时将小说作为首选。当时在他看来，小说仅属文学一科（正如他说“域外小说”也不过是“异域文术”的一个“新宗”)，文章（文学）大于小说，可以用文章涵盖小说，但不能反过来，用小说涵盖文章。所以他称自己的小说是“文章”，仅具“小说模样”而已。《呐喊》《彷徨》是“小说”，但也是“文章”，这样的“小说模样的文章”不会脱离中国文章气脉而自成一个系统。

第二，鲁迅集中写小说，只有 1918—1922 和 1924—1925 几个年头，拢共写了二十来篇。就在那几年，他还完成了《热风》《坟》《华盖集》三本杂文集和散文诗集《野草》的绝大部分（还不算《中国小说史略》)，篇幅是《呐喊》《彷徨》两倍有余。这以后(1925—1936) 的文学生涯，鲁迅更是将主要精力都用于十四本杂文集的创作，篇幅是同一时期陆续完成的“故事新编”的几十倍。小说和小说家在文学家鲁迅心目中的地位如何，不是很清楚吗?

第三，鲁迅小说是“小说模样的文章”，夹带着许多文章做法，甚至就以文章为骨骼、经脉、气息、底子，《呐喊》《彷徨》《故事新编》中小说气味最浓厚的几篇也不例外。《阿 Q 正传》第一章和

《理水》部分章节就模仿了标准的“述学之语”，操此“述学之语”的文章家形象盖过了小说家形象。鲁迅许多小说都是杂文中某个国民性批判课题的延续，如《祝福》中农人之迷信与《破恶声论》“破迷信”一节，《阿 Q 正传》的祖宗炫耀与《摩罗诗力说》描写的“故家荒矣，则喋喋语人，谓厥祖在时，其为智慧武怒者何似”的“中落之胄”，《示众》与《〈呐喊〉自序》深恶而痛绝的看客心理。还有一些小说直接就有文章变体，如《端午节》之与《华盖集续编·〈记“发薪”〉》。鲁迅多次告诉冯雪峰，他的小说也是当杂文写，晚年构思一部反映几代知识分子的长篇小说，打算囊括所有文体，让作者在其中“自由说话”。这种小说不仅富含文章质素，也会自然地完全过渡为文章。

6. 写小说原是迫不得已

既如此，鲁迅当时为何还要写小说？1933 年一篇《我怎么做起小说来》交代得很清楚：

> 但我的来做小说，也并非自以为有做小说的才能，只因为那时是住在北京的会馆里的，要做论文罢，没有参考书，要翻译罢，没有底本，就只好做一点小说模样的东西来塞责，这就是《狂人日记》。

这是实话，他在日本的文学活动就是翻译和论文。1918 年他打算再来一次，所以首先想到的还是论文和翻译。限于条件，当时他虽然也翻译，但毕竟缺乏留日时代购置外文书的方便渠道。同时虽然也尝试着做留日时代那样的长篇论文，比如写于 1918 年 7 月的

《我之节烈观》，但其中涉及大量中外古今和“节”“烈”有关的习俗、学说、历史政治和文学作品，皆因“没有参考书”而未敢坐实，语颇含糊，可以想见鲁迅写作该文时遇到的材料匮乏的困难。然而一旦条件许可，他果然又以翻译和论文（后来发展为“杂文”）为主。这是鲁迅对文学的真实理解，也跟《鲁迅全集》的文体构成高度吻合。

当然鲁迅也说过，他的“创作的短篇小说”改变了《新青年》这个“创作并不怎样著重”的“议论的刊物”的形象，并“显示了‘文学革命’的实绩”。鲁迅为小说争取了无上荣光，但恰恰又是同一个鲁迅，很快就毫不顾惜地中断小说创作，并讥笑那些批评他不做小说而专做杂文的人只知道美国《文学概论》而不知道中国文学实际，不知道小说在中国也曾像杂文一样被拒绝进入文艺殿堂，而杂文倒是“古已有之”。

既如此，尊小说贬杂文，不是少见多怪，缺乏文学史常识，就是因为“五四”以后小说流行，就势利眼地只要小说而不要杂文，甚至忘记了眼前这个被他们批评的专写杂文的人，正是给他们所要独尊的小说带来无上荣光的人，好像《补天》中那位“古衣冠的小丈夫”，敢来批评创造他的女娲的裸体为“失礼蔑德，禽兽行”。

7. 小说也会成为过去

鲁迅不写小说之后，小说的荣光犹如彗星尾巴突然暴长，超过彗星本体，盖过其他文学门类。但小说之于鲁迅，始终并非全部的文学，小说之于中国文学，也不是从来就或永远要占据中心地位的超文体。

小说一超独霸的时代或者终将过去。后人翻开文学史，看到我们这个民族曾写出先秦散文、《诗经》、《楚辞》、汉赋和《史记》、《汉书》以下大量历史著作，曾经创造了六朝骈文、民歌和唐诗、宋词、八大家散文、元杂剧，“五四”以后奉献过大量精彩的小说、诗歌、散文、戏剧与报告文学，接着他们又看到20世纪50年代以降，大多数作家突然仅以小说家现身，其中不少佼佼者确实能够遥接明清两代白话小说余绪，继承鲁迅“五四”时期为“小说模样的文章”争取的荣光，但更多的一开始就钻进小说不肯出来，在小说的惯性轨道上发足狂奔，在小说的狭的笼里自傲自恋，强迫症似地一年写出并没有多少人要看的多部中短篇，隔两三年就捧出更没有多少人要看的一部长篇乃至超长篇——看到这一文学史现象，后人会怎么说？

我想他们或许要说：

哎，真可惜，就像诗词的末路会成为陈词滥调的哼哼唧唧，骈散的高峰会突然跌到八股时文的低谷，这曾经给中国文学带来勃勃生机和无上荣光的小说，也会令中国文学陷入迷途，也会令中国文学羞愧难当。

图书在版编目（CIP）数据

小说说小/郜元宝著.-上海：上海文艺出版社.2019.7

ISBN 978-7-5321-7251-1

Ⅰ.①小… Ⅱ.①郜… Ⅲ.①小说评论－中国－现代－文集
②小说评论－中国－当代－文集 Ⅳ.①I207.42-53

中国版本图书馆CIP数据核字(2019)第122570号

发 行 人：陈　徵

责任编辑：胡艳秋

装帧设计：胡斌工作室

书　　名：小说说小

作　　者：郜元宝

出　　版：上海世纪出版集团　上海文艺出版社

地　　址：上海绍兴路7号　200020

发　　行：上海文艺出版社发行中心发行

上海市绍兴路50号　200020　www.ewen.co

印　　刷：杭州宏雅印刷有限公司

开　　本：710×960　1/16

印　　张：17.75

插　　页：5

字　　数：215,000

印　　次：2019年7月第1版　2019年7月第1次印刷

I S B N：978-7-5321-7251-1/I · 5774

定　　价：65.00元

告 读 者：如发现本书有质量问题请与印刷厂质量科联系　T: 0512-52605406